ROYAL DARLING - EMMA

VERSIONE ITALIANA

KYLIE GILMORE

Traduzione di
MIRELLA BANFI

1

Emma

Domani sposerò un uomo che ho incontrato solo due volte.

La prima volta avevo sedici anni, appena dopo il nostro fidanzamento e la seconda volta questa settimana, per preparare il nostro matrimonio. È normale per un matrimonio combinato tra due regni remoti. Mi passo una mano tremante tra i capelli. Il nervosismo è fuori luogo. Sono la principessa Emma Rourke di Villroy, quinta in linea di successione al trono e figlia primogenita. Sono stata educata a essere corretta, imperturbabile e per aderire strettamente al protocollo reale. Devo essere all'altezza della situazione.

In effetti, sono stata piuttosto fortunata riguardo al marito che i miei genitori hanno scelto per me. Il principe ereditario Abdul Marjan di Kainei ha solo un anno più di me, ventisei, ed è attraente, con i capelli castano scuro pettinati nitidamente con la riga da una parte, occhi marroni color cioccolato e un sorriso pieno di denti bianchi. È stato educato in Inghilterra ed è stato un perfetto gentleman durante la sua visita, questa settimana. Dopo il matrimonio, mi trasferirò a Kainei, un regno prospero nel sud-est asiatico.

Non ho semplicemente nessuna ragione per preoccuparmi.

La prova del matrimonio nella cappella del palazzo comincerà tra poco, ma prima che mi vesta per l'occasione, decido di andare a vedere mia madre, nella sua suite privata. Penso che sarebbe contenta della compostezza regale che ho mantenuto durante questa settimana di eventi sociali. Non ha partecipato a nessuno dei festeggiamenti, vuole semplicemente restare da sola con il suo dolore. Mio padre è morto tre mesi fa. Mi manca, manca a tutti. Era il re, una presenza importante e vitale nella mia vita prima del cancro che alla fine se l'è portato via. Mia madre ha abdicato al trono alla sua morte, non ha voluto governare senza di lui.

Faccio un respiro profondo, cercando di raggiungere la compostezza perfetta che ci si aspetta da me, prima di bussare alla sua porta.

Apre Joan, la cameriera di mia madre, chinando la testa e facendo una breve riverenza. «Altezza.»

«Mia madre è sveglia?»

Joan fa un passo indietro. «Sì, Altezza, anche se è ancora a letto.»

Sospiro. Avevo sperato che il mio matrimonio l'avrebbe fatta uscire dal suo stato di auto-segregazione. Vorrei poter fare qualcosa per aiutarla. Passo attraverso il salotto formale per andare nella sua stanza, dov'è appoggiata ai cuscini in un grande letto antico di mogano, quasi al buio, con solo il riverbero della TV montata sulla parete. Il volume è così basso che non sono sicura che riesca a sentire ciò che dicono. Accendo la piccola lampada sul comodino e do un'occhiata allo schermo. È il reality show che era solita guardare con mio padre.

Si volta lentamente a guardarmi e mormora: «Ciao» prima di tornare a guardare la TV.

Mi sento il cuore pesante. Indossa una vestaglia di seta azzurro chiaro, ha i capelli scuri sciolti sulle spalle, non nel solito ordinato chignon, come se non le importasse più del suo aspetto. Mia madre era sempre vestita con abiti color pastello dal taglio perfetto, truccata e con tutti gli accessori giusti. Ora ha le borse sotto gli occhi nocciola e la pelle è troppo pallida. Tranne che per il funerale non esce da oltre un anno. Era rimasta al fianco di mio padre quando era allettato.

Abbiamo gli stessi colori, anche se la mia carnagione non è così pallida. A me piace restare all'aperto, a Villroy.

Mi chino per baciarle la guancia. «Mamma, stasera c'è la prova del mio matrimonio. Ci raggiungerai per la cena, dopo?»

«Sarò al matrimonio» dice, con la voce arrochita, come se non parlasse da un po'.

Mi siedo accanto a lei sul letto e le prendo la mano fresca. «Partirò presto. Temo di non essere pronta. Non parlo ancora bene il malese. Sarà tutto così diverso là.»

Lei non reagisce.

«Ho paura» ammetto a bassa voce.

Finalmente mi guarda e mi stringe forte la mano. «Non hai paura. È solo nervosismo ed è normale. Devi superarlo.»

«Sì, mamma.» Lo so. Perché è così difficile? Ho passato la mia vita a comportarmi secondo gli standard elevati di mia madre e la mia ricompensa è stato un legame molto stretto. Ero la figlia che desiderava dopo quattro maschi. Ero la figlia di cui andava fiera. Ora mi sembra così lontana. «Vorrei che avessi partecipato a qualcuno degli eventi di questa settimana. Sei sicura di non volerti unire a noi, magari per il dessert?»

Lei mi lascia andare la mano e torna a guardare la TV. «Non sono pronta ad apparire in pubblico. Sarò là domani per la cerimonia.»

Mi si stringe il petto e mi manca il respiro. Capisco che sia in lutto, ma non posso fare a meno di sentire di averla persa. Avevo immaginato che questo sarebbe stato un momento gioioso, in cui lei si sarebbe unita a me per tutti i preparativi prima delle nozze, il momento più alto del rapporto madre-figlia. Una piccola parte di me aveva sperato che mi avrebbe preparata per ciò che mi aspetta, dato che anche lei aveva fatto la stessa esperienza, attraversando mezzo mondo, da un piccolo regno isolato al largo delle coste australiane fino all'isola di Villroy, al largo della costa sud-occidentale della Francia, per sposare mio padre, un uomo che non aveva mai incontrato prima del giorno delle loro nozze.

I miei genitori avevano sollevato l'argomento di un matrimonio combinato quando avevo sedici anni, spiegandomi che era il modo tradizionale, chiedendomi se avrei accettato l'uomo che avrebbero scelto per me, e io avevo acconsentito prontamente. Non era un obbligo; la maggior parte dei miei fratelli maggiori aveva scelto di non adeguarsi, eccetto l'erede, Gabriel, che era tenuto a rispettare standard più elevati. La verità è che *volevo* portare avanti la tradizione ed ero fiera di sapere che avrei aiutato Villroy con un'utile alleanza. Sapendo che anche quello dei miei genitori era stato un matrimonio combinato che era poi sfociato in un grande amore, ero stata contenta della mia decisione. Ma adesso che è arrivato il momento, appena dopo il mio venticinquesimo compleanno, come avevano richiesto i miei genitori, sto mettendocela tutta per mantenere la compostezza. E, mi addolora ammetterlo, sto avendo dei dubbi. Vivrò con un estraneo in una terra straniera, che non ho mai nemmeno visitato. Mi mancherà la mia famiglia, la mia casa, la mia isola. Villroy è parte di me, con il suo mare azzurro-verde, le scogliere rocciose e le dolci spiagge sabbiose. Ho passato molti momenti felice a Villroy. La mia felicità futura non è altrettanto certa.

Mia madre parla a voce così bassa che devo chinarmi per afferrare ciò che dice. «Adesso devi rivolgerti a tuo marito per farti confortare.»

Le lacrime mi bruciano gli occhi. Capisco che sta tentando di aiutarmi spingendomi verso il mio futuro marito, ma fa male. Seppellisco in fondo alla mente tutte le mie preoccupazioni, le mie paure, i miei dubbi. Non ho intenzione di condividerli con Abdul. Devo essere coraggiosa. Mi alzo e faccio una breve riverenza. «Ci vedremo domani.»

Lei china la testa, ma il suo sguardo resta incollato alla TV.

Esco precipitosamente dalla stanza, dirigendomi al piano di sopra, alla mia suite, per vestirmi. Mi trema il labbro e lo mordo, dicendomi di essere superiore. Finirà tutto presto. Mi adatterò alla mia nuova vita. Sono la figlia di mia madre: forte, imperturbabile, fiera, e farò ciò che è giusto per il mio regno. Il mio matrimonio forgerà un'alleanza che porterà benefici alla traballante economia di Villroy e ci assicurerà un futuro stabile. Onorerò mia madre e la renderò fiera, seguendo i desideri dei miei genitori.

La mia cameriera, Lina, mi sta aspettando con i vestiti pronti. È efficiente e competente, quindi ci vuole poco perché io sia pronta per la prova generale. O forse sono io che penso di aver fatto in fretta, perché in realtà speravo segretamente di rimandare ancora un po'.

«Siete bellissima, vostra Altezza» dice. «Questo colore vi dona.»

«Grazie» rispondo, assente. Il mio abito decoroso a maniche lunghe, pizzo delicato sopra una guaina rosa pallido, è veramente bello. Il mio guardaroba è sempre castigato e corretto, colori pastello, spalle e scollatura sempre coperti, l'orlo alle ginocchia. Il mio abito da sposa è una creazione splendida ma pudica di seta, pizzo e tulle. Perfino la lingerie per la mia prima notte di nozze è modesta: una fluida camicia da notte bianca, lunga fino ai piedi con la vestaglia abbinata. Il mio pensiero va a cosa, se mai ci sarà qualcosa, potrei provare per il mio nuovo marito la mia prima notte di nozze. Non mi ha mai toccato, non mi ha mai nemmeno tenuto per mano. Non sa che non sono vergine, che una volta ho sperimentato la passione. Gli dirò la verità se mi sembrerà che possa capire le azioni avventate di una ragazza, ma se si aspetta una sposa vergine, cosa possibile in un regno tradizionalista come il suo, ho la bugia pronta. Sono sempre stata brava a improvvisare.

Vado alla finestra della stanza e fisso il mare. Lo spettacolo familiare mi calma. Non possono cominciare le prove senza la sposa, quindi andrà tutto bene se mi prenderò qualche momento in più per ricompormi.

«Ha bisogno d'altro, Altezza?» chiede Lina.

Ho sulla punta della lingua di chiederle: *Sto facendo un errore*? Mi volto. «Nient'altro, Lina. Grazie.»

Lei china la testa, fa una veloce riverenza ed esce, chiudendo silenziosamente la porta alle sue spalle.

Io mi dico di muovermi, un piede dopo l'altro. Il mio corpo non collabora, quindi faccio un respiro profondo, chiudendo gli occhi. Bussano alla porta. Lina deve aver deciso di chiedermi se voglio una scorta fino alla cappella del palazzo. Una volta avevo immaginato che avrei avuto mia madre al mio fianco.

«Avanti, Lina.»

La porta si apre lentamente e Anna, mia cognata, mette dentro la testa, con la sua massa di riccioli scuri. «Hai un minuto?»

Le faccio cenno di entrare, poi chino in fretta la testa e faccio una riverenza.

«Per favore, Emma, non hai bisogno di farmi la riverenza nell'intimità della tua stanza.»

Io nascondo un sorriso; mi diverte un pochino il modo in cui continua a dimenticare che il suo rango è superiore al mio. Lei è la regina di Villroy adesso, da quando ha sposato Gabriel due mesi fa.

«Sei la mia regina» le ricordo. È un'americana che ha dovuto imparare il protocollo.

Lei si avvicina e abbassa la voce. «Hai voglia di parlare?»

«Di che cosa?»

Anna sorride gentilmente, con gli occhi castani che irradiano calore. «Emma, sposarsi è una cosa grossa, specialmente quando si tratta di un matrimonio combinato che hai accettato a occhi chiusi quando avevi solo sedici anni.» Dall'età di sedici anni ho deviato dal cammino che mi ero prefissata una sola volta, e il crepacuore che mi ha causato quel passo falso mi ha fatto tornare velocemente in me. La passione arriva solo fino a un certo punto.

Mi stampo sul volto un sorriso educato. «Il matrimonio combinato dei miei genitori è riuscito meravigliosamente. Sono sicura che sarà lo stesso anche per me. Abdul rappresenta tutto ciò che potrei volere in un marito.»

«Tu lo ami?»

Cerco di calmare i nervi. «Imparerò ad amarlo.»

Anna mi punta un dito addosso. «Quella è tua madre che parla.»

«Questa sono io che parlo» sbotto. Lei non capisce mia madre o il nostro legame. Loro due sono sempre state come acqua e olio.

Lei sospira. «C'è una Renault Clio color argento parcheggiata sulla strada di servizio di fianco alla cappella, le chiavi sono sotto il tappetino, nel caso in cui volessi allontanarti e pensare.»

Sbatto gli occhi, sorpresa dal suo intuito, sapendo che potrei avere bisogno di una pausa dai preparativi per le nozze. Comunque non posso ammettere di essere nervosa. Lei è così sfacciata e franca, vorrebbe che… non lo so, ma so che è capace di tutto. Questa donna ha formulato da sola un piano brillante per trasformare la nostra morente industria della pesca in una manifattura di prodotti di bellezza naturali a base di olio di pesce, alghe, spugne, sale marino e roba simile, da usare e vendere in una nuova day-spa a Villroy. Non è certo che abbia successo, visto che il piano è ancora agli inizi, ma non posso negare che abbia un buon potenziale. E la raccolta fondi per dare il via al piano, sempre idea sua, è stata un'asta di scapoli reali, protagonisti i miei fratelli single! Scandaloso, veramente! Ho sentito che i miei fratelli hanno mostrato un po' di pelle, mettendo a nudo pettorali e addominali. Lucas ha perfino causato un tumulto, preparandosi a slacciare la cintura. Ai miei fratelli è stata concessa una libertà che io non ho avuto e non sono rigidi e corretti come me. Unica eccezione Gabriel, l'erede. Non meraviglia che io l'abbia preso ad esempio.

Ma con la prova generale questa sera, seguita dalla cena, e il matrimonio domani, non ho tempo per allontanarmi e pensare. Inoltre, pensare porterà solo ad aumentare il nervosismo. Devo essere più forte e vincerlo.

Alzo la testa. «Non ce n'è bisogno, ma ti ringrazio. Ora devo andare alla prova.»

«Verrò con te.»

Soffoco un sospiro, sapendo che Anna non lascerà perdere. È abituata a dire ciò che pensa e Gabriel la vizia. Lo ha cambiato. Gabriel non è più così formale. Ha allentato parecchio il protocollo e perfino il suo atteggiamento è cambiato. Sorride moltissimo, la sua postura è meno rigido. Tra il cambiamento di Gabriel e il fatto che mia madre si sia ritirata dalla vita e dai doveri reali, sono alla deriva. Erano i miei modelli. Una vocina nella mia testa sussurra che non è più necessario, né apprezzato, aderire strettamente al protocollo reale e alla tradizione. Ma chi sono io senza le regole secondo le quali ho vissuto tutta la mia vita?

Raddrizzo la schiena, mantenendo un'espressione piacevole e composta mentre percorro il corridoio con Anna.

«Gabriel mi ha sposato per amore» dice. «Ha rifiutato il matrimonio combinato.» Sa che ho un debole per Gabriel.

Non dico niente. Non è una novità.

Anna mi afferra per il braccio, sorprendendomi. Nessuno afferra una principessa. La stretta è forte, la voce insistente. «Vorrei che avessi la stessa felicità che ho io con Gabriel. Per favore, Emma, se hai qualche dubbio, anche solo un piccolissimo accenno di dubbio, possiamo rimandare» mi sussurra direttamente all'orecchio, «o annullare tutto. Ci penserò io a sistemare le cose, fare le scuse dove necessario.»

Deglutisco, con il cuore che mi martella nel petto. Posso osare rompere con la tradizione reale che ho accettato così prontamente? Fermare tutto dopo tutti i preparativi fatti? Quando Abdul mi ha aspettata per nove anni?

Anna continua a sussurrare ferocemente. «Si tratta della tua vita non di quella di tua madre.» Non mi piace che parli di mia madre come se mi controllasse. Io voglio bene a mia madre.

Do uno strattone per togliere il braccio dalla sua mano. «Non voglio più parlarne.»

Anna sospira ma resta zitta. Arriviamo alle scale, in fondo alle quali ci aspettano Gabriel e Abdul. Gli occhi di Gabriel s'illuminano quando vede arrivare Anna. Abdul mi rivolge un sorriso a labbra strette, esattamente come il mio.

Cominciamo a scendere verso i nostri rispettivi uomini. Anna sussurra sottovoce: «L'auto resterà lì ad aspettarti semmai ne avessi bisogno.»

«Non ne avrò bisogno» le sussurro in risposta.

Lei sorride a Gabriel e continua a parlare sottovoce. «Sei testarda come Gabriel.»

Sorrido anch'io. «Grazie.»

Poi prendo posto accanto al mio fidanzato.

«Stai benissimo» dice Abdul, come tutte le volte in cui mi vede.

«Grazie» dico pudicamente, con gli occhi bassi.

«Andiamo?»

«Sì, certo.»

Non mi offre il braccio né mi prende la mano, si limita a camminare di fianco a me per tutta la lunga strada verso la cappella, alla fine dell'ala ovest. Dietro di noi, Gabriel, Anna e l'entourage composto dai membri della famiglia e dai servitori di Abdul ci seguono lenti e dignitosi.

«Aspetto con piacere il momento di mostrarti Kainei» dice Abdul. «Sono sicuro che ti sentirai a casa, anche se fa molto più caldo di qui.»

«Non vedo l'ora» rispondo.

Continuiamo in silenzio, e la mia mente corre avanti, cercando di immaginare la mia nuova vita. Non riesco a visualizzare niente, ho la testa vuota. Invece mi concentro su Abdul. Sarà contento o deluso della sua sposa? Si prenderà un'amante una volta che gli avrò dato l'erede al trono che ci si aspetta da me? Mi piacerebbe avere un bambino. Il resto è incerto. Ho immaginato a lungo il mio tempo da sposa come un'esperienza romantica e magica, ho immaginato il mio futuro sposo veramente attratto da me. È ora di smettere di fantasticare.

Metto piede nella stupenda cappella con il soffitto altissimo e la sua abbondanza di decorazione in oro e gli affreschi, e mi sento gelare. Lo spazio che ho sempre considerato accogliente, con le statue di marmo così familiari, tre organi dalle canne d'argento, i banchi intagliati a mano e la lunga navata con la passatoia rossa, di colpo mi sembra soffocante. Respiro in fretta, con le pareti che sembrano chiudersi su di me. Anna mi è entrata nella testa, peggiorando i miei nervi già scossi.

Mi rifiuto di guardarla, mi rifiuto di guardare il mio futuro sposo. Mi concentro completamente sull'officiante alla fine della navata e vado avanti con le gambe legnose, un passo dopo l'altro.

Riesco ad arrivare alla fine della prova in modo dignitoso e composto.

Sostengo la mia parte di educata conversazione per tutta la cena di prova, scusandomi presto per prepararmi per andare a letto. La fatica della giornata si fa sentire e mi addormento in pochi minuti.

Il giorno dopo mi sveglio rinfrancata a pronta a cominciare il resto della mia vita. Era semplicemente ansia prematrimoniale. Certo che posso farlo. Sarà bellissimo.

Mi vesto con l'aiuto di parecchie cameriere e di Silvia, mia sorella minore. Mia madre non si fa vedere, dicendo che riuscirà a sopportare solo di partecipare alla cerimonia. Cerco di ricacciare in fondo il dolore che provo. Mi vedrà fare il mio dovere, come lo fece lei a suo tempo, e questo la renderà fiera di me.

Vado davanti allo specchio a tutt'altezza e mi guardo vestita da sposa. Di colpo è tutto così reale. Ho i capelli raccolti, il velo e un'espressione acida. Cerco di rilassare i lineamenti del viso, ma non è possibile. Respiro a fatica e ho le mani sudate mentre ispeziono il vestito per il quale una volta ero così eccitata. È molto tradizionale, seta bianca sotto il pizzo, accollato e con le maniche lunghe. È stretto in vita, il punto da cui comincia una gonna ampia a campana fatta di strati di tulle. L'abito striscia sul pavimento perché dev'essere portato con i tacchi alti e sono ancora in pantofole. Mi tiro il velo sopra il viso per vedere l'effetto completo e il mondo diventa un po' più buio, il chiacchiericcio allegro delle donne dietro di me soffocato dal ronzio che ho nelle orecchie. Mi sento intorpidita. Sto galleggiando sopra a tutto, osservando da un'enorme distanza la principessa che sta per sposarsi.

«È bellissima, signora» dice Lina, apparendo al mio fianco. «La sposa *perfetta*! Vuole mettersi le scarpe adesso?»

Principessa perfetta. Sposa perfetta.

Torno di colpo alla realtà, con lo stomaco sottosopra e una scarica di energia che mi scorre nelle gambe. Mi volto di colpo. «Scusatemi. Ho bisogno di restare un minuto da sola.»

Le cameriere si affrettano a uscire dalla stanza e mia sorella Silvia mi manda un bacio prima di uscire. Mi tolgo il velo dalla faccia e decido che ho bisogno di fare una passeggiata. Ho ancora un'ora prima di dover andare in cappella.

Sollevo il vestito e percorro il lungo corridoio prima di fare un giro tortuoso per arrivare al salone da ballo, attenta a evitare la zona dove alloggiano Abdul e la sua famiglia. Se solo riuscissi a vedere la zona del ricevimento, immaginarmi come sposa felice che festeggia il matrimonio, tutto andrebbe bene.

Grazie al cielo, il salone da ballo è vuoto. È bello, come sempre, con il pavimento di legno intarsiato, i lampadari di cristallo, il soffitto affrescato e la tappezzeria in foglia d'oro. Riesco a immaginare i musicisti e la gente che balla al centro, probabilmente un valzer, elegante e regale. Da un lato della stanza ci sono lunghi tavoli, apparecchiati con gli scaldavivande mentre dall'altra parte c'è un tavolo con una torta nuziale di dimensioni gigantesche al centro. Mi muovo come in sogno, attirata dalla torta nuziale con la coppia di porcellana in cima, sotto un arco di piccoli fiori bianchi.

Assomigliano a me e ad Abdul. Stiamo sorridendo, sembriamo innamorati. Sento un sibilo acuto nelle orecchie e mi sento di colpo troppo calda mentre fisso la coppia di porcellana. Perché ci hanno fatto apparire così? Dovremmo apparire fieri, dignitosi, regali. Non innamorati. È una distorsione della realtà. Una *bugia*. La decorazione diventa sfuocata davanti ai miei occhi. Di colpo sembra che Abdul stia ridendo di me. Una presa in giro. Un *insulto*.

Mi lancio in avanti per afferrare l'Abdul sorridente e la decorazione vola via, rimbalzando sul tavolo e poi sul pavimento di legno. *Oh no!* Mi affretto ad andare dall'altra parte del tavolo e fisso il danno. La mia testa si è staccata e mancano parecchi frammenti al mio vestito.

È un segno.

Sposare Abdul sarebbe la mia fine.

Alzo la testa. C'è un'auto che mi aspetta di fianco alla cappella.

Sento una scarica di adrenalina e la mente corre, insieme al battito del mio cuore. Sollevo il vestito e corro fuori dalla porta, attraverso in fretta il cortile e vado dietro la cappella, verso la LIBERTÀ!

2

Mi strappo il velo e lo getto dietro un cespuglio. Adesso sono una fuggitiva. La vecchia Renault mi aspetta come promesso. Afferro le chiavi da sotto il tappetino, salgo, metto in moto e parto. Sono di nuovo fuori dal mio corpo e guardo la scena che si svolge, solo che questa volta la mia mente è lucida. Ho poco tempo prima che qualcuno noti che sono sparita e con questo vestito sono fin troppo riconoscibile come sposa in fuga. Si aspetteranno che mi allontani il più possibile dal palazzo, quindi li supererò in astuzia e tornerò a palazzo dall'entrata di servizio!

Dopo il breve tragitto fino alla parte anteriore del palazzo, parcheggio tra le Renault tutte uguali che la servitù usa per fare le commissioni, insieme alle biciclette. Entro di nascosto dalla porta di servizio laterale e percorro il corridoio verso un'altra serie di scale. La maggior parte della servitù sarà occupata ad assistere gli ospiti e a lavorare nelle cucine. Cerco la stanza di Christina, una giovane cameriera appena assunta. Ho saputo da Lina che aveva indossato una parrucca per assomigliare ad Anna, la regina. Gli altri servitori l'hanno talmente presa in giro che non l'ha più indossata. Ficco la testa in parecchie stanze finché la vedo: una parrucca castana riccioluta, sopra la sua cassettiera. Entro di corsa, chiudo a chiave la porta e afferro l'uniforme della servitù, camicia bianca e pantaloni neri dal suo armadio. Mi cambio e le rubo dei calzini, insieme alle scarpe basse, un po' strette, ma andranno bene lo stesso. Poi afferro la parrucca e me la infilo sopra la mia elaborata pettinatura. Arrotolo stretto il vestito da sposa, me lo infilo sotto il braccio e corro verso la mia stanza.

Sono una spia di palazzo in missione segreta, scivolo nei corridoi senza farmi vedere, evitando servitori erranti, battendo tutti in astuzia.

Appena arrivo nella mia stanza, chiudo a chiave la porta. Ho il cuore che batte talmente forte che, giuro, sembra voglia uscirmi dal petto. Lascio cadere il vestito nello scivolo per la biancheria sporca. Quando lo scopriranno dabbasso, nella pila di lenzuola e asciugamani, sarò lontana da un pezzo. Scuoto la testa, che stupida sono. Noteranno che sono sparita molto prima che si preoccupino per il vestito. E la coppia di porcellana rotta potrebbe essere un altro indizio. Ah! Sono così furba che sto delirando. Il panico, puro e assoluto, mi annebbia i pensieri, ma una cosa mi è chiara: devo scappare!

Corro verso l'armadio e resto lì, paralizzata, senza sapere che cosa voglio. Una borsa! Prendo la prima che mi capita e mi affretto ad andare in tutti i miei nascondigli segreti, ficcando in borsa contanti, gioielli, il passaporto e il telefono.

Parecchi esilaranti minuti dopo, rubo una bicicletta dal parcheggio e pedalo lungo la tortuosa strada del palazzo. Non troppo veloce, non troppo lenta. Adesso sono una domestica in giro per commissioni. C'è un rumore in lontananza, gente che urla. La stampa? La mia famiglia? La famiglia di Abdul? Non posso attardarmi per scoprirlo. Pedalo più in fretta. È una strada in discesa e accelero in fretta. Stringo più forte il manubrio, pensando già a che cosa farò dopo. Andrò al porto, troverò una barca disabitata e mi nasconderò. Ho solo bisogno di un po' di spazio per pensare. Loro si aspetteranno che prenda lo yacht per lasciare l'isola, quindi dovrei essere al sicuro in una barca a caso.

Appena arrivo al porto, nascondo la bicicletta dietro un vecchio magazzino usato dai pescatori e sporgo la testa ispezionando il molo, cercando le barche disponibili. Mi prendo qualche momento per riprendere fiato e schiarirmi le idee. Appena mi calmo, il senso di colpa arriva come una valanga. Mio Dio, che cos'ho fatto? Che umiliazione per il povero Abdul. C'è tutta la sua famiglia. La stampa. Ho appena fatto una cosa *orribile. Devo* nascondermi. Non posso affrontare né lui né nessun altro.

Le grandi imbarcazioni da pesca sono in mare. Restano le piccole barche bianche della gente del posto, che galleggiano nell'acqua e un gozzo con una grande cabina chiusa e una bandiera viola con un cavalluccio marino. La bandiera mi dice che probabilmente è la barca di una famiglia, sembra amichevole e, cosa più importante, perfetta per nascondermi.

Sguscio da dietro il magazzino e punto diritta verso la barca dall'aspetto amichevole. È ancorata con una passerella, quindi non ho problemi a salire a bordo. Sbircio attraverso le finestre della cabina. Sembra vuota. Sì! È il destino.

Provo la maniglia della porta della cabina. Chiusa. Fortunatamente so che cosa fare, grazie al mio ex. Tolgo una forcina dai capelli e forzo la serratura, entrando. L'interno è disordinato. C'è un divano marrone a U che circonda un tavolo di legno, quadrato, con un piatto, una tazza, una forchetta, un tovagliolo accartocciato e un laptop. Sul ripiano del cucinino adiacente c'è una scatola di cereali Cocoa Puffs, aperta. Decisamente qui c'è una famiglia.

Faccio un breve tour del resto della cabina, per assicurarmi che non ci sia qualcuno nascosto. C'è una piccola zona relax sul davanti, vuota. Oltre la cucina c'è una camera con un letto matrimoniale e cassettiere da entrambi i lati. Il letto è sfatto e ci sono abiti maschili sparsi sul pavimento. Sono sicura che gli abiti della moglie siano nel cesto della biancheria, al loro posto. C'è un piccolo bagno, con posto sufficiente solo per un wc, un lavandino e una doccetta ancorata alla parete. Un meraviglioso rifugio vuoto.

Tiro un sospiro di sollievo, torno in soggiorno e resto lì, semplicemente. Che diavolo ho appena fatto? Scappare? Potrei dovermi lasciare alle spalle la mia vecchia vita per sempre. Ho disonorato la mia famiglia e non ho rispettato i miei accordi con Abdul. Mi torco le mani.

Una bottiglia quasi piena di tequila e un bicchierino sul ripiano della cucina attirano il mio sguardo. Ho bisogno di calmarmi i nervi.

Mi verso un bicchierino di tequila. *Puah*! Brucia, brucia. Wow. Ehi, però. Di colpo mi sento rilassata. Non credo di essere stata così rilassata per tutta la settimana. Forse mai. Probabilmente c'entra il fatto che non ho mangiato niente in tutta la giornata, per via dei nervi scossi. Invece ho ingollato tre tazze di camomilla, nel tentativo di calmarmi. Cosa impossibile e un po' troppo da chiedere a una tisana.

Poi un pensiero mi colpisce come una scossa elettrica... sono libera. Non ho più sulle spalle il fardello dei miei obblighi. Fino a questo momento non mi ero resa conto di stare così male.

Alzo le braccia dichiarando, fiera: «Ubriachiamoci, sbronziamoci, ciucchi traditi!» Non so se sto usando lo slang giusto, ma suona meravigliosamente volgare. Come una cosa che potrebbero dire le guardie o i servitori quando pensano che nessuno dei membri della famiglia reale sia a portata d'orecchi.

Una brava principessa non si concede mai liquori ad alta gradazione e non beve assolutamente mai in eccesso. Io non sono più una brava principessa. Sono sorpresa da quanto ci si senta bene a essere liberi.

Butto giù un altro bicchierino, questa volta godendomi la sensazione di bruciore. Decisamente, questa sensazione di rilassamento mi piace. Faccio una passeggiatina rilassata. Non ho più le gambe legnose. Sorrido senza alcun motivo. Gente, ho fame! Prendo la scatola di Cocoa Puffs e mi verso il contenuto direttamente in bocca. È da quand'ero all'università che non me mangio. Sono così deliziosi! Me ne verso ancora in bocca e mastico con piacere. Sbaglio la mira e alcune palline cioccolatose rotolano sulla camicia, dentro la camicia e sul pavimento. Ne tolgo alcune dal reggiseno senza spalline (previsto per l'abito da sposa) e le mangio. Che meravigliosa invenzione i Cocoa Puffs. Dovrebbero servirli a palazzo. Di colpo, gli occhi cominciano a bruciare e li chiudo stretti, e il mio umore vira verso la disperazione. Potrei non fare mai più colazione a palazzo.

Bevo un altro bicchierino e mi afferro al ripiano. La stanza sta ondeggiando. Devo decidere che cosa fare.

Non posso nascondermi per sempre su questa barca. Non posso nemmeno viaggiare con facilità. La stampa mi starà addosso. L'unico modo che ho di fuggire è con una nuova identità. Non posso usare il mio passaporto. Ho bisogno di documenti falsi. L'amica di Anna, Polly, li aveva quando era una principessa in incognito. È ciò che sono ora. Anche se Polly è in libertà vigilata e ha evitato il carcere per un pelo, dopo essere stata accusata di furto di identità.

Non voglio andare in prigione!

La stanchezza della giornata mi travolge, tutta la tensione della settimana precedente, la scarica di adrenalina della fuga, la perdita di ciò che mi sono lasciata alle spalle. È troppo. Barcollo verso la stanza da letto, con il suo letto in disordine e mi rannicchio sotto le coperte. Ho perso mio padre. Mi sembra di aver perso mia madre. Sono in alto mare, figurativamente e quasi letteralmente. Tutto è diverso a casa, con Gabriel come re. Non so più qual è il mio posto. Non con Abdul, quello è chiaro. Chi sono al di fuori del palazzo? Non posso essere solo una brava principessa. Ci deve essere di più per me.

Mi si chiude la gola per l'emozione e la diga crolla. Piango per la perdita di mio padre, per la perdita dell'amore di mia madre, per la perdita di me stessa e della mia vecchia vita. Ho perso così tanto. Grazie al cielo, la tequila fa il suo dovere e mi addormento come un sasso.

Mi sveglio con qualcosa di caldo contro le labbra. Un bacio. Sono la Bella addormentata nel bosco, svegliata con un bacio dal mio bel principe. Che bello. Aspettate! Non è Abdul, venuto a trascinarmi all'altare, vero? Spalanco gli occhi, allarmata e mi metto seduta di colpo, tirando le coperte fin sotto il mento, con la testa che gira per il movimento improvviso.

C'è un uomo biondo seduto sul letto accanto al mio fianco. Non Abdul. I suoi lineamenti sono confusi e sbatto gli occhi per metterli a fuoco. Non sembra il padre di qualcuno. Avrà forse trent'anni, i capelli biondi arruffati, occhi azzurri, il naso diritto e una barba che ha bisogno di una regolata. La maglia grigia a maniche lunghe tira un po' sulle spalle larghe e sui bicipiti gonfi. Sembra un po' grezzo, trasuda un potere strettamente contenuto che sembra un po' pericoloso. Anche se mi ha baciato. Credo. Qualcosa mi ha toccato le labbra. Forse stava controllando con le dita se stessi respirando.

«Sono viva» dico, sforzandomi di parlare con voce chiara e sicura. «Salve.»

«Salve, tesoro, scendi dalla mia barca.» Ha un accento britannico. La voce è profonda, un po' roca e stranamente familiare.

Annebbiata dai residui di sonno e tequila, frugo nella mente, cercando di ricordare i particolari di ciò che è successo tra la fuga dal mio stesso matrimonio fino a quando sono finita qui, nel letto di uno sconosciuto.

Lui allunga una mano e mi strappa le coperte dalle mani. Intravedo in un lampo un'aquila tatuata all'interno del suo polso. Mi guardo. Ho la divisa da cameriera. I particolari mi tornano di colpo in mente. Ho fatto una fuga degna di una spia di prim'ordine, indossando un'uniforme da cameriera, pedalando fino al porto e nascondendomi nella barca di una famiglia. No, a quanto pare questa è la *sua* barca.

Lui si alza a mi indica la porta con il pollice. Non è granché in fatto di buone maniere, anche se, a essere sincera, io sono una clandestina. È alto, sul metro e ottantacinque, snello e muscoloso. Gambe lunghe in un paio di jeans neri e stivali neri graffiati.

Cerco disperatamente di inventarmi un motivo ragionevole per la mia presenza qui mentre sposto le gambe oltre la sponda del letto. Riesco a restare in piedi con la stanza che gira solo un pochino, ma poi il mio stomaco si ribella orribilmente e mi sale la bile in gola. «Scusami.»

Mi precipito nel bagno minuscolo appena fuori dalla stanza e arrivo in tempo per vomitare i miei Cocoa Puffs. *Disgustoso.* Le mie cattive azioni in piena evidenza. Non è il mio momento migliore. La tequila è stata un'idea terribile. I miei conati continuano.

«Va tutto bene?» mi chiede dalla porta.

Uh, niente testimoni, per favore. Striscio verso la porta, la sbatto, la chiudo a chiave e torno a vomitare il resto del contenuto del mio stomaco.

Una volta finito, mi sento abbastanza bene da rinfrescarmi, aiutandomi con le poche cose che trovo in un armadietto. Mi prende un colpo, vedendomi allo specchio con una parrucca castana riccia. Me l'ero dimenticata. È leggermente storta, quindi la sistemo. Poi mi lavo i denti usando il dito, e sciacquo la bocca con il collutorio.

Apro la porta e lo trovo seduto in soggiorno. Il tavolo ora è sgombro e lui sta guardando qualcosa sul suo laptop. Sposta di colpo lo sguardo su di me e finalmente capisco perché mi era sembrato così familiare. È Jackson Walker, il cantante e chitarrista della band Ignite. Hanno suonato alla serata di beneficenza per la Fondazione per la Ricerca sul Cancro che ho presentato a Londra. La sua musica graffiante mi aveva scosso i nervi. La sua esibizione era stata selvaggia, sudata, animalesca e mi aveva inorridito e affascinato insieme. Era diverso da qualunque altro uomo avessi mai conosciuto e pensavo che non lo avrei più rivisto. Un dio del rock. Un *bad boy* leggendario.

L'esatto opposto di come sono io.

Mi fa segno con il dito piegato e mi avvicino, attenta a non muovere troppo la testa che pulsa.

Tento di sorridere, sperando che non stia per buttarmi giù a calci dalla barca. Ho solo bisogno di un po' di tempo per pensare. Ho fatto un casino di dimensioni epiche e non sono pronta ad affrontare Abdul, la mia famiglia, la sua famiglia, finché non avrò elaborato un piano chiaro su cosa fare. «Sì?»

Lui non sorride. «Hai vomitato nel bagno e sporcato la cucina. Ben fatto. Adesso fuori dai piedi.» Indica la porta con la testa.

Mi volto lentamente per sbirciare in cucina e poi torno a guardarlo. «La cucina è pulita.»

«Ho raccolto i Cocoa Puffs. Sei riuscita a metterne almeno un po' nella ciotola?» Sembra estremamente irritato.

Tengo per me il mio metodo "serviti direttamente dalla

scatola". «Sarai felice di sapere che ho lasciato il bagno esattamente come l'ho trovato. Meno un pochino di dentifricio e di collutorio.» Mi siedo davanti a lui, lieta che il mio cervello abbia ripreso a funzionare.

Lui sembra men che felice quando si china in avanti, appoggiando le braccia al tavolo di fronte a me. Ha le maniche arrotolate che mostrano gli avambracci muscolosi e abbronzati. La sua voce è dura, lo sguardo diretto. «Non mi faccio più le fan.»

Non posso evitare di sorridere. Pensa che sia una fan. Mi devo essere veramente mimetizzata bene, non ho più l'immagine della principessa perbene. Mi obbligo a smettere di sorridere, stringendo le labbra. Non voglio sembrare un'idiota.

Lui mi fissa la bocca e poi sposta di colpo lo sguardo sui miei occhi. «Sto partendo per un lungo viaggio, in solitario, okay? Quindi scendi dalla mia barca. Come diavolo hai fatto a entrare qui? Avevo chiuso.»

Mi mordo il labbro, e formulo un piano. «Per quanto tempo?»

Lui inarca le sopracciglia. «Per quanto tempo voglio che te ne stia lontana? Per sempre.»

Maleducato. Immagino di poter sopportare le sue pessime maniere dato che è l'ideale per altri versi. «Intendevo dire quanto durerà il tuo viaggio.»

Lui socchiude gli occhi. «Fin quando me la sentirò.»

«Dove hai intenzione di andare?»

Lui sbuffa. «Se te lo dico, poi te ne vai?»

Annuisco e lo rimpiango immediatamente, con una smorfia di dolore.

Lui tamburella con le dita sul tavolo prima di decidersi a dire: «Francia.»

«Oh. Io parlo il francese.»

«In effetti, volevo dire Italia.»

«Parlo anche l'italiano.»

Lui stringe gli occhi azzurri. «Cina.»

«Parlo il mandarino.»

Lui si alza, va verso la porta della cabina e la apre. «Buon per te. Addio.»

Mi alzo, faccio un passo verso la porta e mi fermo. Eccola. La mia unica e sola possibilità di avere una tregua. Non sono pronta per il matrimonio. Ho a malapena vissuto. Ho bisogno di un assaggio di vita diversa. Quella che a lui viene naturale.

Jackson Walker è l'antidoto per la mia vita improntata alla correttezza.

La chiave per liberare la nuova, scorretta Emma. Che fortuna capitare proprio su questa barca!

Colgo l'attimo, con uno sfoggio di selvaggio ottimismo e disperazione. «Ho appena lasciato il mio lavoro al palazzo. Hai bisogno di una cameriera?»

3

Una cameriera? Sta cercando di prendermi in giro con questa stronzata? Prima di tutto, non ho servitori, beh, a meno che si conti il mio manager, ma almeno la metà delle volte sembra che lavori io per lui, non viceversa. Secondo, pensa proprio che sia un fottuto idiota? La conoscono tutti. L'ho vista su un'infinità di riviste patinate, giornalacci di gossip e su Internet. È nota per le opere di beneficenza e il suo fidanzamento con un ricco futuro sultano. La principessa Emma, con il suo elegante accento di Villroy, un inglese corretto con un accenno di cadenza francese. Ha presentato la nostra band all'evento per la Fondazione per la Ricerca sul Cancro a Londra. Deglutisco il groppo che ho in gola, ricordando quella notte. Avevamo appena perso il nostro tastierista, Charlie, per un'overdose. Io ero fuori di me per il dolore e avevo riversato tutto nella musica. Charlie era come un fratello per me.

Fisso il suo volto perfetto con i grandi, innocenti occhi nocciola, il nasino all'insù e le guance rosate, risentito perché mi ha ricordato quella serata. I suoi lunghi capelli castani diritti sono nascosti sotto una parrucca riccia che proprio non le dona. Scommetto che è vergine, con quegli occhi innocenti, il suo atteggiamento rigido e corretto, e il fatto che è fidanzata da quando aveva sedici anni. Il suo fidanzato sembra un tipo altrettanto corretto; probabilmente non sono andati oltre al tenersi per mano. Non ho nessun interesse per una principessa vergine. Non sto con una vergine da quando ero un adolescente e mi comportavo come un somaro, mi interessava solo scopare. E so che non merito qualcuno di nascita nobile come lei. Io vengo dal niente e non m'impegno mai con nessuno. Rimpiangerebbe di aver sprecato la sua prima volta dopo aver aspettato tanto. Sarei fuori dalla porta prima che potesse dire buongiorno. Oh, cazzo. Perché diavolo sto *pensando* di scoparla?

È quella bocca favolosa, quelle labbra da pornostar e, sì, ho premuto il pollice contro il suo labbro inferiore quando dormiva per vedere se era morbido come appariva. È così. E non mi sono sfuggite le sue curve generose strizzate nella camicia bianca troppo stretta e nei pantaloni neri. *Smettila di pensare con il cazzo.* La parola "guai" lampeggia forte sopra di lei. So che il suo matrimonio è oggi, lo sanno tutti, quindi che cazzo ci fa qui, vestita in quel modo?

La sua lista di peccati è lunga e sta crescendo. Ha forzato l'ingresso della barca del mio amico, si è sbronzata con la mia tequila, ha dormito nel mio letto, vomitato e ha perfino mangiato i miei Cocoa Puffs. Era la mia ultima scatola! L'avevo ordinata online prima di partire per questo viaggio (erano diventati come una droga durante il mio primo tour negli Stati Uniti). Non si trovano a Villroy o in Francia. Credetemi, ho tentato. Cioè, si possono comprare cereali al cioccolato in Francia? Sì. Sono buoni come i Cocoa Puffs, gli originali e i migliori? No. Metà scatola sprecata sul pavimento. È un sacrilegio. Ecco che cos'è.

«Beh?» mi chiede. «Mi assumerai? Il lavoro mi servirebbe e mi piace viaggiare.» Così corretta, così chic. Sembra aver dimenticato che i servitori dovrebbero essere più deferenti. Magari inserire un "signore" qui e là.

Mi avvicino e le tolgo la parrucca dalla testa. «So chi sei, Altezza.»

Impallidisce. «Oh.» Mi guarda, con le sopracciglia aggrottate, apparentemente confusa. «Che cosa mi ha tradito?»

«Uhm… tutto?»

Fa il broncio, sexy come il diavolo, prima di mettere le braccia conserte. «Anch'io so chi sei.»

«Favoloso. Entrambi sappiamo chi siamo. Che cosa ci vuole per farti scendere dalla mia barca? Ho bisogno di allontanarmi prima che arrivi qualcuno a cercarti.» Sono due settimane che sono all'ancora qui, finché il matrimonio di oggi ha attirato i paparazzi e la stampa che evito dopo il mio ultimo scandalo. Ero ubriaco fradicio, troppo whiskey l'ultima volta, e ovviamente quello non mi è stato d'aiuto quando la stampa mi si è rivoltata contro. Potrei aver detto vaffanculo al primo ministro e al presidente degli Stati Uniti per il loro ruolo nel dissanguamento dei musicisti. Dovevo incolpare qualcuno e loro sono in cima alla catena. Potrei essermi lasciato sfuggire qualche epiteto fallico. "Salsiccia molle che nessuno si metterebbe mai in bocca" fa risuonare un campanello. Ero in palla. Probabilmente il momento più creativo che avessi da un anno. Ma la cattiva stampa ha danneggiato la band e l'ha messa sotto pressione per il nuovo album, che dovrebbe essere consegnato alla casa discografica molto presto, per riconquistare il pubblico. Non ho mai voluto danneggiare i miei compagni di band, John e Max. Ne abbiamo passate abbastanza quando abbiamo perso Charlie.

Quelli che hanno i miei interessi in mente (vale a dire quelli che prendono una percentuale dei miei guadagni) hanno deciso che dovrei mantenere un basso profilo finché il prossimo album non sarà pronto al rilascio. Sono il compositore del gruppo, che mi sia rimasto o meno un grammo di creatività. Ufficialmente, sono in ritiro di meditazione in Tibet. Andare a zonzo in barca in solitario, dove voglio e quando voglio, è quanto di più simile alla meditazione cui posso aspirare. In ogni caso, quando i fotografi si sono spostati verso il palazzo per il matrimonio di Emma, mi sono avventurato a terra per un ultimo pasto prima di andarmene.

Lei si stringe la radice del naso e chiude gli occhi, sembra stia riflettendo. La getterò fuori bordo, se necessario.

Lei lascia cadere la mano e i suoi grandi occhi nocciola s'illuminano. «Rapiscimi. Pagherò io il riscatto.»

Faccio un passo indietro. «Cazzo, no. Non ho bisogno di quel tipo di attenzione.» Ci si aspetta una certa quantità di malefatte da una rock star: le fan, le feste, perfino le zuffe, tutto ok. L'attività criminale? È troppo. Mi sono lasciato alle spalle i miei giorni da piccolo delinquente. Non so che cosa mi aspetti. Tutto ciò che riesco a vedere è il vuoto.

Lei continua con una vocina sottile. «Non posso andare a casa. Non ancora. Per favore, lasciami restare. Sono sicura di poterti aiutare, in qualche modo.»

Non so perché stia scappando e non m'interessa. È un accidente di principessa. Può vendersi uno dei suoi tanti gioielli, come il sasso che ha al dito, e trovare il modo di andarsene da qui. Ed è esattamente ciò che le dico. Lei non sembra sentirmi.

Alza il mento e annuncia, in tono definitivo: «Tu, Jackson Walker, sei esattamente ciò di cui ho bisogno.»

Resto di sasso. Ha in mente la strana idea che io voglia giocare a essere il suo cavaliere dalla scintillante armatura. Cazzo, no! Le do un'occhiata di fuoco, dal seno pieno alla vita sottile e ai fianchi generosi prima di guardarla nuovamente negli occhi. Non sono così immune nei suoi confronti come vorrei, e i miei jeans che stanno diventando scomodamente stretti me lo ricordano, ma insisto. «Forse potresti pagarmi in un altro modo per restare a bordo.» Mi chino verso di lei e i suoi occhi diventano enormi, le sue labbra si aprono quando strofino il dito sulla vena che pulsa veloce nel suo collo. Abbasso la voce fino a un ringhio roco. «Un mese, niente impegni, e il corpo di questa principessa perfettina è mio.» Mi sto comportando da perfetto stronzo e mi aspetto uno schiaffo e un veloce arretrare verso la porta. Che è ciò che voglio.

«Sì.»

Resto a bocca aperta. «Cosa?»

Lei mi sorride radiosa, tutta dolcezza, esultante perché ha vinto. «Sono tutta tua. Un mese.»

«No. Non era…»

Lei si volta e corre verso la mia camera. Sento il clic della serratura. Cazzo, non riesco a crederci.

Vado alla porta e picchio il pugno. «Apri.»

«Non finché saremo al largo.»

«Non ti terrò qui. L'ho detto per scoraggiarti.»

Silenzio.

Vado in cucina, cerco qualcosa per scassinare la serratura nei cassetti. Trovo un pezzo di fil di ferro rigido e mi metto al lavoro. Qualche istante dopo, la serratura scatta e apro la porta.

Lei ha gli occhi sgranati. «Hai fatto in fretta a scassinare quella serratura. Eri un criminale prima di diventare una rockstar?»

«L'ho forzata più in fretta di te?»

«Sì!»

Sapevo di aver chiuso a chiave la cabina. Vorrei chiederle dove aveva imparato quel trucchetto, ma il mio bisogno di farla scendere dalla barca è più forte della mia curiosità. Da un momento all'altro ci sarà una torma di gente insieme a un mucchio di fotografi. Non voglio peggiorare le cose per me o la band. «Ora, principessa, dobbiamo fare le cose nel modo facile o in quello difficile?»

Lei abbassa gli occhi sul mio inguine e sono quasi sul punto di coprirlo con la mano. Maliziosa. I suoi occhi nocciola brillano. «Nel modo difficile.»

Mi muovo in fretta, me la carico sulla spalla e tengo ferme le gambe scalcianti con un braccio. Mi volto e vado verso la porta della cabina, con i suoi pugni che mi martellano il didietro. Ahi. È proprio brava con i pugni. «Smettila di colpirmi il sedere!»

La sculaccio a mia volta.

«Ohh.»

Era un gemito? Mi fermo e poi riprendo il controllo. «Spero che tu sappia nuotare.» Esco e salgo le scale fino al parapetto sul ponte che dà sul mare.

Lei mi afferra stretta la maglia. «Non buttarmi in mare! Daremmo spettacolo! Ho incasinato tutto e non posso ancora affrontarli.»

Esito davanti all'emozione forte e viva nella sua voce. Ne so qualcosa di casini.

«Per favore, Jackson. Ho bisogno di un po' di tempo per

capire che cosa fare. E-e voglio un assaggio di vita normale. La mia mi sta soffocando.»

La capisco. Il bisogno di scappare, il desiderio di qualcosa di diverso.

Emma resta immobile. «Per favore, lasciami restare. Ho bisogno di un po' di tempo, un po' di spazio, forse di reinventarmi. Sono così smarrita.» Le trema la voce.

Sospiro, le sue parole mi sono fin troppo familiari. Anch'io voglio reinventare me stesso, perché, adesso, sono un guscio vuoto. Più mi dico di tornare alla musica più diventa difficile. Ero solito suonare e usare Charlie come cassa di risonanza, e adesso Charlie non c'è più. Non tocco la chitarra da mesi. Sono infelice, bloccato, maledettamente finito. Lo scopo del viaggio in barca è proprio di ritrovare la musica.

Non sono più stato lo stesso dopo aver perso Charlie. La sua morte ha distorto la musica, facendola diventare rumore di statica. È un fottuto tormento averli persi entrambi. Ho già ottenuto un anno di proroga sul mio contratto, ma devo produrre presto il nuovo album, altrimenti risulterò inadempiente. La casa discografica potrebbe farmi causa e probabilmente si prenderebbe l'ultima cosa che mi resta: la mia casa. Sono già scarso di fondi dopo aver dato al figlio di quattro anni di Charlie e alla sua ex-moglie, Dorrie, un grosso assegno per evitare loro di finire a dipendere dai servizi sociali. Dorrie ha già abbastanza problemi con l'asma di cui soffre, dovendosi occupare di un bambino pieno di energie. Charlie non ha lasciato loro niente; ha speso tutto per le droghe e per uno stile di vita stravagante. In parte è colpa mia. Sono io quello che gli ha fatto provare le droghe la prima volta. Poi io mi sono ripulito. Lui è peggiorato. È il motivo per cui il suo matrimonio è andato in pezzi. È il motivo per cui *tutto* è andato in pezzi.

Stringo i denti e la rimetto in piedi. Da vicino, i suoi occhi sono verdi con un anello dorato intorno all'iride, grandi, speranzosi; ha le guance rosa carico. È come prendere a calci un cucciolo. Non ce la faccio. «Ti farò scendere al prossimo porto» borbotto, andando a salpare l'ancora.

Lei mi segue. «In Italia?»

«Francia.» È a sole due ore di distanza. Poi me ne laverò le mani. Lei è una complicazione di cui non ho bisogno.

«Preferirei veramente se arrivassi un po' più lontano.»

Piego la testa di lato. «Non mi interessa che cosa preferisci.» Finisco di levare l'ancora e vado ai comandi sul ponte. Il mio amico mi ha insegnato come pilotare la barca ed è stato un gioco da ragazzi.

Emma è al mio fianco qualche minuto dopo mentre mi sto staccando dal molo. «Mi renderò indispensabile. Da subito. Insegnami a guidare questa cosa e poi possiamo fare a turno.»

Digrigno i denti. Non si *guida* una barca. Inoltre, questo doveva essere il mio viaggio in solitario per darmi una regolata e non ho intenzione di farle da babysitter. «Che ne dici se, invece di renderti indispensabile, ti rendi invisibile?»

Emma sporge il labbro inferiore, facendo il broncio, e vorrei succhiarlo e morderlo. *No, no, no.* Non è passato troppo tempo per me, no? Da quando ho messo piede sulla barca. Un mese. In effetti è un periodo lungo per me, e pensarlo mi fa sentire meglio. Non è lei. Di chiunque fossero, quelle labbra imbronciate da pornostar avrebbero lo stesso effetto.

Mi concentro di nuovo sulla navigazione per allontanarmi da Villroy.

«Grazie, Jackson. Ti prometto che non ti accorgerai nemmeno che sono qui.» Dà una stretta al mio braccio, che si scalda in quel punto. Diavolo.

Emetto un lungo sospiro. «Dà un colpo di telefono alla tua gente e informali che sei al sicuro. Non voglio che mi diano la caccia.»

«Prometto che lo farò, appena ci saremo allontanati.»

Non so perché penso di potermi fidare della sua promessa, visto che è chiaramente capace di sotterfugi; dopo tutto si è sfilata dal suo matrimonio travestendosi, ma le credo. È una contraddizione vivente.

Riesco a malapena a nascondere un sorriso.

~

Emma

Per un po' guardo di nascosto Jackson ai comandi, senza farmi vedere, nel caso in cui ci sia un'emergenza sulla barca e abbia disperatamente bisogno che lo sostituisca. Mi sembra piuttosto semplice. Una volta arrivati in mare aperto, sembra restare semplicemente lì, quindi decido di fare la cameriera. Voglio rendermi utile.

Per prima cosa, la stanza da letto incasinata. Raccolgo i vestiti sporchi dal pavimento e cerco in giro un cesto per la roba d lavare. Trovo un minuscolo ripostiglio con un solo oggetto: la custodia di una chitarra. Beh, non ho intenzione di impilare i vestiti sporchi sopra quella. Probabilmente è la cosa cui tiene di più. Appoggio i vestiti sporchi sopra la cassettiera e cerco nei vari cassetti, cercando un sacco per la biancheria o roba simile. Ci sono solo altri vestiti, nessuno dei quali piegato a dovere. Mmm, sono puliti o sporchi?

«Che cosa stai facendo?»

Sobbalzo, con il cuore che martella contro la gabbia toracica. «Stavo ritirando i tuoi vestiti sporchi.»

«Perché?»

«Perché sono *indispensibile*.» Il tono della mia voce si alza alla fine della frase, quasi fosse una domanda. Aggiungo un breve cenno con la testa per cementare la mia dichiarazione.

Jackson afferra la pila di vestiti dalla cassettiera e la butta in una piccola alcova sopra di noi che, lo vedo ora, contiene i vestiti sporchi. Poi si volta a guardarmi. «Resta seduta in soggiorno e non toccare le mie cose.»

Ingrato. Non sa che è un gesto straordinario da parte mia fargli da cameriera? A casa ho la servitù per questo tipo di cose. Apro la bocca per dirgli esattamente quello, poi ci ripenso. Non mi aiuterebbe certo con il mio obiettivo di restare sulla barca. Speravo che la sua minaccia di scaricarmi al primo porto fosse solo una tipica sfuriata maschile, come fanno i miei fratelli, ma devo anche prendere in considerazione la possibilità che abbia veramente intenzione di farlo.

Vado in soggiorno e mi siedo sul divano.

Lui mi segue e si ferma davanti a me per un momento, fissandomi con un'espressione illeggibile.

«Dovresti continuare a restare al timone, altrimenti potremmo finire arenati» gli dico.

«Grazie per il suggerimento, Altezza» borbotta e se ne va.

Bene. Non era il caso di essere così sarcastico. Se mi permetterà di restare, allora il nostro patto era che saremmo stati amanti, cosa su cui sono entusiasticamente d'accordo. Quale modo migliore di rompere con la vecchia, brava Emma del sesso selvaggio con una rockstar dalla pessima reputazione? Almeno presumo che sia quello il tipo di sesso che fa lui. Sono anni che non faccio sesso. Direi che è ora e mi sento abbastanza spericolata da arrivare fino in fondo. Ho già abbandonato la mia vecchia vita. Questa breve tregua dovrebbe permettermi di dare una sbirciata a una nuova vita. Spero.

Torno nella stanza da letto e fisso il letto in disordine, pensando a come sarebbe condividerlo con Jackson. Sento caldo dappertutto al solo pensiero di lui nudo. È un letto matrimoniale, non molto largo. Immagino che lo occupi quasi tutto con il suo fisico grande e muscoloso. Dovrò dormire premuta contro di lui per tutta la notte. Mi strofino il lato del collo, immaginando che mi baci proprio lì. Non ho mai passato la notte con un uomo. Sesso, sì. Dormire, no. Era impossibile per via di chi sono io e di chi era lui. Mi domando, non per la prima volta, come se la stia cavando Adam. Sono passati sei anni, magari è sposato e ha una sua famiglia. Una fitta di nostalgia mi fa entrare in azione, raddrizzo le coperte sul letto e le liscio. Non è che porti rancore ad Adam per la sua felicità. Vorrei solo che fossimo rimasti in contatto. Mi ha dato tanto, insegnato tanto. Per una volta mi ero sentita libera, felice, come se tutto fosse possibile. Quanto ero giovane e stupida! Avevo solo diciotto anni, ero lontana da casa per la prima volta, all'università. L'ho avuto per un anno e l'ho amato con tutto il cuore. Forse è quella la ragione vera per cui ho abbandonato Abdul. Non provavo niente per lui, nemmeno un briciolo di attrazione e sapevo qual era la differenza.

Guardo il lavoro fatto, scontenta. Il letto non ha un bell'aspetto come quando lo fa Lina. Forse perché non ci sono cuscini decorativi. Tiro la coperta sopra i cuscini e la rimbocco un po', ma a quel punto non arriva in fondo al letto. Ah, un compromesso. Sposto io cuscini un po' più in basso e risistemo la coperta perché arrivi fino ai piedi del letto. E voilà. Letto rifatto, bello in ordine.

Esco dalla stanza e vado nel piccolo bagno per vedere se posso sistemare qualcosa lì. Puzza ancora un po' di vomito. Comincio subito a respirare dalla bocca e apro la finestrella rettangolare sopra il wc. Poi sposto l'attenzione sul lavandino. Ci sono tracce di dentifricio e peli di barba. Mi si rivolta lo stomaco e la bile sale, per il disgusto e l'odore. Corro fuori dal bagno e mi sposto in cucina.

Okay. Posso lavare la pila di piatti nel lavandino. Trovo una spugna e il detersivo per i piatti sotto il lavandino e ne verso una buona quantità. Un attimo dopo mi rendo conto del mio errore. Troppo detersivo. Le bolle stanno invadendo tutto, e si scivola. Nessun problema. Farò semplicemente scorrere l'acqua. *La-la-la*. Mi sto veramente rendendo *indispensibile*. Passo la spugna dappertutto, risciacquo a lungo e sistemo tutto per bene sul ripiano.

Esploro il resto della cabina. Nella stanza di soggiorno non c'è granché. Solo il divano a U e il tavolo, il suo laptop chiuso e un armadio incassato con la TV. Mi sposto sul davanti della barca dove c'è una piccola zona relax simile al soggiorno, ma di un colore rosso sbiadito. Le tende in tinta oscurano il panorama. Alzo le tende e fisso il mare. Libertà. È una bella cosa.

Resto seduta lì a lungo, a fissare l'orizzonte e poi la linea costiera della Francia che si avvicina. Nantes non è così lontana. Lo yacht ce la fa in un'ora. Non so quanto possa andare veloce questa barca. Devo evitare che mi scarichi in tutta fretta. Vale a dire, evitare che Jackson mi faccia sbarcare. Non è ancora convinto che possa essere una buona compagna di viaggio. Potrei mettermi nuda, ma non sono sicura se *si* butterebbe o se *mi* butterebbe a mare. Temo di essere stata più entusiasta io di lui all'idea di un'avventura. Poi ricordo quanto sembrava irritato perché avevo versato i Cocoa Puffs. Devono piacergli veramente tanto. Gliene preparerò un po' prima di arrivare in porto.

Vado in cucina e frugo nell'armadietto per trovare una ciotola e gliene verso una dose generosa. La scatola sembra veramente leggera. Sul fondo restano solo poche briciole. Nemmeno sufficienti per un'altra ciotola. Verso tutto. Adesso il latte. Il piccolo frigorifero è piuttosto vuoto. Ci sono alcune scatole di take-out, senape, un sacchetto di mele, Nutella e uova. Ah, eccolo nella porta.

Verso il latte sui Cocoa Puffs, quasi facendo traboccare la ciotola. Adesso un cucchiaio.

Qualche minuto dopo ho tutto ciò che mi serve e vado sopra da Jackson, che è ai comandi. «Ti ho preparato uno spuntino.»

Lui dà un'occhiata, poi fissa la ciotola. «Ci hai buttato tutta la scatola?»

Mi avvicino e gliela porgo. «Non ne restavano molti. Te ne comprerò altri.»

Lui continua a fissare. «Il latte.»

«Pensavo fosse così che tutti mangiano i cereali.»

Lui chiude gli occhi e borbotta: «Il latte era acido.»

«Allora perché era ancora nel frigorifero?»

Jackson mi fissa negli occhi mentre parla tra i denti. «Perché non avevo ancora portato fuori la spazzatura. Non aspettavo visitatori, sai. Non aspettavo che un'intrusa facesse fuori la mia unica scorta di Cocoa Puffs.»

Mi sfugge una risata. È così indignato per dei cereali da bambini.

«Pensi che sia divertente?» mi chiede.

Io faccio un passo indietro. «No. Ho solo visto qualcosa che era un po' divertente.» Guardo sopra la sua spalla, fingendo di vedere qualcosa nell'acqua. «Era un delfino giocherellone.»

I suoi occhi sono fessure piene di intenti omicidi.

Mi porto involontariamente la mano alla gola.

«La tua borsa è nell'armadietto sotto la TV» dice ringhiando. «Telefona a casa.»

«Lo farò.» È così che ha capito chi ero? Ha frugato nella mia borsa. Mi sentirei molto meglio se fosse così. Non che voglia che frughi...»

«*Adesso*» comanda con una voce così piena d'autorità che raddrizzo automaticamente la schiena.

Con tutta la dignità possibile, mi volto e torno in cabina. Non avrei dovuto ridere. Sto veramente incasinando tutto. Non credo che mi permetterà di restare per quella roba di fare la cameriera e nemmeno come amante. Peccato, perché mi affascina. È selvaggio e libero, dice ciò che vuole, fa ciò che vuole. Le mie buone intenzioni nei suoi confronti non hanno avuto successo. Ora i piani di fuga A e B sono a un punto morto, ho bisogno di un piano C. Mi piace l'idea di reinventarmi, di vivere un po' e provare un assaggio di un tipo di vita diversa. Mi dà una tregua dal casino che ho lasciato a casa e mi fa sperare nella possibilità di essere felice. Ovviamente, prima o poi dovrò affrontare la situazione e chiedere perdono a tutti, specialmente ad Abdul. Non posso impegnarmi a passare la vita con lui. Adesso lo so.

Prima di tutto devo chiamare casa. Prendo il telefono, mi sistemo sul divano e rifletto. C'è qualcuno di cui mi possa fidare, che non cercherà immediatamente di trascinarmi a casa e farmi rispondere dei miei crimini? Chiamerò Anna. È lei che mi ha fornito l'auto per la fuga e questo significa che è dalla mia parte. Chiamo la mia cameriera, Lina per prima e le chiedo sommessamente di trovare Anna e di portarla al telefono. Parecchi minuti dopo Anna esordisce con: «Dimmi solo che sei al sicuro.»

«Sono al sicuro.»

Lei lascia andare il fiato, rumorosamente. «Dove sei? Quando torni? Che cosa vuoi che dica ad Abdul?» È parecchio di più di "dimmi solo che sei al sicuro".

«Sono con un amico sulla sua barca.»

«Sei con un uomo?» Abbassa la voce. «È il tuo amante segreto?»

«No!»

«Beh, che ne so io! Mi hai sorpreso scappando in quel modo. Pensavo che avresti fatto un giretto in auto prima, tornare in te e annullare l'intera faccenda in modo discreto.»

Deglutisco, forte. «Ripensandoci...»

Anna scoppia a ridere. «Con senno del poi... vabbè, non

hai scelto il modo migliore di procedere, ma almeno ti sei battuta per ciò di cui hai bisogno. Tra parentesi, hanno trovato il tuo vestito in lavanderia e la statuina centro-torta rotta. Sembra piuttosto inquietante che la tua testa si sia staccata di netto.»

«L'ho pensato anch'io» mormoro.

«Dov'è l'auto che hai preso?»

«L'ho parcheggiata nell'area riservata alla servitù. Le chiavi sono nel cruscotto.»

«Ben fatto! Chi avrebbe mai pensato che la brava e buona Emma potesse essere così subdola?»

«Beh, non si sa mai di che cosa si è capaci in un momento "adesso o mai più".» Mi liscio i capelli. «È stato piuttosto precipitoso.»

«Bell'eufemismo. Ascolta. Io sono con te, al cento percento. Non mi piaceva questa storia del matrimonio combinato, ma, Emma, la stampa è accampata qui fuori e non se ne vuole andare. Finora i resoconti non sono buoni per la reputazione della nostra famiglia. Gabriel è furioso perché ci hai lasciato ad affrontare le conseguenze, come lo è tua madre, e la famiglia di Abdul si rifiuta di andarsene finché non andrai fino in fondo.»

«Mi dispiace! Mi sono fatta prendere dal panico!»

«C'è dell'altro.»

Stringo più forte il telefono. «Cosa?»

«La famiglia di Abdul dice che se non ritorni e non lo sposi, faranno causa alla nostra famiglia per rottura di contratto. Ci sono documenti firmati. Avrebbe potuto sposare qualcun altro anni fa, ma ha aspettato che compissi venticinque anni. Lui ha mantenuto la sua parte dell'accordo. Pretendono che tu mantenga la tua. Sinceramente, penso che semplicemente non vogliano affrontare l'umiliazione pubblica. Se potessimo trovare un modo per rendere loro più facile tirarsi indietro…»

«Non so che cosa potrebbe essere.»

«Nemmeno io. Dobbiamo pensare a qualcosa. Non possono restare qui all'infinito.»

Sospiro, tremante. «Mi serve un po' di tempo per pensare.

Quasi vorrei fare ciò che ha fatto Polly, sai. Ricominciare da capo come qualcun'altra.» Anna è una lontana cugina di Polly, la principessa in incognito che in questo momento considero una grande fonte di ispirazione.

«Vuoi nasconderti per un po'. Va bene, purché tu sappia che, prima o poi, dovrai affrontare nuovamente la tua vita.»

«Lo so. Solo…» Mi si spezza la voce. «Ho perduto mio padre; mi sembra di aver perso mia madre; e da qualche parte lungo il percorso ho perso anche me stessa. Ho solo bisogno di spazio per scoprire chi sono lontana dal palazzo.»

«Oh, tesoro, ti capisco. Lasciami riflettere e ti richiamerò con un piano. Probabilmente riuscirò a farti guadagnare una settimana. Voglio anch'io che ti goda un po' di libertà. Sei quella che ne ha più bisogno. Sei stata troppo rigida, come il vecchio Gabriel. Forse hai solo bisogno di passare un po' di tempo con qualcuno più simile a me, per scioglierti un po'. Peccato che non possa allontanarmi proprio adesso, con il progetto che ho in corso…»

«Grazie comunque. Ci penserò anch'io.» Le intenzioni di Anna sono buone, ma lei esagera. Temo che mi farebbe diventare una versione di se stessa, sfacciata e senza peli sulla lingua. A volte le sue maniere lasciano parecchio a desiderare.

«Ascolta, ho promesso a tua madre che le avrei fatto sapere appena ti fossi messa in contatto. Aspettati una chiamata da lei, molto presto.»

Intontita, con il cuore in gola, mormoro un saluto. Poi aspetto, fissando il telefono, con il corpo che vibra per la tensione. Passano parecchi, lunghissimi, minuti. Ho lo stomaco sottosopra, il respiro affrettato mentre penso a tutti i peggiori scenari possibili: mi ripudierà, mi esilierà da Villroy per sempre. Proprio quando comincio a pensare che mi è stata concessa una tregua, il telefono suona e io sobbalzo.

L'afferro e controllo lo schermo. È la sua linea privata. «Ciao, mamma.»

«Che cosa stavi pensando?» mi chiede bruscamente.

«Mi dispiace di essere scappata. Avrei dovuto parlare prima di arrivare al punto di farmi prendere dal panico, ma ero così impegnata a fare il mio dovere, formare un'alleanza per il regno, renderti fiera di me che ho messo da parte tutte le mie preoccupazioni, e poi alla fine sono scoppiate tutte all'ultimo momento.»

Silenzio. Sto sudando freddo, aspettando che cali l'ascia. Sul mio collo.

«Mamma?»

La sua voce è gelida. «Hai messo in imbarazzo la famiglia, danneggiato i nostri rapporti non solo con il regno di Abdul, ma con i suoi alleati e, peggio ancora, hai infranto la tua promessa. Hai portato disonore e vergogna al nome dei Rourke. Non avrei mai pensato che proprio tu, tra tutti i miei figli, mi avresti tradita in questo modo.»

Risucchio il fiato. «Non è stato un tradimento. Sono d'accordo che è stato scorretto e mi dispiace veramente moltissimo per l'imbarazzo.»

«A volte le scuse non bastano.» Il telefono diventa muto.

Sento gli occhi bollenti. Ho passato tutta la mia vita tentando di soddisfare le sue altissime aspettative, un esercizio completamente inutile. Mi asciugo la lacrima che mi è sfuggita. Forse non voglio più tentare.

Non sono più la figlia di mia madre, non sono più una fidanzata o una brava principessa. Questo mi porta a chiedermi…

Chi è Emma Rourke?

4

———————

Emma

Se Jackson mi scaricherà al prossimo porto, dove andrò? Riuscirei a viaggiare da sola in incognito ed esplorare un po'? Magari in treno. Il tempo sta diventando freddo ora che è novembre. Prendo in considerazione la Francia, la Spagna e l'Italia, tutti paesi che mi sono familiari. Parlo tutte e tre le lingue. Ho un buon orecchio per le lingue. Dio, sono stanca. Appoggio la testa sulle braccia e metto in pausa per un po' il mio povero cervello. È stata una giornata pazzesca.

Il mio telefono suona qualche minuto dopo. È un numero privato del palazzo. Potrebbe essere Anna. Potrebbe essere anche mia madre, con il benservito definitivo, o Gabriel pronto a farmi la ramanzina. «Pronto» dico dolcemente, come se potesse ammorbidire l'indignazione della persona all'altro capo.

«Sono Anna. Okay. Ho un paio di possibilità. Adrian potrebbe farti avere una stanza al Fairmont Monte Carlo. È talmente un habitué del casinò che gliela offrono sempre. Dice che non avresti nemmeno bisogno di uscire dall'albergo. Hanno tutto ciò di cui potresti avere bisogno, ristorante, spa, casinò. Ehi, adesso voglio andarci io! Che ne pensi?»

Adrian è il mio fratello minore e un giocatore di poker professionista, un vero squalo. Mi trema il mento. Mi sta sostenendo nonostante il casino che ho combinato. Faccio un respiro profondo per calmarmi, cercando di riflettere. Sono sicura che è ben conosciuto al casinò, e questo significa che sarò riconosciuta anch'io e che le mie possibilità di trovare un tranquillo rifugio sono veramente poche.

«Sembra un posto troppo affollato. Qual è l'altra possibilità?»

«Una villa sul lago di Como, in Italia. Lucas conosce il proprietario, una stella del cinema, non vuole dirmi quale, ma dice che la usa solo d'estate. L'unico problema è che è piuttosto isolata. Credi che ti potrebbe accompagnare un'amica? O magari potremmo mandarti Lina. Non penso che dovresti restare da sola in questo momento. Hai bisogno del sostegno degli amici. E avrai bisogno delle guardie del corpo. Non è sicuro, specialmente con l'interesse della stampa per la tua fuga nuziale. È così che l'ho definita privatamente in famiglia, per evidenziare il fatto che stai cercando di dispiegare le ali.»

«Immagino sia un modo di dire buono come un altro.» È contorto, ma quasi mi piace. Cerco di pensare a chi potrei chiedere di venire con me nella villa. Ho una manciata di amiche, proveniente da altre famiglie nobili. Non capirebbero il mio bisogno di rompere con la vita di corte. Loro l'adorano. E la mia cameriera, Lina, mi ricorderebbe casa mia...

«Inviterò l'amico a cui appartiene questa barca. Si chiama Jack.» Uso una versione abbreviata del suo nome, non voglio far trapelare nulla. Deve voler la sua privacy se si è imbarcato in un lungo viaggio in solitario. Dubito che vorrà accompagnarmi, ma farà sentire meglio la mia famiglia pensare che non sono da sola. In effetti io *non* voglio restare da sola. Farò del mio meglio per convincere Jackson ad accettare. L'idea sembra molto più plausibile che non rendermi utile su una barca.

«Oh, Jack. Mi piace il nome. Cognome? Come vi siete incontrati? Da dove viene?»

«Ci siamo conosciuti a un evento di beneficenza.»

Ci vuole un attimo prima che Anna esclami: «Ah, è così?»

«Sì. Sta cercando un po' di privacy anche lui.»

«Mi dispiace, Emma, niente da fare. Ho dovuto fare parecchie pressioni su Gabriel per farti avere questa settimana. Era frenetico quando sei scomparsa e, una volta saputo che eri al sicuro, furioso che ti fossi lasciata alle spalle tutto questo casino.»

«Mi dispiace. Veramente. Se potessi tornare indietro…»

«Lo so, ma il fatto è che Gabriel potrebbe ordinarti di tornare e tu saresti obbligata a obbedire al tuo re. Io sono l'unica cosa che c'è tra la tua libertà e il tuo dovere. Voglio che tu abbia questo tempo, ma qui la situazione è critica e dobbiamo sapere che cosa stai facendo e con chi. Non possiamo gestire le notizie, se ci sono altre sorprese in arrivo. Mi capisci, vero?»

Tengo il telefono vicino alla bocca e sussurro: «È Jackson Walker, degli Ignite.»

«Oh mio Dio» esclama Anna.

«È stato gentilissimo durante tutta questa, mmm, situazione inaspettata…»

«Emma, hai idea dello scandalo che lo riguarda, vero? Sai quanto sarebbe brutto essere associata a lui? Il *tuo* scandalo, in aggiunta al suo?»

«Non seguo la stampa su di lui…»

«Beh, è *orribile*. La stampa gli si è rivoltata contro. E anche un mucchio di fan. Ha insultato il primo ministro britannico e il presidente degli USA. Ha esagerato. Oh, diavolo. E adesso abbiamo il regno di Abdul e i suoi alleati che se la stanno prendendo con noi. Mi dispiace, Emma, e lo dico come fan *appassionata* di Jackson come musicista, ma per te, in questo momento, lui è la persona peggiore con cui stare. E hai idea della sua reputazione con le donne? È peggiore di quella di Phillip! Un puttaniere fatto e finito.» Phillip è mio fratello, maggiore di me, precedentemente conosciuto come *Royal Hottie*, con la reputazione di impenitente donnaiolo. Si è redento ed è diventato monogamo quando ha conosciuto e si è innamorato di Ruby, la sua fidanzata.

Questa nuova informazione mi fa solo pensare che Jackson sia la persona ideale con cui nascondermi per una settimana. Se assomiglia a Phillip, allora lo capisco, almeno in parte (problemi a impegnarsi), e capirebbe come nessun altro al mondo il tipo di scandalo in cui sono invischiata. Vorrà tenere tutto sotto silenzio, come me. «Non mi preoccupano la sua reputazione e i suoi scandali. Staremmo nascosti. Inoltre Jackson e io siamo solo amici.» Più o meno. Non so proprio se lui mi trova affascinante come lo trovo io.

Anna fa un verso di scherno. «Non è così che gioca lui. Per quanto pensi che durerebbe quella cosa del "solo amici" quando sarete da soli nella villa? E lui non è il tipo di uomo che potresti portare a casa. Nessuno lo approverebbe.» Sospira. «Io posso arrivare solo fino a un certo punto.»

Sento di nuovo lo stomaco che si contrae, un sapore cattivo in bocca. Ho già deluso la mia famiglia con il fiasco di Abdul. Non voglio rischiare di deluderli ancora. Ovviamente non posso mettermi in testa idee romantiche su Jackson.

Anna addolcisce il tono di voce. «In questo momento non stai pensando razionalmente, quindi lo farò io per te. No a Jackson Walker. Ti manderò due guardie e uno dei tuoi fratelli. E so che un fratello non è chi sceglieresti come supporto morale, ma, sfortunatamente, tua sorella deve tornare al lavoro e partirà presto per gli Stati Uniti, e io sono occupata con tutto il resto. È il modo migliore per tenere tutto sotto silenzio. Tu otterrai una settimana di respiro per raccogliere le idee e poi tornerai a casa e risolverai i tuoi problemi.»

Mi innervosisco. Mi sta mandando un babysitter. Questa è esattamente come la mia vecchia vita restrittiva. Decidono tutto per me. Il mio dovere verso la famiglia e il regno prevalgono su ciò che voglio. Non so nemmeno che cosa voglio veramente, a parte la possibilità di scoprire chi sono lontana dal palazzo. Forse allora capirò veramente che cosa desidero e avrò una possibilità di essere felice.

Parlo pacatamente. «Non sono nemmeno sicura che Jackson mi accompagnerebbe, ma vorrei chiederglielo. Accetterò le guardie. Niente fratelli.»

Anna sospira a lungo. «Non costringermi a giocare la carta della regina.»

Tutto in me si ribella. Odio la sensazione di non avere alcun controllo sulla mia vita. Ho avuto un brevissimo assaggio di libertà e le pareti mi si stanno nuovamente chiudendo intorno.

«Ti voglio bene, Emma. Per favore, accetta ciò che ti sto offrendo.»

Mi ha tolto il fiato. Mi vuole bene? Mia cognata è ancora una nuova arrivata in famiglia. Ma poi penso a come ha cercato di parlarmi di Abdul prima del giorno del matrimonio, a come sia l'unica che mi abbia dato la scelta di andarmene e pensare, e a come ora sia l'unica a offrirmi una possibilità di respirare. Dev'essere vero.

Le lacrime mi offuscano la vista e mi si stringe la gola. «Significa moltissimo averti al mio fianco, Anna. Spero che potremo passare più tempo insieme quando tornerò.»

«Mi piacerebbe. Allora, vanno bene le mie condizioni?»

«Sì.» È l'unica alternativa che ho. E Anna ha fatto più di quanto potessi sperare.

«Perfetto. Ora, dove sei?»

«Mi sto dirigendo al porto di Nantes.»

«Sai, avevo detto a Gabriel di cercarti a Nantes. È il punto più vicino a Villroy, ma nooo, lui ha insistito che era troppo ovvio e che ti saresti diretta in Inghilterra o in Spagna. Quell'uomo è impazzito per la preoccupazione e ovviamente non sta pensando chiaramente. E il resto dei tuoi fratelli non è stato minimamente d'aiuto. Stanno tutti facendo il tifo perché non sposi Abdul e sono convinti che tu sia ancora sull'isola, nascosta da qualche parte. Gabriel e io sapevano che saresti finalmente esplosa e avresti lasciato Villroy.»

Mi permetto un sorrisino. I miei fratelli potranno anche prendermi in giro, fin troppo, ma vogliono ciò che è meglio per me, e sanno che non è Abdul.

Anna continua: «Silvia è sconvolta perché non ti sei rivolta a lei. Ti avrebbe riportato con sé negli Stati Uniti per una lunga visita.» Minore di me di due anni, Silvia ha sposato un americano e ora vive là.

Smetto di sorridere. Silvia e io non siamo mai state unite. È la gemella di Adrian e sono stati appiccicati l'uno all'altro per quasi tutta la nostra infanzia. È sempre stata gelosa del legame che avevo con mia madre. «Non avrei mai voluto impormi a lei e suo marito. Mi metterò in contatto, però.»

«Il jet è a Nantes dato che Phillip era appena venuto per il tuo matrimonio. Farò loro sapere di aspettarti. Hai bisogno di niente? Vestiti? Contanti? Passaporto?»

«Ho tutto ciò che mi serve.» Non è esattamente vero, ma immagino di poter comprare dei vestiti in Italia. Non voglio che Anna debba occuparsi anche di quello. «Grazie Anna, sono in debito con te.»

«E non pensare che non lo riscuoterò!» Si mette a ridere. «Spero che questa settimana sia esattamente ciò di cui hai bisogno. Arrivederci.»

La saluto e resto seduta lì per un momento, persa nei miei pensieri. Spero che una settimana lontana da tutto faccia un po' di chiarezza, anche se so che niente potrà attenuare la gravità delle conseguenze che dovrò affrontare quando tornerò. Non so come sistemare le cose con Abdul e la sua famiglia.

La porta della cabina si apre e Jackson entra. «Siamo arrivati.» Sembra un po' diffidente, come se pensasse che insisterò per restare sulla barca. Immagino di aver fatto parecchia resistenza prima.

Mi alzo. «Giusto. Grazie per il passaggio. Resterai a Nantes o andrai a sud?» Immagino che sia diretto verso climi più caldi dato che è novembre.

Jackson si passa le mani tra i capelli. «Le previsioni del tempo non sono buone nel Golfo di Biscaglia. Potrei dovermi fermare per qualche giorno.» Il golfo è al nord della Spagna.

«Quindi hai intenzione di navigare in solitario intorno alla Spagna, il sud della Francia e finalmente arrivare in Italia? O era la Cina?» Gli sorrido allegramente, facendogli sapere che non provo risentimento per il suo precedente rifiuto. «Potrebbe volerci un mucchio di tempo.»

Lui alza una spalla. «Ho tutto il tempo del mondo.»

«Sembra stancante.»

«Mi prenderò delle pause.»

Mi avvicino. «Farò anch'io una pausa. Sono diretta alla villa di un amico sul lago di Como, in Italia. La regina mi ha concesso una settimana di pausa dalla mia vita. Poi dovrò affrontare il casino che mi sono lasciata dietro.»

«Che cos'hai fatto? Sei scappata dall'altare?»

Faccio una smorfia. «Non ero proprio dall'altare, ma, sì, sono scappata il giorno del mio matrimonio. Almeno Abdul non ha subito l'umiliazione di restare sull'altare ad aspettarmi. Non che sia una gran consolazione.» Respingo l'orribile sensazione di rimpianto. Avrei dovuto gestire molto meglio la situazione e ora è troppo tardi. «Mi occuperò di tutto. La stampa, l'alleanza andata in fumo, il mio ex-fidanzato, la reputazione della mia famiglia che ho infangato.» *Mia madre.*

«È lunga la lista delle cose che devi affrontare» dice, sorprendentemente comprensivo. «Sembra che abbia tutto il mondo contro di te. Ne so qualcosa.»

Quasi lo abbraccio. Sapevo che avrebbe capito la mia situazione. Vorrei tanto che fosse lui ad accompagnarmi in questo viaggio invece di mio fratello. Non so nemmeno chi manderà Anna. Spero solo che non sia Lucas. È molto più facile che mi prenda in giro e mi tormenti invece di comportarsi da confidente.

Jackson si volta, guarda fuori dalla finestra della cabina e poi chiude le tende. «C'è la stampa allineata sul molo. Come hanno fatto a sapere che saresti stata qui?»

Mi tormento il labbro. «Forse sono qui per te.»

Lui si pianta le mani sui fianchi. «No. Nessuno sa che sono su questa barca. E l'ho presa in prestito da un amico, una persona che conosco da molto prima di essere famoso, quindi non ci sono legami diretti con me.»

Sospiro, tremando. «Probabilmente sono qui perché mia cognata ha dovuto dare istruzioni di tenere pronto il jet all'aeroporto privato per il mio viaggio fino al lago di Como.» Lo osservo per un lungo momento. È una bestia d'uomo, con la sua voce ringhiante, la sessualità primitiva e movimenti sciolti, virili. Normalmente incontro solo uomini abbottonati, ben rasati, meticolosamente agghindati. Lui mi ha gettato sulla spalla e mi ha sculacciato. E mi è piaciuto. Mi mordo il labbro, con il cuore che martella e le farfalle che danzano nello stomaco. Non posso farlo. O sì? Sono già in guai tremendi. Ma se non faccio qualcosa subito, allora questo è un addio per sempre.

Lo sguardo di Jackson si abbassa sulle mie labbra e poi torna in fretta ai miei occhi.

«Jackson, vorrei veramente…»

«Che cosa?»

Scuoto la testa. «Volevo invitarti a venire con me sul lago di Como, solo per una settimana, ma… immagino che fosse un'idea stupida.»

Lui si avvicina, studiandomi il volto. «Perché vuoi così tanto stare con me. Sei una fan?»

«Dio, no! La tua musica mi urta i nervi.»

Jackson esplode in una risata. «Immagino che tu ascolti musica classica, a palazzo.»

«Tra le altre cose.» Mi piacciono anche il blues e la musica folk, ma non credo che un dio del rock come lui lo apprezzerebbe.

«Puoi chiamare un'amica perché venga con te. Sono sicuro che frequenti una cerchia sociale elitaria.»

«È tutto diverso, adesso» sbotto senza riflettere. «Non capirebbero perché voglio staccarmi dalla vite di corte.» E la verità è che voglio tutto ciò che lui rappresenta e che manca nella mia vita. So che non dovrei portarlo con me in Italia, secondo il diktat di Anna, non che lui voglia venire, ma forse potremmo ancora avere… un'esperienza sulla barca. Sarebbe un enorme passo avanti per me per sperimentare il lato selvaggio che è Jackson, anche se è solo per una volta. Devo fare in modo che ogni momento conti durante la breve pausa che mi è stata concessa.

Mi faccio forza e dico semplicemente e sinceramente: «Non voglio ancora dirti addio. Vorrei…»

Lui fa un passo indietro. «Tizio sbagliato.»

Cerco di assumere un'espressione neutra. Chiaramente il sentimento non è reciproco. Fa male, ma almeno lo so. Adesso posso andare avanti, senza rimpianti, almeno per quanto riguarda lui.

Mi incollo un sorriso sul volto. «Non mi hai lasciato finire.

Stavo per dire che vorrei che mi insegnassi a suonare la chitarra.»

Lui mi rivolge un'occhiata scettica. «Giusto, la chitarra.»

«Forse potresti raccomandarmi un collega che ti assomigli?»

«Un collega che mi assomigli» ripete lui.

L'idea comincia a piacermi. Non è l'ideale, ma potrebbe essere l'unica alternativa. «Sì, qualcuno ugualmente scorretto e audace. Forse il tuo collega potrebbe insegnarmi a suonare la chitarra.»

Comincia a sorridere. «Non riesco a pensare a un collega simile. Assumi un maestro di musica.»

Mi avvicino e mormoro: «È lo "scorretto e audace" che mi serve urgentemente. Dicono che si diventa come la gente che ci circonda. Io ho passato la vita circondata da gente corretta. Ho una settimana per sperimentare un tipo di vita diverso. Parte del programma per reinventare Emma.»

Lui mi fissa a lungo e comincio a sperare finché dice: «Sei matta da legare.»

Mi metto le mani sui fianchi. «Non hai mai creduto di essere felice come una pasqua, che tutto andasse esattamente come volevi, per poi volerti lasciare tutto alle spalle e ricominciare da capo?»

Lui sbatte gli occhi davanti al mio sfogo, ma non dice niente.

Guardo il soffitto, cercando di rimandare indietro le lacrime. Forse mi sto illudendo. Forse sarò sempre la corretta Emma Rourke, che fa il suo dovere, che vive una vita decisa da altri.

«Ehi, non piangere.»

«Non sto piangendo.» Mi asciugo in fretta una lacrima che è sfuggita. «Dimenticalo. Mio fratello conosce dei tipi di Hollywood. Forse un attore con poche inibizioni avrà voglia di passare un po' di tempo con me.» Gli rivolgo un sorriso lacrimoso. «Conosco già una donna con poche inibizioni e non ha avuto molto effetto su di me.» Anna per me è stata più che altro qualcuno che mi incuriosiva, senza influenzarmi, anche se sta cominciando a piacermi.

Jackson mette le braccia conserte e ringhia. «E che cosa avresti intenzione di fare con questo maschio senza inibizioni?»

La sua indignazione sembra un buon segno. Forse mi vuole.

Alzo la testa e dico in tono sicuro: «Non ho ancora deciso esattamente che cosa farei con un maschio con poche inibizioni, ma so che mi spingerebbe fuori dal mio guscio ed è ciò che mi serve. Uno shock al sistema, qualcosa di completamente diverso.»

Jackson scuote la testa. «Stai solo cercando guai. Non hai nemmeno un minimo di istinto di conservazione?»

Per la prima volta nella mia vita so esattamente che cosa voglio: lui, e non posso averlo. Prendo il telefono. «In effetti, manderò subito un messaggio a Lucas. È lui quello che ha i contatti a Hollywood.» Scrivo un breve messaggio che non ho intenzione di spedire perché sto bluffando come una campionessa. Non potrei mai chiedere l'aiuto di uno dei miei fratelli per trovare un uomo. Una volta che avessero finito di ridere, probabilmente manderebbero un servitore a riportarmi a casa e mi nasconderebbero da qualche parte.

Alzo la testa. «Lucas è già d'accordo di incontrarmi alla villa con chi sceglierò tra uno scatenato attore di commedie, un percussionista grunge o un membro ribelle della famiglia reale di Danimarca. Wow, i suoi contatti sono migliori di quanto credessi. Decidere, decidere. Mmm, ribelle o no, non ho bisogno di un altro aristocratico, quindi la scelta è tra scatenato e grunge. Che ne pensi?»

Lui fa un versaccio. «Addio, Emma.»

Accidenti, non ha funzionato. Rimetto il telefono in borsa e dico in tono tranquillo. «Addio, Jackson.» Raccolgo quello che resta della mia dignità e scendo dalla barca. C'è una Mercedes nera che mi aspetta a poca distanza. Non vedo le guardie, ma so che devono essere qui. Viaggiano sempre con me. Esito, pensando che dovrei aspettarle, ma non sopporto di risalire sulla barca ora che Jackson ha visto il mio bluff. Non mi sono mai offerta a un uomo prima d'ora, e fa male essere respinta.

Appena arrivo sul molo, la folla mi circonda, inondandomi di domande, in inglese e in francese. Macchine fotografiche con enormi obiettivi, telecamere a mano e telefoni cellulari seguono il mio lento procedere.

«Qui, Altezza! Qui!»

«Perché è scappata?»

«Ha un amante segreto?»

«Abdul la tradiva?»

La stampa mi è addosso e mi ficcano i microfoni in faccia. I flash mi abbagliano. Ho il cuore che martella. Mi alzo sulla punta dei piedi, cercando le guardie, ma mi spingono e perdo l'equilibrio. Non riesco a trovarle. Avrei dovuto mettere da parte l'orgoglio e rientrare nella cabina. Ero così decisa a fare un'uscita di scena dignitosa che non mi sono resa conto che il pericolo maggiore era qui. Non ho mai dovuto superare da sola una folla di cronisti e paparazzi.

«Scusatemi, pardon, devo passare» dico e poi ripeto in francese. Si avvicinano talmente che non riesco a muovermi. Per la prima volta in vita mia, sono veramente spaventata dalla folla. Mi ficco le mani in tasca, abbasso la testa e tento di nuovo di avanzare, senza riuscirci. Un uomo mi afferra il braccio, chiedendomi se è stato uno dei servitori ad aiutarmi a scappare. Strattono il braccio per liberarlo e finisco contro un uomo alto, un altro reporter. «Per favore! Devo passare!»

Barcollo in avanti, spintonata da spalle e gomiti. Il volume delle domande si alza, ma riesco a malapena a sentirle a causa del ronzio nelle orecchie. All'improvviso due uomini vestiti di nero si dirigono verso di me. Sono Viktor e Oliver. Sono salva!

Viktor si mette davanti a me mentre Oliver continua a camminare e mi si mette dietro. Una mano finisce sulla mia spalla e accanto al mio orecchio risuona forte un ordine: «State indietro!»

Mi giro di colpo. Non era Oliver. «Jackson! Tu...» Smetto di parlare quando Oliver butta a terra Jackson e resta sopra di lui, minaccioso.

Mi butto tra Oliver e Jackson. «No, non picchiarlo! È un amico.» Mi rivolgo a Jackson che sta fissando Oliver con occhi furiosi. Li vedo nonostante gli occhiali da sole. «Stai bene?»

Sembra che abbia cercato di camuffarsi, indossando una felpa, berretto e occhiali da sole, ma riconosco la sua voce. E la barba incolta, il naso, le labbra, le mani… tutti riconoscibilissimi per me. Non c'è molto che non abbia notato di lui.

«Bene» borbotta, rimettendosi in piedi. «Ecco che cosa guadagno cercando di fare il cavaliere dalla scintillante armatura.»

La gente si avvicina sempre di più, gridando domande, urlando entrambi i nostri nomi, ma Viktor e Oliver impediscono loro di arrivare troppo vicino.

Impulsivamente, lo abbraccio e gli sorrido. «Sei venuto per me.»

Lui sospira talmente forte da farmi svolazzare i capelli. «Tu sei un pericolo ambulante.»

5

Emma

Jackson e io siamo spinti velocemente nella Mercedes in attesa. Il danno è fatto. Qualcuno l'ha riconosciuto quando per la sorpresa ho detto il suo nome a voce alta. Ci hanno fotografati insieme e ci sono foto di lui steso a terra con la mia guardia del corpo in piedi sopra di lui con un'espressione minacciosa. L'unica cosa che possiamo fare è lasciare in fretta la scena.

L'autista svolta nella strada e tiro un respiro di sollievo. Viktor è sul sedile anteriore e io sono dietro, tra Oliver e Jackson. È a quest'ultimo che mi rivolgo. «Grazie per essere venuto in mio aiuto. Non sono mai stata così spaventata in una folla.»

Lui si toglie gli occhiali da sole e mi guarda per un attimo negli occhi prima di mormorare. «Non è stato niente.»

«Signora, avrebbe dovuto aspettare il nostro arrivo» dice Viktor. È quello con me da più tempo, è un tipo che va subito al sodo. È sui trentacinque, capelli corti castano scuro, mandibola squadrata, sempre ben rasato, è grosso e intimidatorio. So di potermi fidare di lui, che sarà sempre discreto.

«Sono d'accordo» dico. «Non ho intenzione di ripetere l'errore. Quindi dovremmo fare un giro per un po', finché la folla si sarà dispersa, e poi tornare a lasciare Jackson...»

«Signora, questa folla non andrà da nessuna parte» dice Viktor. «Stanno aspettando che Jackson torni alla barca.»

«Andrò io a prendere tutto ciò che le serve sulla barca» dice Oliver a Jackson, «una volta che sarete al sicuro sul jet.» Oliver si è unito alla famiglia più di recente, quindi posso solo sperare che lo abbiano addestrato a essere discreto. Ha i capelli biondi con un taglio militare che fa apparire il suo viso ancora più spigoloso e severo, anche se probabilmente ha solo qualche anno più di me.

Do un'occhiata a Jackson, che sembra cupo. Non voglio che si senta obbligato a fare qualcosa solo perché ha cercato di aiutarmi. «Il jet può portarti dovunque voglia andare» gli dico. «Possiamo fare in modo che la barca ti raggiunga lì.»

Lui si lascia andare sul sedile, con le palpebre a mezz'asta. «Sono il tuo insegnante di chitarra, quindi vengo con te.»

Resto a bocca aperta, con il cuore che batte forte. Anna ha detto no a Jackson Walker. Che i suoi scandali più il mio sono troppo. Oso rischiare l'ira della mia famiglia? D'altro canto, loro sono già furiosi con me e ora che la stampa ha messo insieme Jackson e me, sono dentro fino al collo in guai che avrei dovuto evitare. Le cose non possono peggiorare più di così. Perché non afferrare quest'opportunità?

«Splendido» dico a Jackson, cercando di sembrare indifferente. Non riesco a credere che stia veramente succedendo. Passerò la settimana con un bad boy leggendario. Dovrebbe bastare per cambiare una persona. Nel modo più favoloso. Come minimo, otterrò delle lezioni di chitarra da un vero maestro.

«Giusto» dice lui.

Oliver gli porge la mano. «Ho bisogno delle chiavi della barca. Preparerò i bagagli e li porterò sul jet, poi farò trasferire la barca al porto di Villroy.»

Jackson si raddrizza. «Perché non posso lasciarla qui?»

«Niente permesso. Niente sicurezza.»

«Non può interessare a nessuno, è un vecchio gozzo cabinato.»

«Adesso sanno che è suo, signore. Le chiavi, per favore.»

«Villroy è il posto più sicuro per la barca» dico a Jackson.

Jackson sospira, dandomi di sottecchi un'occhiata preoccupata. Forse non gli piace l'idea di dover tornare a Villroy con tutta l'attenzione che attirerà, ma sarebbe molto più pericoloso lasciare qui la barca incustodita.

Prende le chiavi dalla tasca e le lascia cadere nel palmo di Oliver. «Prendi tutto quello che c'è nella cassettiera, gli articoli da toilette, il laptop e la mia chitarra. La chitarra è nel guardaroba.» Si appoggia di nuovo allo schienale e si rimette gli occhiali da sole.

Non riesco a evitare di sorridere.

~

Jackson

Non ho intenzione di portarmi a letto Emma. Non è così. Quando ha parlato con il cuore, gli occhi pieni di lacrime, la voce roca e vera, chiedendomi se sapevo com'era rendersi conto di essere finita con le spalle al muro e di aver bisogno di ricominciare da capo, beh, mi ha colpito. In sostanza, è la mia vita. Non voglio mentire, l'idea che chieda a un tizio qualunque di toglierle il prurito fa risuonare campanelli d'allarme. Cristo. È troppo maledettamente innocente per sapere a che cosa si sta esponendo. Sarei rimasto lontano, pur con quella perdurante sensazione di essere una merda per aver permesso che succedesse, ma poi lei è finita in mezzo a quella massa di paparazzi e reporter come un agnello al macello. Si sono approfittati della sua vulnerabilità e quasi l'hanno travolta. *Dovevo* intervenire. Sfortunatamente, dovevano farlo anche le sue guardie del corpo. Perché diavolo non ha aspettato che le sue guardie la scortassero? Ha bisogno di un guardiano. Ironico che si tratti di me, un musicista fallito con i suoi scandali da far dimenticare.

Potrebbe essere più incasinata di me e in un certo senso mi fa sentire meglio, trovare qualcun altro nella stessa fottuta posizione. Non lo so. Forse sono solo stanco di restare da solo. Forse non so che cosa cazzo voglio. So solo che cosa non voglio: altre lunghe giornate e nottate a cercare di cavare sangue da una rapa. Sono sotto contratto e devo tornare in studio a gennaio per registrare il nuovo album. Siamo a metà novembre. Se non riuscirò a produrlo non mi pagheranno il prossimo acconto *e* mi faranno causa per rottura di contratto. E se vado a gambe all'aria, non ci saranno più soldi per il figlio di Charlie, Jack. L'ha chiamato come me. Come potrei non occuparmi di lui?

Sento la tensione di Emma mentre guarda il paesaggio dal finestrino, sulla strada per l'aeroporto. Non vede l'ora di fuggire lontana dal giudizio degli altri. La capisco. Mi sono lasciato prendere dalla sua vulnerabilità. Probabilmente lo rimpiangerò. Sto per andarmene con una principessa, ora famosa per le ragioni sbagliate, e il mio unico mezzo per scappare, la barca, sarà vicino a casa sua, cosa che non passerà sicuramente inosservata. Probabilmente dovrò affrontare un'orda di reporter e paparazzi quando mi farò rivedere la prossima settimana. Cazzo, dovrebbero farmi cavaliere. Sul serio.

Quindi resteremo amici. Io non sono tipo da relazioni. E di sicuro non me la faccio con le principesse vergini. Sarà comunque divertente vedere questa rigida e corretta principessa cercare di essere una ribelle. Probabilmente penserà che sia eccitante suonare una canzone che contenga qualche parolaccia.

Mi raddrizzo e cerco di allungare le gambe.

Emma mi sorride radiosa, con il volto che s'illumina. «Non vedo l'ora di imparare a suonare la chitarra.»

Mi rilasso. È passato un bel po' dall'ultima volta in cui qualcuno è sembrato così felice solo di stare con me. Ultimamente, ho fatto incazzare un mucchio di gente. «Sì? E tu che cosa mi insegnerai?»

Lei si mordicchia l'invitante labbro inferiore. «Potrei insegnarti le lingue, l'etichetta, i balli di sala, scegli tu.»

«Mmm, è una decisione difficile, con tutte queste alternative allettanti.»

«Ho studiato filosofia all'università, se è più di tuo gradimento.»

Appoggio la testa al poggiatesta e chiudo gli occhi, improvvisamente stanco. Ultimamente non dormo bene.

«Giusto, allora, come tuo insegnante di chitarra, la tua prima lezione è di ascoltare di più e parlare di meno.»

«Perché mi affinerà il senso dell'udito, mettendomi in sintonia con le frequenze delle voci e dei suoni di fondo dell'ambiente?»

Quasi mi metto a ridere. Come se avessi mai potuto arrivare a dire una cosa del genere, in un milione di anni. «Sì.»

Lei si zittisce, presumibilmente ascoltando i suoni di fondo dell'ambiente. E resta zitta per il resto del viaggio mentre io mi appisolo per un po'.

Quando l'auto arriva all'aeroporto, mi dice. «Ti ho sentito respirare un sacco.»

«Lo faccio. Quasi ogni giorno…»

«Anche i rumore dell'auto: gli pneumatici, il motore, il vento.»

Non so proprio che cosa dire. Non era una vera lezione. Lei mi guarda, fiduciosa.

«Brillante» dico, e lei mi rivolge un sorriso incandescente. Sento il calore invadermi il petto. Non merito quel sorriso. La verità è che, nonostante la mia fama, lei con me sta scendendo di livello. I membri della mia famiglia sarebbero quelli che le lucidano le scarpe. Mio padre se n'è andato quando avevo due anni. Dipendevamo dall'assistenza pubblica, anche se mia madre lavorava facendo le pulizie. Io sono stato espulso dalle superiori per rissa, mettendo in imbarazzo la mia riservatissima madre. La gente dice che ho preso tutto da quella merda di mio padre, ed è il motivo per cui non ho mai voluto una moglie o dei figli. Non c'è ragione di trasmettere quei geni. Mio fratello maggiore era lo studente perfetto, il preferito. Quando ho scoperto la chitarra mi sono calmato e ho smesso con le risse, quasi completamente.

Ma Emma fa parte dell'élite. Se non avessi avuto successo con gli Ignite, non ci saremmo mai incontrati. Lei non avrebbe mai *voluto* conoscermi. Ma poi ricordo che a Emma non piace la mia musica. Che faccia parte degli Ignite per lei non significa niente. Non vuole niente da me, eccetto lezioni di chitarra. E con questo pensiero riesco a rilassarmi un po'.

L'autista di volta verso di noi. «Altezza, preferisce aspettare i bagagli di Jackson sul jet o nel terminal?»

«Aspetteremo sul jet» dice Emma. Poi si volta a guardarmi. «Il terminal è piccolissimo, solo qualche fila di sedili di plastica. Penso che il jet sarebbe più confortevole. Oppure potremmo aspettare fuori se preferisci.»

«Vorrei sgranchirmi le gambe.»

Lei annuisce. «Allora lo farò anch'io.»

Dice un cordiale grazie e arrivederci all'autista e a Oliver prima di scendere dall'auto. La raggiungo e Viktor appare dall'altro suo lato.

L'auto torna da dov'è venuta. Lo sto veramente facendo. Oliver tornerà con la mia roba e andrò a vivere con una principessa per una settimana. Do un'occhiata a Emma. Sta cercando di combattere il freddo, con le braccia strette intorno alla vita. È fuggita dal matrimonio senza fermarsi a prendere una giacca, probabilmente nel panico più completo. Sono sicuro che la pagherà cara quando tornerà a casa. Sto per offrirle la mia felpa quando Viktor si toglie il blazer nero e glielo mette sulle spalle.

«Grazie» dice Emma, stringendoselo addosso.

Viktor sembra impervio al freddo, nella sua t-shirt nera e jeans neri. «Prego, signora. C'è una piccola strada di servizio laggiù, per la sua passeggiata.»

«Penso vada bene» dice e tutti e tre ci dirigiamo verso una stretta stradina.

Viktor è una presenza silenziosa e anche Emma sta zitta, cosa insolita per lei. Non mi interessano le chiacchiere, quindi mi limito a camminare. Sorprendentemente è un silenzio gradevole, e la vista di un campo vuoto mi fa sentire sereno.

Dopo la passeggiata, torniamo per salire a bordo del jet e aspettare i miei bagagli. Lascio che Emma mi preceda mentre saliamo la scaletta verso il portellone aperto del jet.

Emma si ferma appena prima di entrare e borbotta: «Lucas», come se fosse un'imprecazione.

Mi tolgo gli occhiali e li infilo nel colletto della maglia. Un tizio alto, tra i venticinque e i trent' anni, con i capelli e la barba scuri alza una mano per salutarci da una zona in fondo con sedili e tavolini. Il principe Lucas Rourke.

Lui sorride. «Mi sono offerto volontario dato che è la villa di un mio amico. E credo che da parte tua il saluto dovrebbe essere: salve, meraviglioso fratello mio, grazie per avermi salvato il culo e avermi offerto questa meravigliosa via di fuga dalla mia personale catastrofe.»

Emma cammina decisa verso di lui e hanno una discussione animata. Io mi guardo intorno, non c'è nessun altro membro della famiglia reale. Solo il pilota e un'assistente di volo nella parte anteriore del jet, entrambi sorridenti, probabilmente divertiti dai fratelli Rourke.

Ci sono quattro file di larghi sedili reclinabili sul davanti. Mi tolgo la felpa e il berretto prima di prendere posto accanto al finestrino nella seconda fila. Viktor è già seduto nella prima fila.

«Posso portarle qualcosa da bere, signore?» chiede l'assistente di volo, una voluttuosa brunetta sui vent'anni.

«Acqua, per favore.» Arriva un momento dopo. «Grazie.»

Lei si attarda e dice con la voce bassa e sensuale: «Sono una vostra grande fan.»

«Grazie.»

«Come ha conosciuto Emma, se non le dispiace dirmelo?»

«In effetti preferirei di no.»

Lei china un attimo la testa, si volta e torna a suo posto vicino alla cabina di pilotaggio.

Io svito il tappo della bottiglietta d'acqua e la porto alle labbra quando Emma si siede accanto a me, urtandomi il braccio e facendomi versare l'acqua sulla barba e sulla maglia.

«Mi dispiace!» esclama, asciugandomi la barba con le dita. «Morbida» dice con una voce sospirosa. «Così bagnata.»

Sono al contempo eccitato e divertito. «Potrei avere un tovagliolo?»

L'assistente di volo si precipita con una manciata di tovagliolini. Mi asciugo la barba mentre Emma mi asciuga il petto, strofinando abbastanza forte da strappare il tovagliolo.

Le scosto la mano. «Sto bene, tesoro. Ferma con quel tovagliolo.»

Lei guarda il tovagliolo strappato con un'espressione disgustata. «Che prodotto scadente.»

L'assistente di volo porta via in fretta i rifiuti e torna con delle nuove bottiglie d'acqua. Emma le sorride: «Grazie Peggy.»

«Prego, Altezza.» Peggy mi dà un'occhiata speculativa, come se volesse dire di più, ma poi il pilota la chiama per i controlli pre-decollo.

«Per favore, ignora mio fratello» dice Emma, tesa. «Sarà tutto meraviglioso.» Si china verso di me e sussurra: «Sono così contenta che tu abbia accettato di venire con me.»

Le sussurro di rimando: «Il sultano era veramente un coglione?» È il suo ex-fidanzato.

Lei arrossisce. «Non era ancora un sultano ed era gentile.»

«Allora, perché l'hai scaricato?»

«Mi sembrava sbagliato» sussurra, abbassando gli occhi. «Il mio istinto mi ha detto di non arrivare fino in fondo.»

«E ti era sembrato giusto fino al giorno del matrimonio?»

Emma fa una smorfia. «No.»

«Allora, perché ci è voluto tanto per scaricare quel tizio?»

Lei raccoglie le mani in grembo, tutta perbenino. «Non ne voglio discutere.»

Davanti a me appare una mano grande, seguita dalla faccia non sorridente di suo fratello. «Salve, sono il fratello di Emma, Lucas.»

Emma gli dà uno spintone. «Torna al tuo posto.»»

Lui la ignora e mi dice in tono di completa disapprovazione: «Io ti conosco.»

«Non credo che ci siamo mai incontrati» rispondo. Conosce la mia reputazione; non me.

I suoi occhi azzurro-verde si riducono a due fessure di malcontento, diretto a me. «Resterò con voi per tutto il tempo, in Italia. Consideratemi il vostro chaperon.»

«Lucas!» sibila Emma. «Vattene!»

Gli rivolgo un sorriso tranquillo. «Lieto di conoscerti, chaperon. Emma e io siamo solo amici.»

Lui mi guarda sospettoso prima di sedersi dall'altra parte del corridoio, allacciarsi la cintura e fissarmi torvo.

E adesso è un party. Noi tre, più le guardie in una villa per una settimana. Favoloso. È troppo tardi per tirarsi indietro?

Emma si volta a guardarmi, parlando con un tono basso e feroce. «Ci farà entrare nella villa e basta.»

Tengo la voce bassa. «Lui lo sa?»

«Sì» sussurra. «Gliel'ho detto. Non me la bevo che si sia offerto volontario. Gabriel, è il maggiore dei nostri fratelli, il nuovo re, lo ha mandato per farmi da babysitter. Ho venticinque anni ma Gabriel mi vede ancora come una ragazzina con i codini. Non ha *idea* di che cosa sono capace.»

La fisso, intrigato. «Di che cosa sei capace?»

Lei alza la testa. «Un mucchio di cose.»

«Tipo la filosofia?»

Lei mi fissa minacciosa. «È già abbastanza brutto che i miei fratelli mi prendano in giro. Non ho bisogno che lo faccia anche tu.»

Sorrido. «Ma io non ho mai avuto una sorellina da prendere in giro.»

Le tremano le labbra. «Non è una scusa.»

Ridacchio, nonostante gli occhi di Lucas fissi sulla mia testa.

«E sì, conosco la filosofia, ma anche cose utili.»

«Che tipo di cose utili? Scassinare le serrature?»

Lei sorride, misteriosa. «Tra le altre cose. I miei fratelli mi sottovalutano.»

Do un'occhiata a Lucas e lui fa dei gesti con le mani, indicando me e poi Emma. Gesù. Il messaggio è chiaro: dito dentro il buco, di taglio sul collo e poi puntato su di me. Aggrotta le sopracciglia, con un'espressione omicida. Messaggio ricevuto: vai a letto con mia sorella e ti uccido.

Io guardo fisso davanti a me. «Quindi Lucas è uno dei tuoi fratelli maggiori iperprotettivi?»

«No, quello è Gabriel. Lucas è solo una peste.»

«Capisco.» Riesco a sentire che ci sta guardando. Tengo la voce bassa. «Nessuna speranza di scopare in questo viaggio, giusto?»

Lei arrossisce violentemente e si allarga il colletto con le dita. «N-No. Non mi aspetterai mai…» Tossisce. «Non so perché lo stai dicendo. Voglio dire, l'avevi già detto prima… ma poi… non parliamone.» Si schiarisce la voce. «Okay?»

Non riesco a smettere di prenderla in giro. Non riesce nemmeno a dire le parole, dopo aver dichiarato che vuole qualcosa di selvaggio. «Che fine ha fatto...» tossisco «... uscire dal tuo guscio?»

Lei stringe gli occhi prima di dire cerimoniosamente: «Ci sono altre parti in una donna, oltre a quelle innominabili.»

Muoio dalla voglia di sentirla menzionare una parte innominabile. «Che cosa non dobbiamo nominare?»

«Oh, stai zitto.»

Mi metto a ridere.

~

Emma

Sono furiosa. Non a causa di Jackson. Sono abituata a essere presa in giro dagli uomini della mia vita. È Lucas. È già abbastanza brutto che sia qui, ma deve proprio fissare me e Jackson come se fossimo due animali dello zoo per tutto in viaggio fino in Italia? È imbarazzate e terribilmente ovvio. Non credo sappia che Anna mi ha avvertito di non portare Jackson, perché non ne ha parlato e probabilmente lei non ne ha fatto parola, presumendo che avrei rispettato le sue condizioni, cosa che normalmente avrei fatto, ma una cosa tira l'altra e ora è fatta. Chiaramente Lucas conosce la reputazione scandalosa di Jackson. Non so se hanno già tappezzato Internet con le nostre fotografie, e non voglio saperlo. Avevo veramente sperato di conoscerlo un po' durante il volo, ma dopo varie interruzioni da parte di Lucas, Jackson si è semi-sdraiato sul sedile e si è tirato il berretto sulla faccia.

Apprezzo che Lucas mi abbia fornito un rifugio sicuro. Pensavo solo che sarei riuscita a lasciarmi andare ed esplorare qualunque cosa ci sia da esplorare dentro di me, lontano dalla vita di palazzo. Lucas mi rammenta la casa, la famiglia e il dovere. Non che sembrino ostacoli per lui. Forse perché è il terzo maschio. Non ci sono state pressioni su di lui perché imparasse a fare il re e i miei genitori hanno lasciato parecchia libertà ai miei fratelli. Lucas non è ciò che chiameremmo un selvaggio, o, se lo è, è molto discreto perché non si sentono quasi mai cose scandalose sulla stampa sul suo conto. Gli piace divertirsi, però, mischiarsi con la gente celebre e si lascia andare facilmente. Sospiro. Forse dovrei cercare di assomigliargli di più, solo che non mi piacciono le feste rumorose con la gente brilla, e vado a letto regolarmente alle nove e mezza, l'ora in cui comincia la maggior parte delle feste. Ho seguito una routine rigida per anni, dicendomi che le regole e gli standard altissimi che mi ero imposta erano necessari per rappresentare la famiglia reale dei Rourke. Ora non so più che cosa pensare.

Atterriamo all'aeroporto di Milano, dove ci aspetta un'auto. Lucas indica un grosso trolley che stanno togliendo dalla stiva. «Silvia ti ha preparato una valigia con un po' delle tue cose.»

Arrossisco per la vergogna, con la gola chiusa. Silvia è la mia unica sorella, a cui non ho confidato le mie preoccupazioni. Avrei dovuto rivolgermi a lei, siamo consanguinee. E lei ha comunque fatto quel gesto gentile per me. «È stata molto premurosa.»

Lucas inclina la testa. «Sono curioso di vedere che cos'ha messo in valigia. Era seriamente incazzata perché eri così infelice eppure non ne hai mai fatto parola con lei. Forse è piena di abiti da vecchia. Oh, già, aspetta, è il tuo normale guardaroba. Ah-ah.»

Jackson ride e mio fratello si acciglia immediatamente.

Do un'occhiataccia a entrambi, anche se Lucas ha ragione. Il mio guardaroba consiste principalmente di abiti sobri che arrivano al ginocchio. Niente di lontanamente sexy. Non so perché avevo pensato di poter sedurre Jackson perché mi liberasse dal mio vecchio, rigido stile di vita. Anche se avessi degli abiti che mi donano, lui non prova alcun interesse per me, eccetto che come un fratello maggiore, per prendermi in giro. Inoltre abbiamo uno chaperon insopportabile. Reprimo un sospiro. Imparerò a suonare la chitarra e mi prenderò un po' di spazio per respirare in questo viaggio. Ecco tutto. Devo essere grata per ciò mi è stato concesso e sperare che questo tempo mi schiarisca le idee sul mio futuro.

Ad aspettarci c'è una Mercedes nera a noleggio, con i finestrini oscurati. Oliver si mette al posto di guida. Lucas insiste che Jackson si metta davanti, in modo da poter allungare le gambe, anche se anche lui ha le gambe lunghe. È più basso di Jackson solo di qualche centimetro. Io mi siedo dietro con Viktor e Lucas si siede con noi un momento dopo, con un'espressione compiaciuta.

«La villa è molto sicura, lontano da tutto e attrezzata con un impianto d'allarme di prim'ordine. C'è un custode che passerà tutti i giorni per provvedere a ciò che ci serve.»

«Sembra fantastico» dico con tutto l'entusiasmo che riesco a raccogliere, visto il suo comportamento nei confronti di Jackson. «Grazie» aggiungo un po' in ritardo.

«Finalmente un grazie» dice Lucas trionfante.

Digrigno i denti senza parlare. È buio adesso. Oggi è stata una giornata eterna e non vedo l'ora di andare a letto.

Quando l'auto comincia a muoversi, Lucas prende il telefono, componendo velocemente un messaggio, probabilmente per riferire a casa che siamo arrivati sani e salvi.

Chiudo gli occhi, quasi appisolandomi, quando mi viene in mente che Lucas potrebbe aver menzionato il fatto che Jackson era con noi. Accipicchia. So che le guardie e il personale non riferirebbero mai niente su di me a meno che fossi in pericolo. Lucas è l'anello debole. Oppure le foto di Jackson e me potrebbero già tappezzare Internet. *Non* voglio che Gabriel emetta un editto reale che mi obblighi a tornare a casa. Dovrei obbedire al mio re. Sto per chiedere a Lucas che cosa stava scrivendo quando si volta verso di me e scuote la testa, con le labbra strette.

Sento cadere lo stomaco. È finita. Mi ficco le unghie nel palmo delle mani. La cosa più semplice, portare un ospite di mia scelta, ed è già finita.

Lucas mi sussurra direttamente all'orecchio: «Ho appena scoperto che Anna ti ha detto di non portare *lui*.»

Annuisco.

«Gabriel non è contento.»

«Mi obbligherà a tornare a casa?» sussurro.

«Non lo so. Anna dice che se ne sta occupando lei. Ma Emma, la stampa è...»

«Non dirmelo, per favore.»

Il suo sguardo è diretto, il tono duro. «Ne parleremo più tardi.»

Mi sorprende il suo tono di voce. Lucas non è mai duro con me. È sempre gentile e pacato. Perfetto. Oltre a tutto il resto, riceverò una predica dal re dei festaioli.

È troppo. Chiudo gli occhi, chiudendo fuori il mondo e mi appisolo entro pochi minuti.

Mi sveglio quando mio fratello mi scuote il braccio. «Siamo arrivati.»

Scendo dall'auto. La casa è buia, quindi non riesco a vedere granché. È una costruzione di pietra a più piani, grande, direttamente sulla riva del lago. C'è una piccola spiaggia, una piscina con una piccola struttura di pietra e un patio.

Le guardie mi stanno vicino mentre seguo Lucas con il mio bagaglio. Jackson è dietro di noi. Probabilmente sta rimpiangendo di essere venuto in mio soccorso ed essere stato trascinato in questa situazione. Beh, buone notizie, Jackson, probabilmente entro domani sarà tutto finito, per ordine del re. Lucas immette il codice di sicurezza al portone, ed entra.

«Oh, che bello» mormoro, andando verso la stanza di soggiorno. È calda e accogliente, con le pareti di pietra e un soffitto con travi a vista. I due morbidi divani beige con cuscini rossi e i tavolini di legno dall'aspetto rustico sembrano così invitanti. Così diverso da casa e mi piace già. Il pavimento è di mattoni. La sala da pranzo è di lato, a vista, con un lungo tavolo di legno e sedie con il sedile di vimini.

Mi rivolgo a Lucas. «Di chi è questo posto? È stupendamente rustico.»

«Blaze Tanner. E non ti devi preoccupare che si faccia vivo per una visita. Sua moglie ha appena avuto due gemelli e resteranno a LA per un bel po'.»

«Oh, mi piacciono i suoi film.»

Jackson resta in silenzio.

Torno a rivolgermi a Lucas. «Ti ringrazio per il tuo aiuto oggi. Tornerai a Milano stasera o domani mattina?» Tento di frenare il senso di urgenza nella mia voce, sapendo che potrei avere una sola notte di libertà e non voglio un inutile chaperon.

«Parliamo.» Lucas indica il soggiorno con la testa. «Anche tu, Jackson. Tra parentesi, sono un grande fan degli Ignite.»

Jackson si infila le mani in tasca. «Grazie.»

Lucas si siede sul divano e ci indica di imitarlo. «Dai, non mordo, non molto almeno.»

Mi siedo accanto a lui e Jackson resta in piedi vicino alla sala da pranzo.

Lucas si mette una mano a coppa accanto alla bocca, come fosse un megafono. «Dovrò urlare per farmi sentire da te.»

«Mi sembra una discussione di famiglia» dice Jackson.

«In effetti riguarda anche te!» urla Lucas, esagerando la distanza tra di noi.

Jackson si avvicina lentamente, ma non si siede con noi.

Lucas di china in avanti, con i gomiti sulle ginocchia e mi guarda negli occhi. «Che cosa ti sta succedendo, Emma? Non ti ho mai visto comportarti così. Sei sempre stata così ligia al dovere. Scappare dal tuo matrimonio per stare con una rockstar?»

«Io non ci ho avuto niente a che fare» abbaia Jackson. «Lasciami fuori da questa storia.»

Io balzo immediatamente in sua difesa. «Mi sono nascosta sulla barca di Jackson, un'assoluta coincidenza e poi, dopo aver gentilmente accettato di lasciarmi a Nantes, è venuto in mio soccorso quando la stampa e i paparazzi mi hanno assalito.»

«Dov'erano le guardie?» chiede Lucas, guardandosi attorno minaccioso.

Mi guardo intorno. Viktor e Oliver stanno probabilmente ispezionando la casa e la proprietà. «Non è stata colpa loro. Mi sono avventurata sul molo prima di vederli. Loro stavano venendo a prendermi.»

«Perché hai fatto una cosa simile?»

Faccio spallucce, attenta a non guardare verso Jackson. Non voglio dire a Lucas il vero motivo, che Jackson mi aveva respinto, proprio davanti a lui. Vorrei mantenere uno straccio di dignità.

«Perché?» insiste Lucas.

Sospiro. «Non stavo pensando chiaramente. Questa è stata la giornata più lunga della mia vita.»

La voce di Lucas diventa più dolce e in qualche modo fa sì che le parole facciano ancor più male. «Gabriel era disperato, non sapendo dov'eri andata. Abdul era distrutto. Ti ha aspettato così a lungo. E la sua famiglia è furiosa. E sicuramente sai dell'ultimo scandalo di Jackson. Ora la stampa lo sta collegando a te.»

«Vaffanculo la stampa» dice Jackson.

Lucas lo guarda torvo e precisa con una voce gelida: «Stanno trascinando nel fango il nome della nostra famiglia.» Non ho mai sentito mio fratello così autoritario. Forse perché non ne ha mai avuto l'occasione, dato che è il terzo in linea di successione. Vorrei solo non essere io quella su cui ha deciso di esercitare la sua autorità.

«Non amo Abdul» dico sommessamente. «Non sono pronta per il matrimonio.»

Gli occhi acquamarina di Lucas, così simili a quelli di nostro padre, sono gentili e comprensivi. «Sei crollata sotto la pressione. Mi meraviglia che non sia crollata prima, visto il modo in cui ti sei sempre attenuta rigidamente al protocollo. Sei quasi peggiore di Gabriel.»

Annuisco. «È il motivo per cui vi sono così grata per questa breve tregua in Italia.»

Lucas mi tira a sé per un breve abbraccio e mi bacia la testa. Gli rivolgo un sorriso lacrimoso. Non mi aspettavo quel gesto di affetto.

«Cerca di dormire un po'» dice. «Ne avrai bisogno per affrontare qualsiasi cosa ti succederà domani.»

Mi raddrizzo. Ha ragione. Non so che cosa succederà domani, ma so che non sarà bello. Ho creato ulteriore tumulto portando qua Jackson e Gabriel mi farà certamente sapere quanto è scontento. Questa notte potrebbe essere l'unica di pace che mi resta per un lungo periodo.

Lucas si alza e chiede a Jackson: «Perché sei qui, esattamente?»

Jackson alza le mani. «Io...»

Balzo in piedi. «Jackson ha accettato di insegnarmi a suonare la chitarra.»

Jackson si strofina la nuca mentre Lucas lo guarda sospettoso.

«Non è carino?» dice poi. «Lezioni di chitarra da una rock-star. Cos''è? Un nuovo lavoro part-time per il cantante degli Ignite?»

«Me ne andrò subito domani mattina» borbotta Jackson.

«No!» esclamo. Lucas volta di colpo la testa verso di me. Di solito non sono il tipo da eccessi e alzo raramente la voce. «Tu resti» aggiungo, con la voce a un livello normale.

Lucas scuote la testa. «Emma, non hai idea delle teste che cadranno, con lui qui con te. Abdul e la sua famiglia, la stampa, specialmente con la nostra nuova impresa...»

«È una settimana» dico nel tono più ragionevole possibile. Anche se potrebbe essere solo un giorno.

Jackson brontola: «Vado a letto.» Prende la sua sacca e la custodia della chitarra e va di sopra.

Io lo seguo, trascinando la mia pesante valigia su per le scale. Lucas me la strappa di mano e la porta per me, supe-randomi mentre salgo. Arrivato in cima, indica a Jackson la sua stanza, quella più vicina alle scale. «Vieni, Emma, tu avrai la stanza padronale, come ricompensa per aver finalmente tolto la testa dalla sabbia e aver preso il controllo della tua vita. Anche se l'hai fatto nel modo più disastroso possibile. Vedi che bravo fratellone sono?»

Apro la bocca e poi la richiudo. Sembrava quasi che dovessi ringraziarlo, ma mi sento vagamente insultata. Lucas deposita la mia valigia nella stanza ed esce in corridoio, annunciando a voce abbastanza alta perché Jackson e l'intera nazione lo senta: «Sarò nella stanza accanto a quella di Emma.»

La porta della stanza di Jackson si chiude.

Mi rivolgo a Lucas, mortificata. «Che problema hai? Non ho bisogno che mi faccia la guardia. Jackson non è una minaccia per me.»

«Emma, Emma, Emma. La tua innocenza sarà la tua rovina. Non conosci la sua reputazione con le donne? Ti userebbe e poi ti scarterebbe senza guardarsi indietro.» Scuote la testa. «Lezioni di chitarra. *Per favore*. Sta tentando di sedurti.»

«Le lezioni di chitarra sono state una mia idea! E lui non è assolutamente interessato a me. Mi tratta come una pestifera sorellina minore, prendendomi in giro e roba simile.»

«È così che comincia. Ti disarma e poi, bam! È un puttaniere, e non lo dico come complimento.»

«Scusa, quando mai potrebbe essere un complimento?»

Lui avvicina la testa. «Ascoltami, sei nei guai fino al collo. Non so come abbia potuto fare amicizia con lui…»

«Ci siamo incontrati a un evento di beneficenza. La sua band suonava lì e io presentavo.»

«E poi? Vi siete tenuti in contatto?»

«No, ma è intervenuto il fato e sono finita sulla sua barca.»

«Il fato.» Fa un versaccio. «Svegliati! Vuole un trofeo reale, scopare la principessa. Probabilmente stava solo aspettando che lasciassi il tuo fidanzato.»

«Non è stato niente del genere!» Incrocio le braccia e alzo il mento. «E piantala di farmi la predica. So cavarmela da sola.»

La sua voce si addolcisce. «Sei fidanzata da quando avevi sedici anni. Hai talmente poca esperienza con gli uomini di qualunque tipo, per non parlare poi del *suo* tipo. Sono preoccupato per te.»

Lascio cadere le braccia, ammorbidendomi, vista la sua vera preoccupazione. «Non preoccuparti, okay? Ti giuro che so che cosa sto facendo. Ho solo bisogno di una pausa per imparare a suonare la chitarra e respirare.» Faccio una smorfia. «Anche se non so quanto durerà.»

Lui si china a baciarmi la guancia. «Capisco. Anche a me piace respirare.» Faccio una risatina.

«E starò qui fintanto che ci sarà anche lui.»

«Lucas!»

Lui si volta e va nella stanza accanto. Uffa!

6

Emma

Non vedo l'ora di tirar fuori il pigiama e lo spazzolino da denti, quindi la prima cosa che faccio è trascinare la grossa valigia sul letto king-size che sembra estremamente comodo. Apro la cerniera e trovo un biglietto piegato sopra i miei vestiti accuratamente piegati.

Emma,

So che sei cinque centimetri più bassa di me, ma non potevo sopportare di spedire via una sposa ribelle con la tua tristissima collezione di abiti da matrona. Hai permesso alla mamma di scegliere il tuo intero guardaroba? Spero che il mio contributo alla causa ti vada bene. Anna ha inserito uno dei suoi vestiti preferiti, che non può più portare per via della scollatura. È dura essere la regina. Ah. Dice che le copre appena il culo, quindi per te dovrebbe arrivare al ginocchio.

Con amore,
Silvia.
P.S. Per favore vieni a trovarmi negli Stati Uniti. Mi manca la mia sorellona.

. . .

Accidenti, perché ancora le lacrime? Mi asciugo gli occhi. Sto perdendo il controllo delle mie emozioni, e solo perché ho preso una decisione impulsiva e spontanea. Mi hanno educato a essere impassibile, a tenere sepolti in fondo i sentimenti confusi. Una parte di me si sta già allentando. Dovrei esserne grata, ma è più scomodo di quanto pensassi.

Tiro su col naso e me lo asciugo con il dorso della mano. Forse cercare di liberarmi dai vincoli che mi sono autoimposta significa che perderò completamente il controllo e che uscirà tutto. Poi diventerò un tipo affettuoso che abbraccia tutti spontaneamente, come mia cognata, Anna. Sta già succedendo! Ho abbracciato impulsivamente Jackson quando è apparso sul molo per salvarmi dalla folla. Non sono chi pensavo di diventare. Volevo essere felice, ma sotto controllo.

Vado nel bagno annesso alla stanza, prendo un fazzolettino e mi soffio il naso. Un'occhiata allo specchio, ai miei occhi lacrimosi e alla mia espressione tirata mi fa raddrizzare le spalle. Le donne Rourke non sono delle mollaccione.

Torno alla valigia e mi metto al lavoro, togliendo le cose di cui ho bisogno. Poi non riesco a fare a meno di dare una sbirciata alle cose nuove che Silvia ha messo in valigia. Metto sul letto i miei sobri abiti color pastello a maniche lunghe e tiro fuori il suo contributo: jeans attillati neri e un maglione rosso con il collo a V. Non è di cashmere, ma è morbido. È un abbigliamento che sa d'America. Ha senso, visto che Silvia vive là da anni oramai. Come scarpe, ho le mie solite, comode, scarpe basse in nero, blu scuro e beige. Anna mi ha mandato un abito verde scuro con una scollatura abissale, stretto in vita e con la gonna corta. È fatto di un qualche materiale morbido che aderisce. Posso osare mettermi un abito del genere? Beh, volevo ricominciare da capo. Domani. Adesso ho bisogno di dormire.

Appendo i vestiti nella cabina armadio, mi preparo per il letto e crollo appena tocco il cuscino.

Salto fuori dal letto alla mia solita ora, le cinque e mezza. Forse vi starete chiedendo se non mi piacerebbe essere quel tipo di persona che riesce a dormire fino a tardi? Sì, mi piacerebbe. Il problema è che, a qualunque ora vada a letto, mi sveglio alle cinque e mezzo come se avessi un orologio interiore. È il motivo per cui mi attengo alla mia rigida routine di andare a letto alle nove e mezzo.

Oggi è il mio nuovo inizio. Approfitterò del momento prima che qualcuno si faccia avanti e dica di no. Non so quale dei due nuovi vestiti indossare, quindi li provo entrambi. Prima i jeans. Accidenti, non passano dai fianchi. Sono più bassa e ho più curve di Silvia. Almeno il maglione mi va bene, ma senza jeans o pantaloni con cui indossarlo... Lo tolgo. Mi metto l'abito verde di Anna. Wow. Debordo in alto. È possibile indossare un reggiseno con questo vestito? Ma su di me la gonna finisce a metà coscia, quindi dev'essere stato scandalosamente corto per mia cognata alta un metro e settantacinque. Io sono solo un metro e sessanta. Oso indossarlo? Mio fratello riderà di me? E, cosa più importante, piacerà a Jackson?

Penso a Jackson che dorme in fondo al corridoio, abituato alle donne belle e sessualmente sicure di sé che gli si offrono. Poi penso a quello stupido di Lucas alla porta accanto, che si comporta con uno chaperon dell'era vittoriana. Può tranquillamente sopportare che indossi qualcosa di nuovo. E lo prenderò a sberle se oserà ridere.

Rimetto il vestito sulla gruccia, prendo il nécessaire e vado in doccia. Silvia ha fatto un buon lavoro, ci ha messo i miei trucchi preferiti, le creme e il profumo. Forse l'ha aiutata la mia cameriera. La sua semplice gentilezza mi commuove profondamente.

Un'ora dopo sono pronta, indosso il vestito verde con l'unico reggiseno che posso indossare con quella scollatura abissale. È di pizzo, con le coppe piuttosto aperte. Non posso andare in giro senza, il mio seno ballonzolerebbe. Sono pronta a cominciare la mia prima, e forse unica, lezione di chitarra. Forse porterà a qualcosa di più nella tranquilla privacy della stanza di Jackson. È il momento "o la va o la spacca". Non sono mai stata così sfacciata in vita mia da entrare di nascosto nella stanza da letto di un uomo, ma non ho niente da perdere. Mi infilo le scarpe beige, apro la porta della mia stanza nel modo più silenzioso possibile e cammino in punta di piedi lungo il corridoio verso la stanza di Jackson. La porta della stanza di mio fratello è ancora chiusa, non è mai stato un tipo da alzarsi presto.

Apro silenziosamente la porta di Jackson ed entro, chiudendola alle mie spalle. Jackson è sdraiato a pancia in giù sul letto da una piazza e mezza, coperto solo fino in vita. È senza maglia e la schiena muscolosa e abbronzata è in vista. Mi avvicino in punta di piedi e sento la bocca secca. Il tatuaggio è un cerchio frastagliato nella parte alta della schiena da cui si dipartono le fiamme, verso l'alto e verso le scapole. Muoio dalla voglia di tracciare le fiamme con il dito, ma non oso.

Ha la faccia voltata dall'altra parte rispetto a me, quindi giro intorno al letto. «Jackson?»

Nessuna risposta.

Gli do un colpetto sulla spalla. «Jackson?»

Lui borbotta qualcosa di inintelligibile.

«Potresti darmi una lezione di chitarra prima che Lucas si svegli? Non voglio che mi ascolti, sono sicura che all'inizio non sarò molto brava.» Sono piuttosto soddisfatta del mio ragionamento. Non sembra che speri in qualcosa di più di una lezione.

Jackson ha ancora gli occhi chiusi. «Cosa?»

«Non voglio che Lucas mi guardi mentre imparo a suonare la chitarra. Possiamo farlo adesso?»

«Fare cosa?»

«Chitarra.»

Lui apre un occhio. «Che ora è?»

Guardo la sveglia digitale sul comodino. Sei e trentacinque. «Quasi le sette.»

L'occhio si richiude. «Del mattino?»

«Sì, certo, del mattino. Pensavi di aver dormito tutto il giorno?»

Lui si tira un cuscino sulla testa.

Io glielo tolgo. «Non fare così. Hai bisogno di ossigeno.»

Con un gemito mi dice: «Chiudi a chiave la porta. Non voglio che Lucas si precipiti dentro e mi massacri.»

Resto immobile, con il cuore che martella. *Chiudi la porta?*

Significa che ci sta? È nudo sotto le coperte? Ha visto il mio abito da sgualdrinella e ha capito che è il sesso che cerco? È tutto molto più facile di quanto mi aspettassi.

Corro alla porta e la chiudo a chiave, poi torno al letto, mi tolgo le scarpe e mi infilo sotto le coperte, senza fiato. Sto decisamente facendo qualcosa di fuori dall'ordinario, almeno per me. Ed è passato tanto tempo, molto più tempo di quanto oserei mai dirgli. Dopo la mia relazione con Adam, avevo deciso di preservarmi per Abdul. Tecnicamente ero fidanzata con lui e pensavo che non fosse giusto essere vista in giro a caccia di altri uomini. Non che abbia mai cercato qualcuno. Sono stata una brava principessa per tutta la vita, eccetto l'anno con Adam e finalmente posso essere libera.

Mi accoccolo accanto a lui, il suo corpo emette calore come un forno. È meravigliosamente caldo e ha un odore così buono, di mare e di uomo. Solo che non si sta muovendo. Si è già riaddormentato? Ha la faccia girata dall'altra parte. Mi chino sopra di lui per controllare. Ha gli occhi chiusi, le labbra leggermente aperte e sta respirando profondamente.

Mi lascio andare sul materasso accanto a lui. Non l'ho tentato abbastanza da resistere al sonno. Sospiro. Almeno non mi ha buttato fuori a calci. Forse pensava che gli avrebbe tolto troppo sonno e che sarebbe stato più facile lasciarmi restare. O forse pensava che avrei sollevato un polverone e che Lucas o le guardie sarebbero venute in mio soccorso. Avevo creato un bel trambusto sulla barca, dopo tutto.

Alzo lentamente la coperta e sbircio. Non è nudo. Boxer di maglia blu scuro. Forse quando si sveglierà sarà pronto a fare qualcosa. Mi volto sul fianco verso di lui e gli metto una mano sulla schiena. Lui continua a dormire. Posso rilassarmi, dato che sta di nuovo dormendo profondamente.

«Mi piacciono alcune delle tue canzoni» sussurro «Le ballate. Quello che hai suonato all'evento di beneficenza, il tuo maggior successo, *Inferno*, alle mie orecchie suona discordante. Non so come spiegartelo. C'è della musica che mi commuove profondamente. Può risollevarmi, a volte diventa un'esperienza spirituale, estatica, a volte fino alle lacrime, non che abbia mai effettivamente pianto. Ho solo sentito le lacrime che minacciavano di arrivare.»

Gli accarezzo la schiena e le scapole. Mi piace il calore e il gioco dei muscoli sotto il mio palmo. «Io ascolto continuamente la musica. Mi piace l'energia delle performance dal vivo e partecipo a tutte quelle che posso. Quando non sto ascoltando la musica, la sento nella mia testa. Non suono il flauto da quando sono partita per andare all'università. Mi piacerebbe riportare la musica nella mia vita. È per questo che ti ho chiesto di insegnarmi. Mi piace la chitarra acustica. Andrebbe bene anche quella elettrica, se non è troppo rumorosa.»

Tolgo la mano e tiro le coperte fin sopra le nostre spalle. Poi resto semplicemente lì, con gli occhi chiusi e la mente che vaga, riandando agli avvenimenti delle ultime ventiquattro ore. Mi sentivo incastrata. Perché non ho parlato prima? Immagino sia il modo in cui sono stata educata: dovere, onore, obblighi. Sempre il regno e la famiglia prima di me. Gabriel seguiva gli stessi dettami e a me piaceva far parte di quell'illustre e nobile stile di vita. Lui, insieme a mia madre, la precedente regina, erano i miei modelli e quel tipo di comportamento è fortemente radicato in me.

«Non ho mai cercato di capire che cosa mi rende felice» sussurro all'uomo che dorme accanto a me. «Non sono nemmeno sicura di saperlo. A parte ogni tanto la musica che mi commuove. Ma non posso passare tutta la mia vita solo ascoltando musica. Devo fare qualcosa.»

Poi taccio, cercando di pensare a che cosa potrebbe essere. Quali sono i miei punti di forza? Conosco l'autodifesa e come scassinare le serrature, grazie ad Adam. Parlo bene il francese, lo spagnolo, l'italiano e il cinese mandarino. Stavo studiando il malese per prepararmi alla mia nuova vita nel Kainei con Abdul, ma non mi risultava facile. Forse era un segno che non volevo proseguire sulla strada che era stata preparata per me. Resto lì, fissando la nuca di Jackson. I suoi capelli biondo scuro sono arruffati. Lo trovo tenero. Glieli liscio, sospiro, e mi sdraio sulla schiena, a fissare il soffitto, completamente sveglia.

Molto tempo dopo, Jackson volta la testa verso di me e apre gli occhi. «Ehi.»

«Salve.»

Si siede e sposta le gambe giù dal letto, dalla parte opposta a dove sono io. Mi cadono le spalle. Tutto questo tempo accoccolata contro di lui che dormiva mi aveva fatto sentire in qualche modo vicina. Quando aveva detto di chiudere la porta avevo pensato che volesse un po' di intimità.

«Mi trovi desiderabile?» gli chiedo a voce bassa.

Lui appoggia i gomiti sulle ginocchia. «Emma» dice sospirando.

«Si o no?»

Lui volta la testa per guardarmi. «Trovo desiderabili tutte le donne. Niente di personale.»

Sbuffo e scendo in fretta dal letto.

«Ti ho insultato?» Senza aspettare una risposta, va verso il bagno annesso.

«No» dico alla sua schiena che si allontana. «Ero solo curiosa. Ora che lo abbiamo stabilito, possiamo cominciare le lezioni di chitarra.»

«Aspetta qui.» La porta del bagno si chiude.

Aspetto così a lungo che diventa ridicolo. Sembra che stia facendo una doccia. La mia mente si riempie di vivide immagini di Jackson nudo, bagnato. I capelli lisciati indietro, il torace muscoloso. È ben dotato, ne sono sicura. Almeno nella mia visione. Grosso e duro a causa mia. Perché lo tento più di qualsiasi altro donna che abbia mai visto. Sento il calore che si accumula nel basso ventre mentre immagino le mie labbra sul quel corpo favoloso, il suo odore, il suo sapore.

Eep! Sussulto quando la porta del bagno si apre di colpo e ne esce una nuvola di vapore.

Jackson ha un asciugamano bianco avvolto intorno alla vita, i capelli lisciati indietro proprio come nella mia indecente fantasia. Si strofina una mano sulla barba. «Quando ho detto di aspettarmi qui, non intendevo esattamente nello stesso posto. Perché non prendi la mia chitarra e suoni un po', cominci a conoscerla, okay?»

«Oh, certo e tu...» Lo seguo con lo sguardo mentre va verso la sua sacca in cerca di vestiti.

Getta la sacca sul letto. «Bevo una tazza di tè.» Sorride.

Sorrido anch'io vedendolo scherzare. È quasi un flirtare, anche se non dovrei dare tanto peso alla cosa. Ha detto che gli piacciono tutte le donne. Mi volto, mordicchiandomi il labbro e dicendomi di smetterla di sperare tanto. Ma per me è una novità, cercare di prendere ciò che voglio, e c'è il fatto che io sono qui e le altre donne no. Mi permetto il piacere di fissare il suo torace nudo, la leggera spruzzata di peli, le linee e la definizione dei suoi muscoli, il rigonfiamento nei suoi boxer.

«La chitarra è dietro di te» mi fa notare.

Sento le guance che scottano. Colgo l'allusione, e mi volto verso la custodia della chitarra, appoggiata in un angolo accanto alla cabina armadio. L'appoggio sul pavimento e la apro, con le orecchie tese verso il fruscio dei vestiti mentre Jackson si veste, con l'immaginazione che completa tutti i magnifici particolari. Il fruscio si ferma qualche momento dopo, quindi immagino che abbia finito. Tolgo la lucente chitarra acustica con i decori in inchiostro nero sulla superficie, spirali e ammassi stellari. È uno strumento molto amato e sono un po' sorpresa, in effetti, che me la lasci maneggiare da sola. La tolgo con attenzione dalla custodia e la porto con me, sedendomi su una panca imbottita ai piedi del letto.

Jackson mi raggiunge, con indosso una t-shirt grigia e jeans strappati, a piedi nudi. Ha un odore delizioso, di sapone e qualcosa di unicamente suo, così virile e sexy. «Dammela, devo accordarla.»

Lo guardo mentre suona note diverse, qualche accordo e regola le chiavette.

Me la passa. «Sei destrorsa, vero?»

«Sì.»

«Okay, quindi il modo in cui la stai tenendo è giusto. La senti comoda?»

«Sì, molto.» Non sono proprio a mio agio, ma sono onorata di poter tenere in mano uno strumento per lui prezioso.

«Rilassa il polso.» Lo indica. «Comincia con una scala.

Facile.» Lo dimostra suonando una chitarra invisibile, premendo le corde. «Sol, la, si, do, re, mi, fa, sol.»

Non riesco a seguirlo, quindi gli passo la chitarra. «Fallo tu e poi cercherò di imitarti. Devo vederlo sulla chitarra vera.»

«Forse dovrei cercare un video su YouTube.»

«Sono qui per *te*. Sei tu l'esperto, non qualche sconosciuto a caso su Internet.»

Lui scuote la testa. «Non sono un esperto.»

«Dai. È tutta la mattina che aspetto.» Do un'occhiata alla sveglia. «Sono quasi le nove!»

«A che ora sei venuta nella mia stanza?»

«Non molto tempo fa.» È una frottola. «Ora suona.» Cerco di ridargli la chitarra ma lui non la prende.

«Non sono una scimmia ammaestrata cui puoi dare ordini.»

«Lo so. Sei un dio del rock.»

Jackson stringe le labbra. «Non più.»

«Sei un musicista esperto» dico a denti stretti.

«Autodidatta.»

«Allora, hai intenzione di insegnarmi o no?» sbotto. Oops. Spero di non aver svegliato Lucas.

Jackson fissa la mia scollatura. «Hai rubato quel vestito dalla donna che vive qui?»

Abbasso gli occhi e vedo le coppe di pizzo del reggiseno che fuoriescono un po'. Sistemo il vestito e guardo i suoi occhi interessati. Sento il rossore che mi sale verso il collo, le terminazioni nervose che crepitano tornando in vita. «Non sono una criminale.»

«Ti sei introdotta di nascosto nella mia barca.»

«Faceva parte della mia fuga. Non indica una vita di crimine. Questo vestito è stato un regalo da parte della regina Anna.»

La sua voce è roca. «Ti sta bene.»

Mi liscio i capelli, raccolti in un ordinato chignon. «Grazie.» Guardo la chitarra e pizzico alcune corde. Ci sono alcuni punti sul manico della chitarra, che premo con l'altra mano. Ne escono dei suoni, ma non è la scala. Jackson mi sistema le dita, elencando le note man mano che pizzico la corda. Sento il polso che vibra, il calore che mi invade fino all'attaccatura dei capelli. Dio, spero che non lo veda.

Jackson toglie la mano. «Ripetilo, dicendo le note a voce alta.»

Riesco a concentrarmi molto meglio se non mi sta toccando. Suono la scala, dimenticandola a metà strada e Jackson mi corregge. Non ci vuole molto prima di sentire quando è giusta.

«Adesso ti insegnerò un paio di accordi.»

Mi piacciono, sembrano musica vera. «Hai degli spartiti musicale? So leggere la musica. Suonavo il flauto quand'ero più giovane.»

«No. Dovremmo procurarcene qualcuno. Trovare qualche canzone facile che potresti imparare.» Lui pensa che avremo tutta la settimana. Io temo che avremo solo questa mattina, ora che Gabriel e Anna hanno saputo che Jackson è qui con me.

«Potresti insegnarmi qualcosa di facile, adesso?»

Lui resta in silenzio, fissando la chitarra. Proprio quando penso che stia per rifiutare, lui mi prende la chitarra. «Questa è la versione di Bob Dylan della canzone *House of the rising sun*.» La suona per me, chiudendo gli occhi mentre canta con la sua voce roca e profonda.

Sento i peli sulla nuca che si rizzano, e ho la pelle d'oca. È bello e commovente, la sua voce risuona profonda.

Finisce di cantare e apre gli occhi, con un'espressione più rilassata di quanto abbia visto da quanto l'ho incontrato. «Questa, originariamente, era una canzone folk inglese sulla prostituzione e questo la rendeva super eccitante per me, quando avevo quindici anni.» Mi rivolge un sorriso sghembo che mi stringe il cuore. «È la prima canzone che abbia mai suonato.»

«È stato meraviglioso!» Jackson mi passa la chitarra e mi dice quali accordi suonare. Comincio lentamente e le sue dita agili mi aiutano. Riesco a completare la prima strofa.

«Bene» dice. «Ora canta mentre suoni.» Mi recita le parole.

Suono di nuovo, concentrandomi sulle dita e canticchiando a bocca chiusa, troppo imbarazzata per cantare a voce alta davanti a lui.

«È più divertente se la canti» dice, ripetendo le parole per me.

«Non so cantare.»

«Tutti sanno cantare. Canterò con te. Dai.»

Ricomincio a suonare, le note diventano più facili e la sua voce profonda si unisce alla musica. Mi dà un colpetto con la spalla e io canticchio un po', arrossendo, e sbaglio l'accordo. Scuoto la testa e riprovo, mentre Jackson mi guarda in silenzio.

Fisso la chitarra, felice di riuscire a suonare una canzone semplice.

«Arriveremo a cantare, vedrai. Non ti giudicherò.»

Alzo la testa, sorridendo e gli passo la chitarra. «Grazie, Jackson, per tutto. Per essere venuto qui con me, per avermi insegnato, per aver sopportato mio fratello. Significa moltissimo per me.»

«Grazie per avermi invitato.» Fissa la chitarra. «È la prima volta che suono la mia chitarra da mesi.»

«Perché avevi smesso?»

«Non ci riuscivo. Ho tentato, e non so…» Passa il dito sulle spirali disegnate sulla superficie. «Ho perso la voglia, la passione.»

«Continua a suonare.»

Mi alzo ed esco dalla stanza, sperando che continui a suonare in privato.

Mi fermo in corridoio e ascolto. Qualche momento dopo, lo sento suonare *House of the Rising Sun* cantando a bassa voce. *Sì.* Sorrido, tirando indietro la testa, a occhi chiusi, e lascio che la musica mi travolga, mi faccia volare.

7

———————

Apro il frigorifero, cercando qualcosa per fare colazione, eccitato dalla mia lezione di chitarra con Emma. È presto per me, ma sono sveglissimo. L'euforia di aver scoperto la musica com'era all'inizio, insegnando a Emma, mi ha colto di sorpresa. La semplice lezione ha fatto sparire tutta la pressione di creare qualcosa di grande o di originale. Sentire le sue note esitanti acquistare sicurezza, il suo canticchiare a bocca chiusa, imbarazzata, l'entusiasmo della principiante, ha aperto qualcosa in me. Non ho mai pensato di insegnare prima d'ora, ma passare il dono della musica a una studentessa entusiasta è stato… wow!

Trovo delle uova e il latte, una pagnotta e mi preparo toast e uova. Praticamente le uniche cose che so fare in cucina. Avevano rifornito questo posto per noi, ed è perfetto. Non m'importa nemmeno che Lucas sia sospettoso nei miei confronti. Con la mia reputazione, è giusto che lo sia. Non c'è scarsità di donne, quando siamo in tour, ma ho rinunciato alle fan quando è morto Charlie. Ho rinunciato di botto alla maggior parte dei miei vizi, niente fan vogliose, niente sigarette, niente erba. Mi sono ripulito perché Charlie è diventato un esempio da non seguire. Diavolo, mi manca. Era con me dalla prima volta in cui ho preso in mano una chitarra, a quindici anni, e abbiamo formato una band. Si sarebbe divertito con Emma, probabilmente avrebbe fatto un'eccellente imitazione del suo accento snob.

Dopo colazione mi metto gli stivali e una giacca di pelle ed esploro la proprietà. La vista è spettacolare, sul lago e le colline in distanza. C'è una piscina con una dependance in pietra, un patio sempre di pietra con sedie imbottite e a sdraio, insieme a panchine disseminate qui e là per godersi il panorama. C'è silenzio. La casa è su un lotto di terreno lontano dai vicini. La fama ti ruba la privacy e i soldi te la ricomprano.

Mi siedo su una delle panchine che guardano sul lago e allungo le gambe. Mi piace essere sulla terraferma, a guardare l'acqua, più di quanto mi piaccia il contrario. Ho preso in prestito la barca da un amico, che non la usa dal suo matrimonio, tre anni fa. La volevo per la privacy, più che altro. Ma questa villa privata in Italia funziona perfino meglio. Ho più spazio, compagnia se la voglio e un guardiano che si occupa di tutto.

«Ti dispiace se mi unisco a te?» dice una voce profonda dietro a me.

Non sono sorpreso di vedere Lucas. Ho la sensazione che adesso ci sarà Il Discorso. «No, certo, siediti.»

«Non mi stanco mai di questo panorama» dice, soffiandosi sulle mani e strofinandole insieme. Fa un po' freddo e lui indossa solo una leggera camicia button-down azzurro chiaro, senza giacca. Dev'essere corso fuori di casa per avere la possibilità di parlare con me da solo. «Hai mangiato?»

«Sì, mi sono preparato qualcosa prima.»

Lui annuisce.

C'è silenzio, eccetto il suono dell'acqua che lambisce dolcemente la riva. Io aspetto. Il silenzio si prolunga così a lungo che comincio a pensare che volesse solo godersi il panorama.

Alla fine si decide a parlare. «Stavo pensando di andare a Milano, a circa un'ora di macchina. Ci stai?»

«No. Resterò qui tranquillo.»

«Sicuro?»

«Sì, non voglio essere al centro dell'attenzione in questo momento.»

«Forse domani. I lunedì sono piuttosto tranquilli da queste parti. Potremmo portare una delle guardie per tenere lontana la stampa.»

«Grazie, ma sto bene così.»

Lui tamburella le dita sulla gamba. «È così morto qui.»

«A me piace la quiete.»

«Sei una rockstar, amico. Seriamente ti piace la quiete?»

«Una volta no. Ma i tour e tutta quella roba mi hanno esaurito.»

Il suo sguardo è duro e diretto. «Dimmi la storia, quella vera, di come hai incontrato mia sorella. So che non è una fan. A lei piacciono il blues, la musica classica e folk.»

Resto a bocca aperta, sorpreso. Emma ha una profondità inaspettata. È roba profonda. La mia musica è più viscerale, grezza. «Noi, uhm, ci siamo incontrati a un evento di beneficenza, come ha detto. Ha presentato la mia band. È solo una coincidenza che sia finita sulla mia barca.»

«Sii sincero con me» dice con insistenza. «Siamo tutti preoccupati per lei. Questa faccenda della sposa in fuga è talmente inusuale per lei. È stata ligia al dovere per tutta la sua vita. Le piacciono le regole, vive per quello. Ora sta volando senza rete e passa il tempo con te. Perché sei qui, Jackson. La verità.»

Lo guardo negli occhi. «Mi ha invitato lei.»

«Perché hai accettato? Perché la vuoi per te?»

«Ha bisogno di qualcuno che si occupi di lei.»

«Ci sono qui io per quello!» sbraita. «C'è l'intera famiglia che lo fa! Dimmi perché sei qui!»

Mi strofino la fronte. Emma non scherzava parlando di fratello maggiore iper protettivo. «Non ho intenzione di farle del male. Sto solo insegnandole a suonare la chitarra.»

«Stronzate!»

Le parole mi escono da sole. «Ascolta. Sono qui perché sono stato nascosto su quella barca per un mese, cercando, senza riuscire, di prendere in mano la dannata chitarra e poi arriva Emma e mi chiede di venire qua e insegnarle a suonarla. All'inizio ho detto di no, ma poi è finita nei guai con la stampa e i paparazzi, che stavano quasi per calpestarla, quindi sono intervenuto, e l'unica cosa da fare, dopo, era proseguire così. Tutto ciò che voleva lei era una piccola pausa dal casino che aveva fatto e la capisco, perché ho bisogno anch'io della stessa cosa. Quindi eccomi qui.»

«Quindi siete solo due anime perse in cerca di pace?» chiede, con pesante sarcasmo.

Io fisso il lago. «Sai che ho perso Charlie.»

«Mi dispiace» dice, con la voce più gentile. «Sì, ho sentito.»

Mando giù il groppo che ho in gola, continuando a fissare in lontananza. «Da allora non sono stato più lo stesso. Non voglio più suonare le canzoni degli Ignite; mi ricordano lui. Mi sento come Emma, voglio solo dire vaffanculo a tutto e ricominciare da capo, ma non posso. Sono vincolato da un contratto. Devo produrre materiale nuovo. Era una cosa che facevamo insieme, Charlie e io. Suonavo con lui, ci scambiavamo idee. La mia creatività è morta; la passione che mi spingeva pure.» Lo guardo negli occhi. «La lezione di chitarra con Emma, oggi… era la prima volta che riuscivo a suonare la chitarra da mesi. La musica è tornata. Per me è una cosa enorme. Forse sta facendo più lei per me di quanto faccia io per lei con queste lezioni.»

«Quindi non la desideri?»

Mantengo un'espressione neutra, nascondendo il desiderio che ho cercato di ignorare da quando l'ho trovata a dormire nel mio letto sulla barca e lei ha aperto quei grandi occhi nocciola. «Non sta succedendo niente. Siamo amici.»

Lucas mi fissa così a lungo che sono sicuro che veda dentro di me. Finalmente dice: «È fidanzata da quando aveva sedici anni. È stata protetta e legata ai suoi doveri regali per tutta la sua vita. Lo capisci? È come un puledrino che stia provando a camminare. Trattala con gentilezza, amico.»

Non toccarla. «Capito.»

Mi mette una mano sulla spalla. «Falle del male e sei morto.»

«Non ho intenzione di farle del male. Le ho insegnato la

prima canzone che ho imparato…» La mia voce diventa roca, la gola stretta, «… e mi è sembrato di togliermi un enorme peso dal petto, come se riuscissi a respirare di nuovo. Tramite suo, la musica è viva dentro di me. È una rivelazione.»

Lucas mi fissa per un lungo momento, come valutandomi, prima di sorridere, con la bocca e con gli occhi. «È la tua musa. Mai far incazzare la musa.»

Si alza. «Va tutto bene, allora. Vado a vedere se Emma vuole andare in città. Forse può anche scegliere qualcosa meno da vecchia da indossare. Hai visto i suoi vestiti?»

«E tu?»

«Che significa?» chiede perplesso.

Ripenso a prima, l'abito rivelatore che fasciava le sue curve favolose. «Ha detto che era un regalo di Anna.»

«Merda.» Si volta e torna verso la casa.

Io sorrido tra me e me. Sembra che Emma stia uscendo dal suo guscio, e io sono il fortunato bastardo che può vederla. Non la toccherò, comunque. Meglio non scherzare con questo fragile inizio tra me e la musa. La musica mi sta chiamando di nuovo e farò tutto ciò che posso per restare nelle grazie sue e di Emma.

∼

Emma

Sono sulle spine tutto il giorno, aspettando che suoni il telefono o che arrivi un'auto e salti fuori Gabriel, pronto a farmi il predicozzo e scortarmi a casa.

Niente.

Nessun messaggio. Nessuna telefonata.

Probabilmente Anna mi sta coprendo le spalle.

Adesso, Lucas e Jackson sembrano pappa e ciccia.

Pace.

Grazie!

∼

Jackson

La mattina dopo, la porta della mia stanza cigola aprendosi e spalanco gli occhi. Ho sempre avuto il sonno leggero. Sono sdraiato sulla pancia, con la testa girata verso la porta. È Emma, in controluce, completamente vestita, questa volta con un maglione che sembra morbido e jeans. Il maglione aderisce alle sue magnifiche tette. Chiudo gli occhi e fingo di dormire come un sasso. Lei è abituata ad alzarsi presto. Scommetto che è qui per la sua lezione di chitarra, e io sono troppo stanco per muovermi.

La sento chiudere a chiave la porta, avvicinarsi al letto in punta di piedi e il suono leggero quando si toglie le scarpe. Non ha idea di quanto mi tenti, quando sale sul mio letto di prima mattina. La maggior parte degli uomini se ne approfitterebbe. È fortunata che ci sia io e non sia interessato alle principessine vergini e perbenino. Posso apprezzare le sue curve senza toccarle. Anche se ieri sera non sembrava così perbenino. Ha guardato una soap opera italiana dopo l'altra, mangiando patatine e ridendo fino a grugnire. L'ho perfino vista mangiare una patatina che le era caduta nella scollatura. Era uno spettacolo, molto più interessante della TV, che comunque non potevo capire.

La sento che mi fissa.

«Jackson?» sussurra.

La ignoro.

Lei mi passa la mano calda sulla spalla nuda. «È ora della nostra lezione di chitarra. Questa volta sono le sette passate. So che ti piace dormire fino a tardi.»

Brontolo e volto la testa dall'altra parte. Dormire fino a tardi, significa mezzogiorno o più tardi. Le coperte si alzano e lei scivola sotto, premendosi proprio contro di me. Come ieri. Non ha il senso dell'autoconservazione. Sospira, si china più vicina e mi accarezza la schiena, e dice, con una vocina vulnerabile: «Mio padre è morto qualche mese fa.»

Sento il cuore che batte più forte davanti alla cupa disperazione nella sua voce. Non mi sono mai sentito protettivo nei confronti di nessuno, eppure vorrei risparmiarle quell'oscurità.

Toglie la mano dalla mia schiena e si sistema nel letto,

strizzandosi contro il mio fianco, e confessando ancora, a voce bassa: «Mi manca terribilmente.» Le manca la voce per un momento. «Mia madre è sprofondata in un dolore così tremendo che mi sembra di aver perso anche lei. Siamo sempre state così vicine. Lei si è rinchiusa in se stessa, si è ritirata nella sua stanza. Quasi non mi parlava e questo prima che facessi il casino che ho fatto. Ho passato tutta la vita prendendola a esempio. Credo sia per quello che ho avuto il coraggio di sfuggire al mio matrimonio combinato. Sembrava completamente indifferente al mio matrimonio e quindi non mi importava più così tanto di tentare.»

Avrebbe sposato un tizio solo per far piacere a sua madre? È una cazzata.

«Adesso è tutto diverso a casa, con il nuovo re e la regina al comando, e forse significa che anch'io devo essere diversa, sai?»

Continuo a mantenere il silenzio, fingendo di dormire. Non voglio metterla in imbarazzo e sembra abbia bisogno di tirare fuori tutto.

La sua voce si alza di volume. «Ero l'orgoglio e la gioia di mia madre. Dopo quattro figli maschi, ero la figlia tanto desiderata. Ha voluto un altro figlio solo per cercare di darmi una sorella. Poi ha avuto due gemelli, un maschio e una femmina. I gemelli sono molto legati, quindi ho finito per essere il terzo incomodo.»

Era ancora la preferita. Altrimenti perché avrebbe dovuto importarle tanto che cosa pensava sua madre della vita che conduceva? Mio fratello, il maggiore, era sempre stato il preferito e io avevo smesso da tempo di curarmi di che cosa pensasse mia madre della mia vita. Lei era stata contenta quando me n'ero andato da casa.

Emma sospira. «Forse non eravamo intime come pensavo. Lei ci ha nascosto la serietà delle condizioni di mio padre fino quasi alla fine.» Si sposta e poi mi appoggia la mano sulla schiena, tracciando il mio tatuaggio con il dito. Fa un po' il solletico, ma resisto. «Ho imparato a fare il mio dovere, e a che scopo? È cambiato tutto. I miei genitori non regnano più. La nuova regina, Anna, sta ristrutturando completamente il palazzo, l'intera isola, a dire la verità, con le sue nuove idee e la nuova industria. Io non appartengo più a quel mondo.» La voce si spezza. «Ho perso il mio posto.»

Non riesco a sopportare la tristezza della sua voce. Sposto la testa verso di lei. «Se avessi sposato quel tizio, avresti avuto un nuovo posto.»

Lei si mette di colpo seduta. «Ahh!»

Mi siedo anch'io e le copro la bocca con la mano. «Shh, Lucas potrebbe sentirti e precipitarsi qui.»

Spalanca gli occhi. Mi spinge via la mano. «Quanto hai sentito?»

«Tutto.»

Resta a bocca aperta. «Hai finto di dormire per imbrogliarmi e farmi confessare tutte le mie paure?»

«Avevi bisogno di parlare, quindi te l'ho lasciato fare.»

Emma si lascia andare sul materasso e si tira le coperte sopra la testa. «Sono così imbarazzata.»

«No, mi è piaciuto. Sembravi una persona vera.»

Lei si scopre la testa. «Contrariamente a cosa? Una bambola robot?»

Cerco di non sorridere. «Esistono?»

«Mi fa piacere che mi trovi così divertente.»

Mi sdraio sul fianco, sostenendo la testa con la mano. «Ti trovo affascinante.»

«Davvero?» chiede piano.

«Diavolo sì! Eri la figlia preferita. Io no. Adesso posso capire com'era stare dall'altra parte.»

«Eri un ribelle?»

«Sì principessa. Ero cattivo. Un vero ragazzaccio.»

«Lo trovo affascinante. Potresti insegnarmi a essere una ragazzaccia.»

Reprimo un gemito. Cazzo, non sa quanto mi tenti. Ma so che non è il caso. Lo so. E non ho intenzione di avere a che fare con gli iperprotettivi fratelli maggiori, specialmente quando uno di loro è un re.

«Dovremmo aggiungere roba spinta alle lezioni di chitarra?» dico lentamente, facendo l'indifferente. Posso giocare con lei, senza superare il segno.

Lei si gira sul fianco, e i suoi grandi occhi nocciola s'illuminano. «Sì.»

Mi prudono le dita dalla voglia di toccarla, di infilare la mano nei suoi capelli che sembrano così soffici, tirarla vicino…

Mi rimetto sulla schiena e fisso il soffitto. «Non sono più un ribelle. Ho rinunciato alla maggior parte dei miei vizi.»

«Ma una volta lo eri. Ho visto le fotografie della rissa fuori da un pub.»

Mi volto a guardarla. «Giusto, una volta facevo più casino. Mi sono addolcito, alla tarda età di trent'anni. Non devo più provare niente. Sono arrivato in cima. E non sono più così arrabbiato com'ero da ragazzo.»

«Sei maturato.» Stringe le labbra. «Sembra che avrei dovuto incontrarti parecchi anni fa.»

«Allora ero un disastro. Più o meno come sei tu adesso, ma devi aggiungere alcol, droghe e donne.»

Emma si mette seduta. «Ora che sei sveglio, puoi darmi un'altra lezione di chitarra.»

«Rispondi prima a una domanda.»

Lei mi guarda cauta. «Cosa?»

«Perché sei scappata?» Una parte di me pensa che sia stato l'impulso di un momento. Un caso di nervosismo acuto dovuto all'imminente matrimonio, e che tornerà alla sua vecchia vita. Che magari sposerà l'uomo scelto per lei.

«Te l'ho già detto. Il mio istinto mi diceva che non era giusto. Avevo accettato il matrimonio solo per portare avanti la tradizione. I miei genitori si erano sposati senza conoscersi, ma il loro era diventato un vero amore. Non so che cosa abbia fatto scattare la molla dentro di me, forse la pressione si stava accumulando da un po', ma ho sentito di colpo che dovevo scappare, quindi l'ho fatto.»

«Quindi se le cose tornassero alla normalità a palazzo e tu sapessi qual è il tuo posto, sposeresti il prossimo uomo che scelgono per te?»

Emma scuote piano la testa. «Qualcosa si è rotto dentro di me. Non sono più la vecchia Emma, tutta perbenino. Ho solo bisogno di scoprire chi è quella nuova. Ed è qui che entri in gioco tu.»

«Cioè?»

«Per cominciare, lezioni di chitarra.»

«E poi?»

«E poi mi insegnerai a essere una ribelle.»

Ignoro la mia mente sporcacciona, che sta passando in rassegna mille idee. *Principessa vergine, ricordi?* «Sai già tirare un bel pugno.»

Lei s'illumina. «Sì, vero? Sono piuttosto brava con l'autodifesa, incluso usare un coltello come arma.»

Nascondo la mia sorpresa. «Faceva parte dell'educazione da principessa?»

«No, sciocco, quello è stato… non importa.» Scende in fretta dal letto e va a prendere la chitarra.

«È ancora accordata?»

Ripenso a ciò che ha detto. Perché dovrebbe sapere come usare un'arma? Ci sono delle bizzarrie in Emma. È solo il terzo giorno che passo con lei e mi sto già facendo coinvolgere. Devo mettere un po' di distanza tra di noi. «Non dovresti più venire qua.»

«Perché no?» Suona qualche nota sulla chitarra.

Sono ai piedi del letto, sul punto di sbottare che non la voglio qui, ma lei è seduta sulla panchetta e tiene in mano la chitarra come se ne fosse innamorata. Ricordo quella sensazione quando ho scoperto la chitarra per la prima volta. L'avevo ereditata da uno zio che non avevo mai conosciuto, il fratello di mia madre. Era una cosa preziosa per lui e lei l'aveva riportata dal funerale, offrendola a me e a mio fratello. Io la volevo, lui no. Era stato l'inizio della mia prima e unica storia d'amore.

Emma mi guarda con i suoi grandi occhi innocenti. «Ne ho bisogno. Per favore, continua a insegnarmi a suonarla al mattino. Lucas rovinerebbe tutto con le sue occhiate critiche. Mi prenderebbe in giro e riderebbe di me perché non la so suonare.»

«Lucas probabilmente uscirà nel pomeriggio, ieri è andato a Milano.»

«Non posso farci affidamento. Non posso essere sicura che dorma fino a tardi.»

Mi siedo accanto a lei, che mi passa la chitarra. «Forse voglio anch'io dormire fino a tardi.»

«Ti ho lasciato dormire.»

«No, hai parlato tanto da sfondarmi le orecchie.» Accordo la chitarra, e qualcosa in me si tranquillizza. Forse sono io che mi sto accordando, tornando a ciò che significa qualcosa per me. Suono qualche nota di *One thing*, una ballata che ho scritto per gli Ignite, e poi continuo cantando. Non fa male come succede di solito suonare questa canzone, quando la sto suonando solo per lei.

Quando finisco, esclama: «Oh, Jackson, ho i brividi. Era così bello. Insegnamela.»

E lo faccio.

Sbaglia gli accordi. È a un livello più avanzato. Arrossisce, imbarazzata, quando manca una nota. La fermo, con la mano sulla sua. «Non sentirti sotto pressione. Non è importante che sia giusta. Lascia… lascia solo che le dita suonino. Qualunque cosa ti sembri giusto, okay?»

Fa una scala. «Così sembra giusto.»

«Elementare, ma okay. Che altro?»

Emma alza le dita. «Mi fanno male le dita. Non hai un plettro?»

Ne prendo uno dalla custodia. «Puoi usarlo, ma è meglio farsi venire qualche callo continuando a suonare.»

«Calli? Sembra orribile.»

«Ma la musica sarà bellissima.» Mi alzo, giro intorno al letto e mi sdraio, chiudendo gli occhi. «Suona.»

Emma fa qualche scala e poi ognuno degli accordi che le ho insegnato. Poi strimpella a caso, pizzicando qualche corda prima di fermarsi di colpo. La sento che mi fissa.

«So che non stai dormendo» dice.

«Sto ascoltando. Suona *House of the rising sun*.» Le ripeto gli accordi.

Lei suona, arrivando lentamente in fondo. Ci riesce bene per essere solo la sua seconda lezione. Ha fatto pratica ieri. Se continuerà così imparerà molto in fretta.

Mi metto seduto. «Che ne dici di portare con te la chitarra ed esercitarti da sola al mattino. Hai un buon orecchio. Ti insegnerò ogni volta che Lucas esce.» Lei che si infila nel mio letto tutte le mattine è una bomba a orologeria.

«No. Questa chitarra è tua.» Me la restituisce.

Emetto un sospiro esagerato, mantenendo leggero il tono di voce. Non voglio distruggere la gioia che ha appena trovato nella musica, ma uno di noi due deve porre dei limiti. «Per favore, dimmi che non tornerai qui domani mattina all'alba. Ho bisogno di dormire.»

Lei sorrise maliziosa. «Se non mi vuoi qui, chiudi a chiave la porta.» Si volta e se ne va tutta pimpante.

Resto seduto per un momento chiedendomi perché sembrava così compiaciuta, quando mi viene in mente: forzerà la serratura, semplice. Non sarò mai in grado di tenerla lontana dal mio letto. Sarà una maledetta tortura cercare di tenere le mani a posto.

La cosa bizzarra è quanto mi piace.

8

Emma

Non c'è nessuno qui, tranne me e la chitarra che ho preso in prestito. E le guardie, ovviamente, ma sono veramente poco invadenti. Oliver è all'esterno e Viktor al piano di sopra. Dopo pranzo Lucas e Jackson sono andati a fare un giro nelle colline sulle due moto che c'erano in garage. Lucas non ha voluto che andassi anch'io, per la mia sicurezza, e per quanto abbia discusso, non c'è stato niente da fare. Jackson è sembrato trovare tutto molto divertente. Non *è per niente* divertente avere dei fratelli maggiori iper protettivi. È maledettamente irritante. Sorrido tra me e me. Mi sto già lasciando andare un po'. Impreco mentalmente. È solo il secondo giorno e sto effettivamente cominciando a rilassarmi.

Strimpello la chitarra per un po', cercando di "giocherellare" come ha detto Jackson. È difficile suonare a caso, senza uno spartito davanti. Non *suona* bene, le note non vanno d'accordo. Apro qualche video di YouTube sul telefono e guardo qualche lezione per principianti. Poi cerco degli spartiti online. Ne trovo alcuni che mi piacciono e provo a suonare. Vado a rilento.

Quando mi stanco di suonare, esploro la casa. È strano, ma sono da sola come non lo sono mai stata in vita mia. A casa ci sono la mia famiglia, la servitù, i visitatori, le guardie.

All'università c'erano gli altri studenti e Adam. Mi sento quasi un po' nervosa, ed è stupido. C'è un impianto d'allarme, e ci sono anche le guardie.

Al piano di sopra ci sono quattro stanze da letto, ciascuna con il bagno annesso. La stanza padronale, dove dormo io, ha il letto più grande con una testata a vivaci disegni geometrici blu e verdi. Il soffitto è rustico, a cassettoni e ci sono alcune poltrone da lettura accanto alle finestre con le tende a fiori. Le altre tre stanze sono chiaramente per gli ospiti, tutte arredate in toni neutri e sfumature di beige. Saluto Viktor attraverso la porta aperta della sua stanza quando alza gli occhi dal telefono. Lui mi rivolge un breve cenno di saluto con la testa.

Scendo, e attraverso la stanza di soggiorno e quella da pranzo. Ci sono anche un salotto e una cucina, ma non ho voglia di guardare la TV o mangiare. Mi metto una giacca di lana bianca, un altro degli indumenti che Silvia ha pensato bene di mettermi in valigia, e vado verso il lago.

C'è tanta quiete che sento il cinguettio lontano degli uccelli, lo sciabordio delle piccole onde, il fruscio della brezza. Quando si alza il vento facendomi rabbrividire, decido di tornare in casa.

Ma in casa c'è troppo silenzio. Allora è così che è la completa libertà. Silenzio e da sola con i miei pensieri. Piuttosto noioso.

Trovo lo stereo in un armadietto nella stanza di soggiorno e l'accendo. Jazz. Pasticcio con i comandi. È un sistema in streaming che offre diversi generi di musica. Normalmente mi fermerei su una canzone dolce, ma decido di cercare del rock. Non c'è un buon contrappunto tra melodia e armonia, ma è rumoroso ed energico. Sento i nervi vibrare quando arrivo alla canzone giusta, e lo prendo per un buon segno. È esattamente l'opposto dei miei soliti gusti.

Spingo da parte il tavolino, faccio un po' di spazio e faccio qualche piroetta. Mi guardo intorno, c'è solo una finestra alta su una parete del soggiorno e un'altra, grande, nell'altra parete, che danno sull'erba e sugli alberi. Molto privato. Mi tolgo le forcine e la fascia dal mio solito ordinato chignon e mi passo le dita tra i capelli. Poi alzo in aria le mani e roteo la testa, facendo volare i capelli. Wow! Che meraviglia. Provo a ondulare i fianchi e poi mi lascio andare, ballando sfrenatamente per tutto il soggiorno mentre la canzone va verso il crescendo. Salto sul divano e suono una chitarra invisibile, facendo volare i capelli avanti e indietro al ritmo della musica.

La canzone finisce e alzo la testa. Un'altra canzone rock! Salto giù dal divano e continuo a rockeggiare. Sono esaltata, piena di energia e mi muovo come una donna posseduta. Mi passo le mani lungo il corpo. Questi jeans sono fantastici su di me. Li ho trovati nella cassettiera. Sono sexy e stretti. Provo qualche ringhio.

E poi salgo sul tavolino e RUGGISCO.

Mi sposto e ruggisco verso est! Verso sud! Verso ovest!

Poi salto giù dal tavolo e ballo come una pazza. Nessuno mi può fermare. Sono fuori controllo!

«Tutto a posto, signora?» chiede Viktor, apparendo dal nulla, con un'espressione preoccupata.

Mi raddrizzo bruscamente e mi liscio i capelli. «Sì, grazie. Stavo solo ballando.»

«Sembrava si fosse fatta male, signora» dice lui, completamente serio.

Mi ordino di non arrossire. «Beh, non è così. Grazie per l'interessamento.»

C'è la traccia di un sorriso sul suo volto, prima che torni alla sua solita espressione impassibile, si inchini e torni di sopra.

Vogliamo parlare di rovinare il momento? Mi ritiro in fretta nella mia stanza per fare una doccia.

Sto finendo di asciugarmi i capelli quando sento un forte suono battente proprio sopra di noi. Scendo al pianterreno e guardo fuori dalle finestre, passando da una stanza all'altra, cercando di trovarne l'origine. Viktor è già sceso, e parla a voce bassa e allarmata con Oliver che è all'esterno, tramite il sistema wireless. Eccolo, nel cielo, un elicottero che va a posarsi proprio appena dietro la casa. Chi è? I proprietari hanno deciso di passare? Reporter? Sento il cuore che martella a quel pensiero terrificante. E se fosse Abdul, venuto a rapirmi e a riportarmi nel suo regno per un matrimonio forzato? La sua monarchia è assoluta. Potrebbe aver portato con sé le sue guardie. Anna aveva detto che la famiglia di Abdul era ancora a palazzo, e chiedeva che rispettassi i miei obblighi. Forse si è stancato di aspettare.

Penso per un momento se non sia il caso di nascondermi, afferrare un coltello per difendermi o avvicinarmi con un sorriso sicuro. Adotto un compromesso, entrando in cucina, vicino a possibili armi e aspetto, respirando appena.

Bussano alla porta e poi suona il campanello. Di certo, se fosse la gente di Abdul, avrebbe semplicemente buttato giù la porta per venire a prendermi.

Mi avvicino in silenzio al foyer e sbircio la porta da dietro l'angolo. Viktor va ad aprire. Attraverso il vetro della porta vedo il profilo di Gabriel che parla con qualcuno, probabilmente Anna. Due guardie sono sull'attenti dietro di lui, insieme a Oliver. Abbasso la testa. È finita, la mia settimana è durata solo due giorni e ora dovrò rispondere dei miei crimini. Non potrò nemmeno dire addio a Jackson. È ancora fuori con Lucas e non ho nemmeno il suo numero.

Mi faccio forza e vado avanti quando entrano. «Salve.»

Gabriel mi guarda cupo, i suoi occhi acquamarina sono duri, l'espressione anche. Sono palesi le tracce dei nostri antenati vichinghi nella sua figura alta e muscolosa e nella sua postura. Ha spesso detto di essere nato nel secolo sbagliato e che avrebbe dovuto essere un re guerriero.

Sto per esclamare «Mi dispiace», quando mi afferra e mi abbraccia stretta.

«Okay» dice Anna con una risata. «Lasciala respirare. Ti avevo detto che sta bene. Mi dispiace, Emma, doveva vederlo con i suoi occhi.»

Annuisco, senza fiato. Gabriel finalmente mi lascia andare. «Emma, perché non sei venuta da me? Ti avrei liberata dal tuo accordo con Abdul.»

Alzo una spalla. «Tutti quei preparativi, la spinta a continuare… non mi sono data il permesso di pensare a un'alternativa.»

Le tre guardie entrano, aspettando lì vicino.

Gabriel mi studia con attenzione, Anna sembra comprensiva.

Abbasso la voce. «Immagino che la pressione sia cresciuta nella mia mente fino al punto in cui poi sono esplosa.»

«Vieni a casa con noi» ordina Gabriel.

«Non farle fretta» dice Anna, stringendogli una spalla. Si volta e mi abbraccia, prima di tirarsi indietro, con le mani sulle mie spalle e uno sguardo d'intesa nei suoi occhi castani. «Ho sentito che hai un visitatore.»

Deglutisco. «Jackson mi ha aiutato quando mi sono fiondata in mezzo a una folla di reporter prima che arrivassero le guardie e…»

Lei m'interrompe. «E poi c'erano un mucchio di reporter e paparazzi tutti addosso a voi due, quindi avete fatto una veloce fuga e tu pensavi che le cose non potessero peggiorare, e che tanto valeva invitarlo a restare. Per delle lezioni di chitarra, vero? Perché voi due siete solo amici.» Non c'è traccia di sarcasmo nella sua voce quindi devo presumere che sia questa la storia che ha raccontato a Gabriel quando Lucas le ha fornito i dettagli.

Gabriel mi fissa negli occhi.

Arrossisco e mi concentro su Anna. So che è la persona chiave che mi ha permesso di restare qui per questo (poco) tempo. «Sì, è tutto esatto. Grazie per la tua comprensione e per tutto, davvero. Non credo che avrei pensato a uscirne se non mi avessi lasciato un'auto, quindi grazie anche per quello.»

Lei sorride, «Visto, Gabriel? Ti avevo detto che era la cosa giusta da fare. Voglio dire, avevo cercato di farla ragionare anche prima, ma lei è proprio come te, quando si mette un'idea in testa…»

Gabriel aggrotta le sopracciglia. «Proprio come me? Sei tu quella che si aggrappa a un'idea come un bulldog con un bell'osso.»

«Forse abbiamo entrambi quella meravigliosa caratteristica.» Anna si alza sulla punta dei piedi e lo bacia.

Lui si ammorbidisce, sorridendo.

I nuovi regnanti di Villroy sono giovani e innamorati. Mi

chiedo se i miei genitori fossero così quand'erano giovani. Ne dubito. Anna non segue molte delle regole prescritte anche se fa del suo meglio per mantenere le tradizioni mentre ci porta nel ventunesimo secolo. Ho un rispetto tutto nuovo per Anna e per i suoi modi sfrontati e schietti. È stata lei a vedere la mia angoscia e a fare qualcosa in merito. A lei importa di me.

«Bel completino» mi sussurra.

«Grazie.» Mi sono messa una semplice blusa di seta bianca, una delle mie cose e un altro paio di jeans sexy presi dall'armadio. La donna che viveva qui ha lasciato parecchie paia di jeans, probabilmente perché era incinta di due gemelli e indossava abiti premaman.

Gabriel entra nella stanza di soggiorno, guardandosi attorno. Le guardie rimangono all'entrata e Viktor torna di sopra. «Dov'è Lucas?»

«È andato a fare un giro in motocicletta con Jackson.»

Gabriel scuote la testa, con un'espressione cupa. «Ho mandato Lucas a prendersi cura di te. È chiaro che non è in grado di farlo.»

«Sono una donna adulta» dico a denti stretti. «Non ho bisogno di un babysitter.»

Gabriel stringe i denti. «Una donna adulta affronta le sue responsabilità invece di sfuggirle.»

Resto senza fiato per un momento. «Mi sono fatta prendere dal panico. Mi dispiace» rispondo con la voce rotta. Immagino che continuerò a scusarmi per il resto della mia vita per la mia decisione precipitosa.

«Lo sappiamo» dice Anna gentilmente, tirando da parte Gabriel per un'accalorata discussione sussurrata. Sono una coppia unita e due leader altrettanto forti. Villroy è fortunata ad averli. E lo sono anch'io e l'ultima cosa che voglio è che litighino per colpa mia.

Li interrompo. «Se è della mia sicurezza che vi preoccupate, ho le guardie e conosco l'autodifesa.»

Gabriel si volta lentamente a guardarmi. «Come fai a conoscere l'autodifesa? Pensavo che la mamma si fosse assicurata che frequentassi lezioni di balletto, flauto e lingue. Ti ha mandato anche a lezione di karate?»

«No, me l'ha insegnata una delle guardie.»

Gabriel incrocia le braccia sul petto, ed è nuovamente il fiero guerriero. «Come mai?»

Imito la sua postura: «Perché gliel'ho chiesto io.»

Lui si volta a guardare Anna, apparentemente sconcertato.

«Facciamo una passeggiata prima che cali il sole» suggerisce lei. «Questo posto è favoloso.»

Escono di casa e le loro guardie vanno con loro. Io vado in cucina a bere un po' d'acqua prima di andare di sopra. Voglio suonare la chitarra. Potrebbe essere l'ultima occasione che ho prima che Gabriel mi obblighi a tornare a casa, per decreto reale. Strimpello, suono, canticchiando sottovoce, sentendo l'inizio di una sensazione di euforia, come se fossi finalmente riuscita a "sentire" la canzone che mi ha insegnato Jackson. Chiudo gli occhi, lasciando che siano le dita a muoversi da sole. Quel suonare senza meta, senza una destinazione definita mi è estraneo. Non ha un bel suono. Torno dove mi sento sicura: le scale, gli accordi, torno alla mia unica canzone *House of the rising sun*. L'esercizio rende perfetti. Faccio una pausa quando sento un tumulto all'ingresso: Jackson e Lucas sono tornati e stanno parlando.

Rimetto in fretta la chitarra nella custodia, controllo che lo chignon sia in ordine e torno dabbasso.

«Siamo tornaaati» annuncia Lucas, togliendosi la giacca di pelle. Ha i capelli e la barba accuratamente spuntati. «E vedo che hai compagnia, e questo significa che posso fare i bagagli.» E va al piano di sopra.

Anche Jackson ha i capelli e la barba ben curati, anche se ha lasciato i capelli biondo scuro un po' più lunghi in cima alla testa. Sembra perfino più bello di prima.

«Tu e Lucas siete andati dal barbiere?» chiedo, avvicinandomi. Con Lucas al piano di sopra e Anna, Gabriel e le guardie ancora fuori, siamo soli nel foyer. Vorrei passare le dita nella barba ben curata, ma non oso.

«Sì, e ne avevo bisogno.» Fa un piccolo sorriso che mi riscalda dalla testa ai piedi. Ha un profumo inebriante, come di pino, cuoio e uomo sexy. Toglie una busta arrotolata dalla tasca interna della giacca di pelle. «Ti ho preso degli spartiti.»

Mi rivolge un altro sorriso, un po' sghembo, fissandomi con gli occhi azzurri, dolci e pieni di calore.

Io. Mi. Sto. Sciogliendo.

Le nostre dita si sfiorano quando prendo la busta dalle sue mani e sento un fremito in tutto il corpo. «Grazie.» Prendo due spartiti dalla busta. *Ave Maria* una delle canzoni che preferisco. L'altra è il *Walzer delle candele*, in italiano. «Mi piacciono! Grazie mille!»

«Non è niente.»

Lo afferro e lo abbraccio, un impulso spontaneo che provo da sempre solo con lui. «È tantissimo, invece.» Mi alzo sulla punta dei piedi e lo bacio sulla guancia appena sopra a dove comincia la barba. La sua guancia si curva sotto le mie labbra.

Quanto mi stacco, ha il collo rosa. Sta arrossendo? Il leggendario bad boy Jackson Walker sta arrossendo per un bacio sulla guancia?

«Stai arrossendo» gli dico. «È adorabile.»

I suoi occhi azzurri scintillano. «Lo sei anche tu.»

Ci sorridiamo e il mio cuore batte un po' più forte, ho le farfalle nello stomaco e tutti i nervi all'erta. Oh, ricordo bene questa sensazione. E per la prima volta sono sicura che sia reciproca.

Si spalanca la porta d'ingresso e Anna strilla: «Ah, Jackson Walker. Oh mio Dio! Sono una fan! Ignite per sempre!»

Jackson abbassa la testa.

Gabriel fa una smorfia irritata quando Anna corre da Jackson. «Mi dispiace» dice. «Oh mio Dio, sei veramente tu! Ho tutti i tuoi album.» Si dà dei colpetti su tutto il corpo. «Ho bisogno di qualcosa da farti firmare.» Si picchietta il vestito in alto, accanto al seno destro. «Ecco, firma proprio qui.»

«Salotto!» abbaia Gabriel.

Anna scatta, quasi mettendosi sull'attenti e sembra ricordare che è una regina. Mi rendo conto che quella è una parola chiave per rammentarle il protocollo. «È un vero piacere conoscerti, Jackson» dice, aggraziata. «Troverò qualcosa più tardi da farti firmare, se per te va bene, okay?»

«Per me va bene» borbotta Jackson, dandomi un'occhiata

di sottecchi. Sono sicura che deve pensare che la mia sia una famiglia di matti.

«Perché non ceniamo tutti insieme?» suggerisce Anna, e si dirige verso la cucina. «Emma, mi aiuti a preparare qualcosa?»

Non sono proprio sicura che dovrei lasciare Jackson con Gabriel. Mio fratello potrebbe mettermi in imbarazzo, senza un buon motivo. Jackson non mi ha mai toccato, anche se vorrei tanto che l'avesse fatto.

Gabriel dà a Jackson un'occhiata severa prima di chiedermi. «Adesso, dov'è Lucas? Credevo fossero usciti insieme.»

Indico il piano di sopra e Gabriel si avvia, probabilmente per andare a fare una predica a Lucas per il suo pessimo lavoro di babysitter.

Guardo Jackson, sentendomi tutta svenevole dentro. Mi ha fatto un regalo ponderato, è stato paziente con me durante le lezioni in cui ho faticato, e non ha giudicato nemmeno una volta la mia scelta di scappare il giorno del mio matrimonio. Mi capisce. La nuova versione di me, una donna che prende le proprie decisioni e cerca di fare cose nuove.

«Vuoi aiutarmi in cucina?» chiedo a Jackson.

Lui scuote la testa. «Vado nella mia stanza. Goditi la tua famiglia.»

Il mio polso accelera. E se decidesse di andarsene a causa della mia famiglia? Oppure la mia famiglia potrebbe obbligarmi a tornare a casa dopo cena. A quel pensiero mi sento morire.

Sento rumore di pentole e padelle in cucina. Anna è già al lavoro.

Vado da Jackson. «Volevano solo essere sicuri che non stessi crollando. Mi dispiace per l'intrusione della mia famiglia. Sono sicura che torneranno presto a Villroy.» *E io continuo a volerti qui con me.*

«Ti vogliono bene» dice con la voce burbera. «Sei fortunata.»

E va di sopra.

Voglio bene alla mia famiglia, ma non posso permettere

che mi tengano lontana da lui. È una settimana. Non è molto, ma voglio questo tempo per me. Quando tornerò a casa sarà tutto diverso. Sarà come se questi momenti con Jackson non ci fossero mai stati.

Vado in soggiorno, fisso fuori dalla finestra, prendendomi qualche minuto per ricompormi prima di andare in cucina. Non dovrei sperare troppo.

$$9$$

Emma

La cena sta cuocendo e il profumo è delizioso. «Che cosa stai preparando?» Salto la riverenza e sembra strano. Anna mi ha chiesto di non essere così formale, in privato. E sto cercando veramente di mitigare i miei modi troppo rigidi.

Anna usa delle pinze per girare il pollo che sta sfrigolando nella padella. «Pollo al marsala, poi capelli d'angelo e asparagi. Questo posto è veramente ben rifornito.» Sembra che non abbia nemmeno notato la mia mancanza di formalità. Forse i miei sforzi sembrano naturali.

Mi siedo accanto alla penisola. «Non sapevo che sapessi cucinare.»

«Immaginavi che in America tutti avessero uno staff che si occupa di loro?»

«No, solo… non sapevo che ne fossi capace.»

«Non è difficile. Puoi aiutarmi. Lava gli asparagi e taglia via la parte dura.»

Sembra fattibile. Sono brava con il coltello. Faccio tutto in fretta mentre Anna aggiunge dei funghi nella pentola, mescolando con una paletta.

Regola la fiamma e imposta il timer sul microonde. «Adesso aspettiamo qualche minuto prima di far bollire l'acqua per l'altra roba.» Si siede accanto a me. «Allora, tu e

Jackson, eh? Cioè, capisco l'attrazione. Quell'uomo è sesso personificato, ma, Emma. Che cosa stai facendo? Ti avevo avvertito. Sei su tutte le riviste di gossip e sulla stampa in genere da quando siete apparsi insieme a Nantes. Ha solo buttato benzina sul fuoco. Non hai idea di quanto sia stato difficile trattenere Gabriel finora. Ti vuole lontana da Jackson e a casa immediatamente, per affrontare Abdul e la sua famiglia e rilasciare una dichiarazione, non so quale, alla stampa.»

Per un momento resto senza parole, con la mente che passa dalla gratitudine nei confronti di Anna per avermi concesso quel poco tempo che ho avuto, all'indignazione per conto di Jackson. Non è una persona orribile.

«Emma, per favore. Dimmi che cosa ti passa in quella testa.»

Scelgo le parole con attenzione. «Ti ringrazio, Anna, per tutto ciò che hai fatto per me.»

«Era ovvio, noi donne Rourke dobbiamo fare fronte comune.»

Sento gli occhi bruciare per le lacrime perché Anna potrebbe essere l'unica donna Rourke che la pensa in questo modo. Non mi sento più legata alle altre donne della mia famiglia, mia madre o mia sorella e vorrei che non fosse così. «Sì, mi piace come la pensi» riesco a dire. «Solo che vorrei che sapessi che Jackson non è solo la sua reputazione. È una brava persona ed è stato buono con me. Non ha mai cercato, nemmeno per un momento, di approfittarsi di me e, credimi, vuole restare lontano dai riflettori tanto quanto lo voglio io. Mi fido di lui.»

Lei mi fissa per un momento, studiando i miei lineamenti, alla fine dice: «Purché sia solo per la settimana. Sono una fan della sua musica, non molto del suo carattere personale.»

«C'è del buono in lui.» Non posso fare a meno di sorridere. «Mi ha portato un regalo oggi, degli spartiti musicali che volevo per le mie lezioni di chitarra.»

Anna spalanca gli occhi. «Non ti starai innamorando di lui, vero? Sei in un momento vulnerabile della tua vita; per favore non cascarci. Ti farai solamente male. Non resterà.»

Alzo la testa, ignorando la parte che riguarda Jackson per

informarla: «In effetti non mi sento vulnerabile. Mi sento meglio e più forte giorno dopo giorno.»

Anna mi dà una stretta al braccio. «Buon per te. Sappi però che, nella migliore delle ipotesi, tu e Jackson insieme, ed è solo un'esigua possibilità, ma, fingiamo che sia possibile, la famiglia non lo approverebbe mai. Gabriel decisamente no, esattamente come tua madre. Causerebbe un mucchio di... tensione.»

«Non posso sempre vivere la mia vita secondo i dettami reali!» esclamo. «Scusami» aggiungo, con le guance in fiamme.

Sul suo volto appare un lento sorriso. «Vai, ragazza! Stai attraversando lo stadio della ribellione che avresti dovuto avere quando avevi sedici anni. Meglio tardi che mai.» Mi punta il dito addosso. «Cercherò il modo di lasciati un po' di respiro» dice e torna ai fornelli.

La mia tensione evapora. «Grazie per essere intervenuta. So che ho combinato un disastro. Sono un disastro anch'io.»

Anna si volta e mi sorride. «Tu sei perfetta.»

Scuoto la testa. «Sono tutt'altro che perfetta.»

«Perfettamente imperfetta, come tutti noi.» Appoggia la paletta e torna al mio fianco. «Allora, che cos'hai combinato?»

Resto a bocca aperta, sbigottita dalla sua semplice accettazione della mia situazione attuale. Sono così fortunata ad averla dalla mia parte. «Beh, sono passati solo tre giorni, ma ho ascoltato musica e imparato un po' a suonare la chitarra. Me lo sta insegnando Jackson.»

Lei continua a guardarmi, in attesa, annuendo, quindi continuo.

«E sto pensando, parecchio. In effetti, oggi è il primo giorno in cui passo del tempo da sola da tutta la mia vita. Sono sempre stata circondata dalla gente. A casa è la famiglia, il personale e le guardie; all'università gli altri studenti e la mia guardia del corpo; e fuori, in pubblico, c'è sempre una folla e le guardie. Ho suonato musica ad alto volume e ballato come una pazza. Non mi sono mai sentita libera di farlo, finora. So che è una piccola cosa, ma mi è sembrato fantastico.»

Anna scuote la testa. «Che vita ritirata hai condotto. Non è colpa tua, comunque, tua madre ti ha sempre tenuta al guinzaglio.»

«Tu non conosci mia madre. Non capisci…»

Anna alza un dito. «Voglio bene a tua madre. Dato che non sono mai stata adottata da una mamma, ne ho adottata una io: lei. E so che a tua madre non piaceva che Gabriel mi avesse scelto, almeno all'inizio, ma voglio dirti una cosa: mi ha preso sotto la sua ala e mi ha pazientemente insegnato il protocollo e quali sarebbero state le mie responsabilità come regina. Mi ha preparato bene e non c'è mai stata una parola cattiva tra di noi. La rispetto profondamente e lei apprezza la mia disponibilità ad assumere un ruolo che non si sentiva di svolgere da sola. Detto questo, è diverso tra madre e figlia. Lei ti ha modellato a sua immagine, mentre avrebbe dovuto lasciarti volare.»

Resto zitta, riflettendo su ciò che ha detto.

«Non significa che non ti voglia bene però. Tutti i genitori fanno errori con i loro figli, no?»

«Non ne ho idea.»

Anna mi stringe la mano. «È così.» Dà un'occhiata in basso. «Porti ancora l'anello di fidanzamento.»

«È troppo prezioso per lasciarlo in giro. Intendo restituirlo ad Abdul quando farò le mie scuse a Villroy, presumendo che sia ancora là.»

«Oh, è ancora là, insieme alla sua famiglia.»

Entra Gabriel, con un'espressione irritata. Io mi raddrizzo sulla sedia.

Anna si volta e gli sorride. «Ehi, bellezza. Potresti preparare la tavola? I piatti sono lì sopra.» Indica un armadietto dall'altra parte della cucina e torna a cucinare, dando per scontato che farà ciò che gli ha chiesto.

Gabriel va da lei, le prende il volto tra le mani e la bacia. «Non sapevo che sapessi cucinare. C'è qualcosa che non sai fare?»

Anna scoppia a ridere. «Beh, se ti accontenti di così poco…»

«Sei magnifica» le dice Gabriel e il re di Villroy si occupa dell'umile compito di preparare la tavola. Potrebbe essere la prima volta che succede nella storia del regno.

È un mondo completamente nuovo. Un mondo a cui non sono sicura di appartenere.

~

Jackson

Emma mi ha chiamato per la cena, quindi scendo, anche se mi sembra di intromettermi nella loro famiglia. Quando arrivo in sala da pranzo, Gabriel è a capotavola, Anna alla sua destra, Emma a sinistra. Lucas al capo opposto del tavolo. Quando mi siedo accanto a Emma, Anna le rivolge un'occhiata maliziosa, che la fa arrossire furiosamente. *Siamo* solo amici. Scommetto che Anna si è messa in testa che abbia intenzione di profanare la principessa vergine, e forse l'idea non la disturba, visto che è una mia fan. Vita per procura.

Anna mi porge un vassoio di pollo al marsala, mi servo. «Grazie.»

«Devi rivolgerti a lei chiamandola Maestà» sbotta Gabriel. «È la regina.»

Resto di sasso. E io che pensavo di essere educato. Anna non sembra una regina. È più giovane di me, sembra americana, molto informale.

«Oh, Gabriel, smettila!» esclama Anna. «Questa è una cena in famiglia.» Mi sorride. «Chiamami semplicemente Anna.»

Annuisco una volta, tenendo la bocca chiusa. L'espressione di Gabriel è dura, ha i denti stretti. Emma aveva detto che era lui il fratello maggiore iperprotettivo, non Lucas, e ho già visto Lucas nella sua veste di fratello iperprotettivo. Gabriel è mille volte peggiore. Non ci vorrebbe molto per farlo esplodere.

Cade il silenzio mentre girano i vassoi. Emma sta quasi vibrando per la tensione, seduta con la schiena perfettamente diritta accanto a me. Solo Anna sembra rilassata.

Cominciano tutti a mangiare e nel silenzio risuona pesantemente il tintinnio delle posate. Non so che cosa sia successo mentre ero di sopra, niente di buono ritengo. Dopo parecchi, lunghissimi, strazianti, momenti di tensione, Anna rompe il silenzio.

«Jackson, Emma mi ha detto che le stai insegnando a suonare la chitarra. È fortunata a imparare da un maestro.»

Mi strofino il collo. Non sono mai stato a mio agio con i complimenti. «Sono un principiante, paragonato ad alcuni altri.»

«Non è possibile!» esclama Anna.

«Non l'ho mai sentita suonare, ora che ci penso» dice Lucas. «Quando avete fatto lezione?»

«Non sei stato accanto a lei abbastanza da saperlo» sbotta Gabriel. «A Milano, in giro in moto…»

«Jackson è venuto con me in moto» risponde secco Lucas. «Inoltre a Emma non serve un babysitter. Guardala. Si tiene al guinzaglio da sola, senza aiuto da parte mia.»

«Lei è ingenua» dice Gabriel a denti stretti.

«Gabriel, va tutto bene, davvero» dice dolcemente Emma.

Ne resto fuori perché per me è chiaro che è ingenua. Entra di nascosto nella mia stanza e sale sul mio letto al mattino, per motivi completamente innocenti, è troppo imbarazzata, non vuole farsi vedere da suo fratello mentre annaspa da principiante con la chitarra. Non è come se mi avesse mai toccato… in effetti, sì, l'ha fatto. Mi ha accarezzato la spalla e la schiena. La guardo. Era un tentativo di seduzione?

Ha le guance rosse, gli occhi fissi sul piatto mentre taglia un minuscolo pezzetto di asparago. La principessa vergine vuole veramente che sia io il suo primo? No. Niente da fare. Emma mi ha ridato la musica e io non le darei nient'altro che rimpianti. Ma, maledizione, venticinque anni sono troppi per aspettare. Non mi meraviglia che sembri così sotto pressione, anche se è apparsa molto più sciolta durante le nostre mattine musicali. E quando le ho dato gli spartiti, era una cosa da niente, ma la sua reazione deliziata mi ha fatto sentire una brava persona, una volta tanto.

«Emma vorrebbe restare per tutta la settimana» dice Anna a Gabriel. «Penso che dovremmo lasciarle questo tempo lontana da casa, come avevamo deciso all'inizio.»

Gabriel mi dà un'occhiata severa. «Ci sarai anche tu?»

Alzo le mani. «Posso andarmene.»

«No» dice Emma, dando un'occhiataccia a Gabriel prima di rivolgersi a me. «Non devi andartene. Chiedo scusa per i miei fratelli prepotenti.»

«Emma» dice gentilmente Gabriel, «non conosci il modo di fare degli…» Mi guarda e poi fissa davanti a sé. «Degli uomini come lui.»

Lucas sogghigna. «È una sposa vergine in fuga. Lascia che si diverta un po'. Jackson è okay.»

«Lucas!» esclama Emma.

Non ho idea di che cosa dire. Dopo la nostra corsa in moto sembra che adesso io piaccia a Lucas.

Anna si intromette di nuovo. «Se è ingenua come dici, allora le serve del tempo per esplorare la sua sessualità.»

Emma squittisce, con le guance scarlatte. Io mi gratto la barba appena regolata. A quando pare danno per scontato che mi approfitterò della principessa. So che non dovrei toccarla. Non solo perché è un'innocente o perché non la merito. Mi ha riportato la musica. Sarei un idiota a rovinare le cose e perdere la mia musa. Ma non riesco a dirlo a voce alta. Sembrerebbe che sia tentato, e Dio sa che è vero, e ho giurato di comportarmi da cavaliere. Nessuno lo crederebbe se lo dicessi.

«Lasciamo perdere questo inopportuno argomento di conversazione» dichiara Gabriel in tono definitivo. «Emma non può…»

Anna lo interrompe. «Gabriel. Emma ha due anni più di me. Per l'amor del cielo, smettila di trattarla come una bambina. È una donna emotivamente bloccata che ha bisogno di spiegare le ali!»

«Allargando le gambe?» urla Gabriel.

Emma balza fuori dalla sedia, con gli occhi che sprizzano scintille. La guardo, ammirato, mentre si difende con piglio da guerriera. «Come osi parlare di me come se non fossi qui! Come se la mia vita privata non fosse solo affar mio! Non sono mai stata così imbarazzata in tutta la mia vita.» Sta gesticolando violentemente, facendo loro segno di andarsene. «Via! Andatevene tutti quanti. Tutti eccetto Jackson!»

Nessuno si muove. La fissano tutti a occhi sgranati.

Lei getta il tovagliolo sul tavolo, si volta e marcia verso le scale. «Jackson resta e io anche!»

Tutti gli occhi si puntano su di me.

Non mi ha lasciato scelta con quell'uscita melodrammatica. Non posso deluderla. «Bene, allora, io resto.»

Emma e io ci fissiamo negli occhi per un momento veramente intenso, poi il campanello suona, rompendo l'incantesimo. La sua famiglia si scambia sguardi preoccupati. Questo posto è troppo remoto perché arrivi qualcuno per caso.

Viktor si affretta ad andare alla porta e qualche minuto dopo dice a Gabriel: «Altezza, il principe Abdul è qui. Ha lasciato le sue guardie del corpo in auto ed è disarmato. Vorrebbe parlare in privato con Emma.»

Il volto di Emma diventa cereo.

10

Emma

La mia rabbia nei confronti della mia prepotente famiglia, la breve gioia di sapere che Jackson vuole restare con me, tutte quelle emozioni confuse spariscono in un attimo, sostituite dal puro panico. La mia respirazione accelera, le gambe formicolano per il bisogno di scappare. Devo calmarmi. Devo affrontare Abdul. Avevo programmato di lavorare su delle scuse formali, usando le parole giuste per permettere ad Abdul e alla sua famiglia di salvare la faccia. Non c'è tempo. Do un'occhiata a Jackson, ancora seduto a tavola. Lui mi fa un cenno alzando il mento, con gli occhi pieni di simpatia.

Gabriel si alza, con il volto rigido. «Ci ha seguito qui? Come ha fatto a sapere dove eravamo diretti?»

Viktor risponde semplicemente: «Avrà unto qualche ruota, signore.»

Gabriel si mette le mani sui fianchi. «Quanto possiamo sentirci al sicuro se c'è gente nella nostra cerchia disposta a divulgare un'informazione in cambio di soldi?»

«Sarà stato un impiegato di basso rango all'aeroporto, signore, in Francia o in Italia» dice Viktor. «Non un membro del nostro staff. È il motivo per cui abbiamo anche un servizio di sicurezza, signore.»

«È sicuro per Emma parlargli in privato?» chiede Anna a Viktor.

Viktor annuisce. «Ci sarò io nella stanza, Maestà. Vi suggerisco di finire la cena in cucina. È il posto più sicuro nel caso remoto in cui le sue guardie decidano di scendere dall'auto e intervenire. In questo momento c'è Oliver con loro.»

Si voltano tutti a guardarmi. Devo farlo. Abdul si merita almeno questo e devo dimostrare alla mia famiglia che posso cavarmela da sola.

Faccio un respiro profondo. «Per favore, fallo entrare. Gli parlerò nel soggiorno.»

«Signora, il foyer è il posto più sicuro» dice Viktor.

«Non ho intenzione di obbligarlo a restare all'ingresso» sbotto. «Gli ho fatto un torto e il meno che possa fare è offrirgli di sedersi.»

Viktor china in capo, assentendo. «Deve restare lontana dalle finestre.»

«Va bene. Fallo entrare, per favore.»

La mia famiglia mi rivolge un misto di occhiate preoccupate e compassionevoli prima di raccogliere i piatti e dirigersi verso la cucina. Jackson va con loro.

Io vado in soggiorno e aspetto accanto alla poltrona più lontana dalla finestra. Un momento dopo, Abdul entra, con Viktor al suo fianco. La sua espressione è tesa ma non furiosa. I suoi capelli, normalmente perfettamente pettinati, sono in disordine come se ci avesse passato le dita, e ha un accenno di barba. Temo che la nostra separazione l'abbia colpito duramente.

Mi avvicino. «Salve, Abdul, sono lieta che tu sia venuto. Per favore, siediti in soggiorno con me. Vuoi qualcosa da bere?»

«No, grazie» risponde seccamente.

Vado verso la poltrona che avevo scelto e gli indico il divano. Viktor resta accanto alla mia poltrona, distogliendo lo sguardo. È attento mentre al contempo ci lascia la nostra privacy.

«Devi avere la guardia con te?» chiede Abdul. «Questa è una conversazione privata.»

«Temo che il tuo arrivo inaspettato abbia messo in allarme le mie guardie. Ti assicuro che Viktor è molto discreto e non rivelerebbe mai ciò che ci diciamo, a meno che io sia in pericolo.»

Abdul sbuffa, fissando Viktor con occhio malevolo.

«E sono sicura che non sia questo il caso» aggiungo, anche se in effetti non ne sono sicura. L'ho incontrato solo in due occasioni. A essere giusta, quando l'ho lasciato, ha minacciato una causa legale, non la violenza.

Respiro a fondo per calmarmi e cerco di mettere ordine nei miei pensieri, sperando soprattutto di non ferire i suoi sentimenti.

Abdul mi fissa per un momento. «Ho solo una domanda. Perché mi hai lasciato?»

Le parole sono un groviglio nella mia testa perché, nello stato di panico in cui mi trovo, è difficile spiegare la situazione che c'è a palazzo, il posto che mi sembra di non avere più, il fatto che so che cosa sono la passione e l'amore, cose assolutamente assenti tra di noi. Finalmente mi decido a dire: «Sono profondamente dispiaciuta per le mie azioni. Non era mia intenzione ferirti in alcun modo. Tu non hai colpe. Il problema ero io. Non ero pronta per il matrimonio.»

La sua voce è bassa e furiosa. «Quindi sei scappata con il tuo amante? La rockstar?»

Tengo la voce calma e misurata. «No. Jackson è un amico. È rimasto qui con me, ma c'è anche mio fratello Lucas e ci sono le guardie. Per favore, sappi che Jackson non ha niente a che vedere con le mie azioni. Sono salita sulla sua barca ormeggiata a Villroy, senza che lui lo sapesse.»

«Voglio incontrarlo.»

«No» dico fermamente. «La faccenda è fra te e me. Mi dispiace di non averti parlato delle mie preoccupazioni fin dall'inizio. Quando sono scappata ero totalmente nel panico, volevo andarmene per una settimana per schiarirmi le idee.»

I suoi occhi diventano lucenti e duri. «Mentre io aspettavo il tuo ritorno a palazzo. Avevamo un accordo matrimoniale che mi ha fatto aspettare per nove anni. Hai firmato un contratto.»

Deglutisco a fatica «Avevo solo sedici anni quando l'ho firmato. Per favore, annulla l'accordo. So che qualunque altra donna sarebbe fiera di essere tua moglie.»

Lui si china in avanti, con i gomiti sulle ginocchia e la voce dolce. «La mia famiglia dice che avrei dovuto passare più tempo con te, corteggiarti. Le cose andrebbero a posto in questo modo?»

Scelgo accuratamente le parole. «No, mi dispiace. Non penso che più tempo insieme cambierebbe le cose. Voglio amore e passione nel mio matrimonio e provo solo un affetto amichevole nei tuoi confronti. Mi dispiace veramente di aver aspettato così tanto a parlarne.»

Abdul si alza di colpo. «Sapevo che stavi con quell'uomo disgustoso! Jackson Walker è spazzatura. Ti sei insozzata con lui, mentre fingevi di essere pura per me.»

Apro la bocca, senza sapere che cosa dire. Non sono vergine. E non sono nemmeno stata con Jackson. «Abdul, ti giuro che non ti ho tradito con Jackson. Lui è un semplice spettatore in questa faccenda.»

Gli occhi di Abdul sono ridotti a una fessura, la sua voce è bassa e minacciosa. «Sei pura, Emma?»

Quasi rabbrividisco. Posso tranquillamente dire che *non* sarebbe felice del mio stato di non-vergine. Alzo una spalla, fingendo di non capire. «Pura in che senso?»

La sua mano è così veloce che non la vedo arrivare. La forza della sberla sulla guancia mi fa barcollare. Abdul arriccia le labbra. «Piccola puttana traditrice…»

Viene interrotto dal potente gancio destro di Viktor che gli piega indietro la testa. In un istante, Viktor ha Abdul a faccia in giù sul pavimento, i polsi tirati indietro, mentre lo tiene fermo con un ginocchio sulla schiena. Viktor chiede aiuto parlando nel microfono. Un momento dopo, Abdul è in manette e sta per essere trascinato via.

«Aspetta. Il tuo anello!» Mi sfilo a forza l'anello di fidanzamento e glielo getto. L'anello rimbalza sulla sua fronte e cade sul pavimento.

«Tienilo! È una miseria se paragonato alla ricchezza del mio regno! Villroy non avrà più il sostengo di Kainei e di nessuno dei nostri alleati. Sapranno tutti che sei stata tu la causa della rovina di Villroy.»

E poi non c'è più.

Crollo sulla sedia, ho le gambe che tremano e mi metto una mano sulla guancia che brucia. Mi ha picchiato. Se l'avessi sposato, starei vivendo da sola a Kainei e Abdul avrebbe un potere assoluto su di me. Le sue guardie, il suo personale, la sua famiglia, lo sosterrebbero, in qualunque modo decidesse di trattarmi. Non avrei vie di uscita. Avrebbe perfino il potere di tagliarmi fuori dalla mia famiglia.

Il mio istinto viscerale di scappare era giusto. Sono veramente contenta di averlo ascoltato.

~

Jackson

Appena le guardie ce lo permettono, corriamo tutti in soggiorno per controllare Emma, parlando tutti contemporaneamente.

«Emma!» grida Anna.

«Che cos'è successo?» chiede Lucas.

«Stai bene?» le chiedo io.

«Che cos'ha fatto?» Quello di Gabriel è un ruggito.

Emma si alza, togliendo la mano dalla guancia. È rosa carico come se l'avessero schiaffeggiata. Stringo i pugni. Se solo il bastardo fosse stato ancora qui per ricevere ciò che si merita.

Gabriel alza il mento di Emma, ispezionando il danno. «Ti ha picchiato.»

«Era solo uno schiaffo» dice Emma, che sembra notevolmente calma. «Viktor gli ha dato un pugno in faccia, molto più forte.»

Gabriel toglie la mano e dice con una voce calma e inquietante. «La pagherà.»

«No» risponde Emma. «Finiamola qui. Mi ha mostrato il suo vero carattere e si è portato via tutta la vergogna e il rimpianto che provavo per essere scappata. Il mio istinto era giusto. E sono sicura che ora penserà che ha perso tempo con me e se ne tornerà a casa.»

Io apro lentamente i pugni. Ha ragione. In effetti, mi sembra piena di energia. Dev'essersi tolta un bel peso dalle spalle, avendola fatta finita con il disastro che si era lasciata alle spalle. Presto tornerà alla sua vita di corte. Forse domani mattina farà i bagagli e tornerà a casa con la sua famiglia. Sento uno strano senso di vuoto nel petto, come se mi avessero tolto qualcosa. Ho appena ritrovato la musica, grazie a lei.

«Viktor è un testimone» dice Anna. «Se ci dovesse essere un tentativo di vendetta a mezzo stampa, o in tribunale, abbiamo l'aggressione di Abdul da opporre.»

«Non può cavarsela in questo modo, dopo aver picchiato mia sorella» esclama Gabriel.

Anna stringe le labbra. «Rispettiamo i desideri di Emma. Potrebbe essere come ha detto lei, che Abdul lasci perdere e che torni semplicemente a casa.»

Gabriel se ne va arrabbiato e Anna lo segue, parlandogli in tono basso e insistente.

Lucas si avvicina a Emma. «Stai veramente bene?»

Io resto indietro, ma la osservo attentamente, perché voglio saperlo anch'io.

Emma gli rivolge un sorriso mesto. «In effetti, adesso sto più che bene. Ora posso veramente rilassarmi, senza più quella spada di Damocle sulla testa, nessun rimpianto. È un nuovo inizio per me.»

Lucas le bacia la fronte e se ne va.

Io fingo un'indifferenza che sono ben lungi dal provare. Mi sono sentito protettivo nei suoi confronti dal momento in cui ha mostrato la sua vulnerabilità, quando eravamo ancora sulla barca. «Avresti dovuto dargli un pugno anche tu. So che ne sei capace. Mi hai tirato un pugno impressionante sul sedere quando ho cercato di gettarti fuori bordo.»

Emma si mette a ridere. «Mi ha colto di sorpresa. La prossima volta, eh?»

Qualcosa mi spinge a tirarla verso di me e abbracciarla, e io *non* sono tipo da abbracci. Devo capire se sta veramente bene. È calma e "giusta" tra le mie braccia. Mi chino verso il suo orecchio. «Sono contento che sia riuscita ad arrivare in fondo a questa prova relativamente illesa. Non era facile.»

Lei mi guarda, con i suoi dolci occhi nocciola. «Ne è valsa la pena, per incontrarti una seconda volta.»

Sento una stretta al petto come se avesse allungato la mano e mi avesse strizzato il cuore. L'attrazione è troppo forte per resisterle. Mi chino lentamente, attirato, con il sangue che scorre forte nelle vene. Le sue labbra morbide sono a un soffio di distanza. Lei chiude lentamente gli occhi, sembra ancora più giovane e dolce. *No.* So che non è il caso di cominciare qualcosa con lei. Domani mattina se ne sarà probabilmente andata, tornata alla sua vita di palazzo e io non sarò altro che un ricordo. Meglio quello di un rimpianto.

Ci vuole tutta la mia forza di volontà, ma riesco a fare un passo indietro. «Buonanotte, Emma.»

Mi volto e mi precipito vero le scale. Ho bisogno di mettere un po' di spazio tra di noi. È troppo presto per andare a letto. Vado a cercare la chitarra prima che lei porti via la musica con sé. Sono a metà delle scale quando la sento sussurrare: «Buonanotte, Jackson». Sembra piena di malinconia e di struggimento.

Non voglio ancora dirle addio. Quella sensazione di vuoto nel petto è tornata e ho le gambe pesanti mentre mi obbligo ad allontanarmi. *Riversa tutto nella musica e lasciala andare.*

～

Mi sveglio all'alba. La casa è silenziosa. Perché mi sono svegliato? Do un'occhiata alla porta, ma è chiusa. Niente Emma. Mi ha svegliato abbastanza volte a quest'ora perché il mio cervello se lo aspetti. Sta già facendo le valigie, pronta ad andarsene con la sua famiglia?

Rotolo sulla schiena, teso per l'imminente addio. Dovrei semplicemente essere contento di averla incontrata. Altrimenti sarei ancora su quella maledetta barca a cercare, senza riuscirci, di prendere in mano la chitarra. Emma mi ha dato molto più di quanto abbia dato io a lei.

È talmente una brava persona. Ha perdonato quello stronzo per averla schiaffeggiata e non ha chiesto ritorsioni. È talmente buona che la sua famiglia si è precipitata da lei per preservarne la bontà. Non ha idea di quanto sia fortunata ad avere fratelli iperprotettivi a cui importa di lei. A mio fratello piaceva solo battermi in qualsiasi cosa. Non era difficile. Lui era lo studente modello, l'atleta, quello bravo. Io ero il fallito. Quando avevo scoperto la musica, lui era già all'università. Non gli interessa che abbia avuto successo. Sono anni che non ci parliamo. Mia madre si è ravveduta, si è scusata per non avermi capito per tanto tempo, per non essersi resa conto che avessi "un talento nascosto". Abbiamo fatto pace, ma non cambia il fatto che per la maggior parte della mia vita non mi sia sentito all'altezza.

Mi giro sul fianco, inquieto. Sono troppo sveglio adesso, i pensieri pieni di Emma. Mi manca il calore del suo corpo premuto contro il mio, mi manca sentirla sussurrare i suoi segreti. So che ne ha altri. Perché è in grado di scassinare le serrature, ad esempio. Forse esce regolarmente di nascosto da palazzo e si introduce nelle case. Forse è una Robin Hood al femminile, che ruba ai ricchi per dare ai poveri. Rido tra me e me. La mia immaginazione sta facendo gli straordinari. È solamente una brava principessa.

Forse ancora una lezione di chitarra prima che ce ne andiamo tutti. Dovrò andarmene quando se ne vanno loro perché sono qui solo grazie ai contatti di Lucas. Scendo dal letto e vado a cercare la chitarra. È in quel momento che ricordo che Emma me l'ha chiesta in prestito la sera prima, quando avevo finito di suonare. Doveva avermi sentito suonare perché era apparsa appena aveva rimesso la chitarra nella custodia. Probabilmente è sveglia. Andrò semplicemente a riprenderla.

Mi metto una maglietta e i jeans, apro la porta ed esco in corridoio. Mi viene la pelle d'oca sulle braccia e mi si rizzano i peli sulla nuca al suono della sua voce. Sta cantando l'*Ave Maria*, in latino ed è fottutamente bello. Mi avvicino piano, ascoltando. Suono puro e vero. Le sue emozioni di riversano nelle parole che non capisco ma che sento dentro di me. Mi fermo fuori dalla sua porta, respirando appena. Suona una nota sbagliata, si ferma, e prova un paio di volte prima di continuare.

Apro lentamente la porta. Ho bisogno di sentire la sua voce senza barriere tra di noi. È seduta sulla panca imbottita ai piedi del suo letto, la testa piegata verso la chitarra, e fissa le dita mentre la sua voce tocca una nota alta, pura e dolce; il suono mi penetra nel petto mi toglie l'aria.

Alza la testa e resta immobile, con gli occhi sgranati, la bocca atteggiata a una O perfetta per la sorpresa.

«Non fermarti» dico, «è bello.»

Lei si appoggia la chitarra in grembo. «Ho sbagliato alcune note.»

Mi siedo accanto a lei sulla panca. «Hai una voce d'angelo. Perché nascondi il tuo talento?»

Le guance di Emma diventano rosa carico. «Non sapevo di avere talento. Nessuno mi ha mai detto che avevo una voce d'angelo.»

«Non hai mai cantato davanti agli altri?»

«No. Di solito canto nella doccia, quando sono da sola.»

«Perché?»

Lei sbatte le palpebre un paio di volte e si lecca le belle labbra. «Non ho mai preso lezioni. Sono sicura di essere una scadente principiante. Tutti sembrano bravi quando cantano sotto la doccia.»

Non riesco quasi a credere che non sappia il dono che ha. «No, Emma. Sei speciale. Hai una voce meravigliosa. Per favore, devo sentirti ancora.»

Lei si morde il labbro. «Non conosco molto bene la canzone. Stavo solo cercando di seguire lo spartito. Ti ho svegliato?»

«Mi sono svegliato aspettandomi una lezione mattutina di chitarra.»

Lei sorride. «So che ti piace dormire fino a tardi. Sono stata veramente una peste.»

Mi avvicino di più. «Cominciava a piacermi.»

Emma si porta le mani al collo. «Oh, davvero?»

«Già, dai, cantala di nuovo.»

Lei mi porge la chitarra. «Prendi, tu suoni e io canto.»

Non esito nemmeno. Prendo la chitarra, metto la caviglia sul ginocchio e appoggio lo spartito sulla gamba, dove posso vederlo. Mi servirebbe un leggio. In questo modo lo spartito cadrà facilmente. «Potresti tenere lo spartito?»

«Certo.» Lo prende e si mette in piedi davanti a me, tenendo due pagine diritte davanti alla sua faccia.

Reprimo una risata. È imbarazzata, non si rende conto di quanto sia bello il suo canto. Comincio a suonare.

Lei canta piano. Resto zitto, sperando che poco per volta si senta più a suo agio, si rilassi e canti a voce piena. La canzone sale di tono e anche la sua voce, più forte, più sicura, ogni nota dolorosamente dolce. La musica oltrepassa i due fogli che sta tenendo e io improvviso, suonando di nuovo gli accordi precedenti, sperando che sia presa dalla musica e continui a cantare. Lo fa, probabilmente perché conosce la canzone ed è assolutamente perfetto. Sentirò questa voce nella testa per il resto della mia vita. Non ho mai sentito niente di simile. È divina, mi risuona nelle orecchie, mi riempie corpo e anima, elettrizzandomi.

Emma finisce di cantare e abbassa lentamente i fogli. Sorride timida e mi guarda negli occhi per un istante prima di distogliere lo sguardo. «Andava bene?»

Appoggio la chitarra e mi alzo. «Era molto più che okay. Era il paradiso. Perfezione assoluta. Canti veramente come un angelo.»

Lei sorride, scuotendo la testa e arrossisce ancora di più. «No.»

La prendo per il mento, alzandole la testa. «Sì. Accetta il complimento. Goditelo. Sei una cantante favolosa. La tua voce è un dono.»

Lei sbatte le palpebre un paio di volte, con gli occhi lucidi. «Ma non ho mai preso lezioni. Sono sicura di non essere al livello di…»

«Emma, hai qualcosa che non si può insegnare. È il suono puro e naturale. L'emozione. Mio Dio, mi hai fatto venire i brividi.» Indico le mie braccia.

«Hai la pelle d'oca!» esclama. «Beh, forse hai freddo.»

«Emma!» ringhio. È perfino peggiore di me quando si tratta di accettare i complimenti.

«Grazie per il bel complimento.»

«Vado a scrivere della musica per la tua voce. Verrò a prenderti quando avrò finito.»

Emma si porta la mano alla gola. «Hai intenzione di scrivere una canzone per me?»

«Voglio scrivere un album intero per te.» Sento una scarica di adrenalina, la voglia di cominciare che mi accende dentro, i muscoli tesi per il bisogno d'azione. Ma prima…

La bacio sulla guancia. «Grazie per aver condiviso il tuo dono.»

Poi torno nella mia stanza, con l'inizio di una ballata che mi gira per la testa e il mondo intorno a me che scompare.

11

———

Emma

Canto come un angelo. Non ne avevo idea. Dev'essere vero perché proprio adesso, Jackson Walker, dio del rock, chitarrista straordinario, sta creando della musica solo per la mia voce. Sono seduta in corridoio, china contro la parete della sua stanza, e ascolto i magnifici suoni di una melodia che si sta dipanando. È Jackson quello geniale, sta componendo della musica, creando qualcosa dal nulla.

Non volevo che disturbassero Jackson mentre stava creando, quindi avevo lasciato il mio posto di guardia solo una volta per salutare con calore la mia famiglia. Ho detto loro che volevo restare qui ancora un po' con Jackson, per esplorare il mio nuovo dono. Anna mi rivolge un'occhiata maliziosa, Lucas mi saluta e Gabriel brontola il suo accordo, quando sua moglie insiste che starò bene qui con Jackson e le guardie. Il pericolo è passato. Le nostre fonti riportano che Abdul e le sue guardie sono tornare nel Kainei la notte scorsa e la sua famiglia ha lasciato il palazzo questa mattina.

L'unico che non ha accettato (o che non conosce ancora) il mio piano di restare più a lungo è Jackson. Aveva accettato di restare una settimana, ma questo è successo mentre ero nel bel mezzo del più grande scandalo della mia vita. Ho qualcos'altro che lui potrebbe volere per convincerlo a restare qui?

Non credo che nemmeno un tentativo sfacciato di seduzione lo farebbe restare a lungo. Non ho illusioni romantiche quando si tratta di lui. Non è tipo da relazioni serie e so che la mia famiglia non è d'accordo su di noi come coppia. Solo Lucas sembra vedere il buono che c'è in lui. Anna ha chiarito che Jackson porterebbe alla nostra famiglia solo scandali e il tipo sbagliato di attenzioni. Dopo tutto il danno che ho fatto alla nostra reputazione, capisco il bisogno di evitare altri drammi.

Non ho veramente intenzione di lasciarmi coinvolgere, ma come faccio a voltare le spalle a questo mio nuovo lato musicale? Mi sono piaciute tanto le nostre lezioni di chitarra e aver scoperto adesso che la mia voce è qualcosa di speciale, beh, mi fa solo venir voglia di approfondire quest'aspetto. E ho bisogno di lui per farlo.

Non sono pronta a dirgli addio.

Jackson mi ha portato solo gioia. Non so esattamente che cosa gli ho portato io, se mai gli ho portato qualcosa. Forse resterebbe, se gli pagassi le lezioni di chitarra, se facessi in modo da dare un valore al suo tempo. L'idea mi piace. Sembra ragionevole così, non come se stessi morendo di desiderio per lui o gli stessi chiedendo di impegnarsi, cosa che non ho intenzione di fare. Ovviamente no. Sto solo chiedendogli di restare più a lungo. Gli offrirò il mio anello di fidanzamento in cambio di un mese di lezioni di chitarra qui alla villa. Nessun altro vuole l'anello e il diamante vale un milione di euro. Anche se non ha bisogno di soldi, potrebbe vendere l'anello e donare il ricavato a una buona causa, una cosa che non potrei mai fare io, viste le circostanze. Almeno qualcuno ne trarrebbe beneficio. Sembra essere un piano eccellente.

Dopo lo scontro con Abdul di ieri sera, ho ficcato l'anello nel cassetto del comodino, dato che non volevo niente che me lo ricordasse. Mi è venuto in mente, troppo tardi, che non c'è la minima possibilità che Abdul sia rimasto "puro" per me, a ventisei anni. È un doppiopesismo di tipo patriarcale, e quasi vorrei poterglielo rinfacciare, ma non mi interessa abbastanza da cercarlo per dirglielo. Sto voltando pagina e lui mi sta opportunamente aiutando a farlo donando l'anello alla causa.

Infilo l'anello all'anulare della mano sinistra, invece che su quello della mano destra dove lo portavo di solito.

Mi guardo e sospiro, sfortunatamente gli abiti più alla moda che ho preso in prestito sono in lavanderia, quindi sono tornata ai miei sobri abiti color pastello. Torno alla mia postazione appena fuori dalla stanza di Jackson e ascolto, rapita. Sta componendo musica da ore. Finora ho ascoltato quattro canzoni. Due ballate e due canzoni rock con un ritmo travolgente. È come se fosse un concerto tutto per me. Jackson ha cantato una delle ballate con la sua voce roca, facendomi venire i brividi. Non ha cantato le altre canzoni e mi chiedo se quella possa essere la mia parte. Vorrei tanto entrare, unirmi a lui e vedere dal vivo la magia, ma non oso interrompere il processo creativo.

Al piano di sotto sento accendere la TV. Viktor e Oliver probabilmente si stanno rilassando, dato che il pericolo di Abdul è passato. Hanno già controllato l'impianto di allarme e ispezionato la casa, dentro e fuori.

La porta della stanza di Jackson si apre all'improvviso e lui esce. «Emma?» chiama.

Alzo una mano. «Sono qui.»

Jackson mi afferra la mano e mi tira in piedi. «Da quanto sei seduta qui?»

«Uhm, beh, da sempre, praticamente. Con una breve pausa per salutare la mia famiglia.»

Jackson spalanca gli occhi. «Se ne sono andati tutti?»

«Sì.»

«Non li ho salutati.»

Mi si stringe il cuore. Sono toccata dal fatto che gli importi abbastanza da volerli salutare, quando la mia famiglia l'ha trattato con sospetto, Gabriel più degli altri. «Ho chiesto loro di non interrompere il tuo processo creativo. Hanno chiesto a me di salutarti.»

Lui china la testa. «Tu che cosa ci fai ancora qui?»

Mi faccio forza. «Mi piacevano le lezioni di chitarra con te e speravo che accettassi di restare per un po' e continuare a insegnarmi. Ti pagherò.»

«Emma» dice lui gentilmente.

Lo interrompo prima che possa rifiutare e tendo la mano, mostrandogli l'anello. «Ti darò l'anello come pagamento. Vale un milione di euro. Potrai certamente vendere il diamante e usarlo per una buona causa. O tenere il ricavato, se preferisci.» Trattengo il fiato perché sembra veramente che lo stia prendendo in considerazione.

Si strofina la nuca e finalmente mi guarda negli occhi. «Per quanto tempo?»

Faccio un respiro profondo e sparo: «Trenta giorni, trenta lezioni di chitarra e avrai l'anello.»

Lui mi tira nella stanza e chiude la porta. «Affare fatto.»

Ho il cuore che martella, il corpo che vibra nell'attesa. Non so che cosa mi ecciti di più, la possibilità di un concerto dal vivo tutto per me o la possibilità che mi desideri veramente, adesso. Ieri sera mi ha quasi baciato e adesso siamo da soli nella sua camera. Chissà che cos'ha in mente? Accetterò trenta giorni di qualunque cosa stia offrendo. È a piedi nudi, in jeans e una maglietta bianca. Molto informale. Siamo come sale e zucchero. Non vanno proprio d'accordo insieme, ma qualche volta sì. Dolce e salato. Penso di essere io il dolce.

Potrei star perdendo la testa per il desiderio.

Jackson si ferma davanti a me, fissandomi intensamente, mentre mi mette una ciocca di capelli dietro l'orecchio.

Non riesco a respirare. Apro leggermente le labbra, sperando disperatamente che mi baci.

La sua voce è burbera. «Mi piaci con i capelli sciolti.» Mi scioglie lo chignon, con le forcine che volano sul pavimento, la fascia intorno al dito. Si infila la fascia nella tasca dei jeans. «Così va molto meglio. Più rilassata. Nascondi troppo di te in una confezione troppo stretta.»

Ho la bocca secca. «Grazie, credo.»

Lui abbassa la testa guardandomi fisso. «Canta con me.»

«Sì.»

Mi afferra la mano e mi tira verso la panca dove ci sono dei versi scarabocchiati su un piccolo taccuino a spirale. La sua grafia è difficile da leggere. Vedo il mio nome, però, il titolo di una canzone. Ha scritto una canzone per me! Mi sembra un sogno.

Si siede accanto a me, con un enorme sorriso che gli illumina il bel volto. Il mio cuore fa le capriole, le farfalle si stanno scatenando nel mio stomaco e sento caldo dappertutto. È il primo vero sorriso felice che gli vedo sul volto, e l'ha regalato a me. Mi porto la mano al petto che improvvisamente sento stretto. Ho gli occhi che bruciano, un groppo d'emozione in gola e mi trema il labbro inferiore. È troppo da accettare. La bellezza di questo momento, di Jackson che ha creato una canzone solo per me.

Comincia a suonare e io scoppio in lacrime. Lacrime felici, lo giuro. Sarei imbarazzata, ma c'è troppa gioia in me perché l'imbarazzo prenda il sopravvento.

Jackson smette di suonare. «Che cosa c'è che non va?»

«Sono solo felice, assolutamente meravigliata che abbia scritto questa canzone per me.»

Jackson mi asciuga le lacrime con il pollice. «Hai represso troppo a lungo le emozioni. Adesso la minima cosa ti fa esplodere.»

«Non è una cosa piccola! È la cosa più meravigliosa che mi sia mai successa!»

Jackson mi rivolge un piccolo sorriso. «Ho sentito quanto è stata limitata la tua vita. Ora lascia che tutte quelle emozioni si riversino nella musica. Ne ho sentito una parte, prima, mentre stavi cantando l'*Ave Maria*, ma penso che ce ne siano altre. Canta con me.»

Sollevo il taccuino. «Riesco a malapena a leggere la tua zampa di gallina.»

Lui ride. «Okay, per la prima volta puoi seguire me.»

E poi suona per me. *La mia canzone*. Su una ragazza che era persa ed è fuggita e poi ha smesso di scappare e ha trovato se stessa. Uffa. Sono un disastro. Le lacrime continuano a scendere. Dovrei essere io a cantare la seconda strofa, dove ritrovo la mia forza, la mia voce, e finalmente capisco qual è il mio posto. Voglio essere quella donna, arrivare al punto in cui so qual è il mio posto.

Quando finisce, mi guarda negli occhi con tenerezza. «Sei speciale, Emma. Tutte quelle lacrime.» Mi prende la testa tra le mani, mi tira vicino e mi bacia la fronte. «Riserva tutte quelle emozioni per la musica, okay?»

Annuisco, cercando di nascondere la mia delusione per il bacio casto. È entusiasta di me come amica, come musicista. Sono una musicista adesso? Ho tristemente ignorato il mio stesso potenziale per tutto questo tempo? Mi rendo conto che la risposta a entrambe le domande è *sì*. Sono una musicista, una semplice principiante, ma comunque una musicista. Questa rivelazione mi fa sentire un vuoto allo stomaco, proprio come se avessi appena superato la cima di una terrificante montagna russa e stessi cadendo precipitosamente. Sono elettrizzata e terrorizzata allo stesso tempo. La principessa Emma Rourke non ha mai messo un piede fuori dai confini di ciò che riteneva sicuro, non ha mai rischiato di rendersi ridicola inseguendo una nuova passione.

Jackson riprende a suonare. «Tu canti la seconda strofa. La mia strofa è quella che introduce la tua.»

«Lo so» sussurro. Non riesco ancora a credere che abbia scritto questa canzone incredibile per me. Ascolto, senza riuscire a distogliere lo sguardo dalla sua bella faccia espressiva. Ha gli occhi chiusi, il volto rilassato e le dita che si muovono agilmente sulla chitarra. È straordinario.

Apre gli occhi e mi fa cenno di cominciare la mia strofa.

All'inizio sono esitante, conscia di non sembrare naturale come lui. «Ho vissuto una vita tranquilla. Ho vissuto per te, e tu, e tu...»

Lui chiude gli occhi, continuando a suonare, apparentemente contento della mia voce. Fisso le parole mentre canto, acquisendo sicurezza proprio come la donna nella canzone, con la musica che mi travolge e la mia voce che la sovrasta. Dimentico chi sono, dove sono. Ci siamo solo io e la musica e voliamo in alto, libere.

Mi rendo conto all'improvviso che c'è silenzio. Mi volto lentamente per guardarlo negli occhi, di nuovo immediatamente a disagio.

«Sì» dice Jackson.

«Sì?»

Lui si mette a ridere. «Sì!»

Rido anch'io. In qualche modo, sa dov'ero, a volare con la musica. «È quello che è la musica anche per te? Come se ti fossi lasciato indietro il mondo e fossi libero?»

«È così che era. E adesso, con te che cantavi, è stato così ancora una volta. Grazie. Emma.»

«Non è niente, davvero.»

«È *tutto*.»

Sorrido e annuisco. «È speciale. Lo so. Ho sempre amato ascoltarla, ma ora è come se fossi *dentro* la musica.»

Jackson china la testa per guardarmi. «Hai mai scritto delle parole?»

«Io? No. Non ho mai scritto niente.»

«Ah. Allora ecco il compito per oggi. Ho una melodia che ha bisogno delle tue parole.»

Mi porto la mano alla gola. «Perché le mie?»

«Perché voglio sentire la voce che viene dalla tua anima, ciò che ti parla. Non Emma la principessa, ma Emma la musicista, la donna che questa mattina ha scosso il mio mondo.»

Mi chino verso di lui, tentando di usare un tono sensuale. «Suonava come se questa mattina avessimo fatto sesso.»

Lui tira indietro di colpo la testa. «Sesso? La principessa vergine conosce quella parola?» La sua voce è acuta e la pronuncia precisa, in un povero tentativo di imitare la mia.

Io alzo il mento. «Non ascoltare i miei fratelli. Non sanno tutto di me.»

Jackson rimette con cura la chitarra nella custodia e resta di fronte a me, chiedendomi a bassa voce: «Vuoi dirmi che non sei una principessa vergine?»

Io accavallo le gambe e vi appoggio le mani, lieta della direzione che sta prendendo questa conversazione. Forse sta cominciando a capire. «È esattamente ciò che ti sto dicendo.»

Jackson stringe i pugni. «Chi ha osato toccarti?»

Resto a bocca aperta, sconcertata dal suo tono. «Che importanza ha?»

«Visto che sei stata fidanzata fin da quando avevi sedici anni, o è stato quello stronzo del tuo fidanzato oppure qualcuno che si è approfittato di te, qualcuno di cui ti fidavi. E questo mi fa venire voglia di prenderlo a pugni.»

«Era qualcuno di cui mi fidavo.»

Jackson si siede accanto a me, con gli occhi azzurri di colpo duri. «Chi?»

«Calmati, è stato consensuale. Lo amavo.»

Jackson si passa la mano tra i capelli; sembra ancora incazzato. Sono sbalordita dal suo cambiamento, è diventato protettivo e preoccupato. La musica è stato il mio modo di avvicinarmi a lui e non lo avrei saputo se non mi avesse ascoltato cantare nell'intimità della mia stanza. Forse ho bisogno di vivere pienamente, davanti a tutti, far vedere a tutti la vera Emma.

Gli dico quello che non sa nessun altro. «Era la mia guardia del corpo, Adam.»

Jackson stringe i denti. «Una delle guardie che erano qui prima con Anna e Gabriel?»

Scuoto la testa. «No, non lavora più per noi.» Faccio una pausa, con il ricordo di Adam che torna prepotente. «Quando sono andata all'università, mi è stata assegnata una guardia del corpo, una nuova, molto ben addestrata. Mio padre aveva scelto Adam appositamente per me perché era esperto di arti marziali e armi. Poteva essere letale se necessario, e silenzioso.»

Jackson fa un sorrisino sghembo. «Quindi tuo padre di ha mandato all'università accompagnata da un assassino.»

Alzo una spalla. «Non l'ho mai pensato in quel modo. Immagino che mio padre volesse solo essere sicuro che non mi succedesse niente. Avevo diciotto anni. Era la prima volta che ero lontana da casa e soffrivo terribilmente di nostalgia. Adam era francese, ma il suo inglese era piuttosto buono. Mi ricordava casa mia. Era giovane, aveva ventun anni, ed era il suo primo incarico importante lontano da casa. Non era nei piani che succedesse. In qualche modo le nostre conversazioni sono diventate sguardi di desiderio e poi...»

«Si è approfittato di te.»

«No. Gli ho detto io che lo amavo.»

Jackson risucchia il fiato. «Detto così, semplicemente?»

«Sì.» Faccio un respiro profondo, ricordando la dolcezza di quei tempi. «Era tutto così nuovo e fresco. I miei sentimenti sono esplosi. Pensavo che fosse reciproco. Non potevo essere solo io a provare un'emozione così forte.»

«Era così?»

«Non lo disse a parole, ma poi mi baciò.» Mi porto le dita alle labbra, ricordando il mio primo bacio, la dolcezza, l'esitazione, il lungo sguardo interrogativo, la risposta sicura. «E lo baciai anch'io. Lui si tirò indietro, si scusò e disse che non sarebbe più successo.»

«Ma successe.»

«Sì. Era impossibile ignorare l'attrazione. Diventò il nostro segreto.» Giocherello con una ciocca di capelli. «Mi amava. Restammo insieme per tutto l'anno ma poi, quando arrivò il momento di tornare a Villroy per l'estate mi disse addio. Lasciò il lavoro e tornò in Francia. Disse che non poteva essere una buona guardia del corpo mentre il suo cuore era coinvolto e sapeva che non avevamo un futuro. Ero fidanzata a un futuro sultano e lui era un borghese.»

«Se lo amavi, perché non hai rotto con il tuo fidanzato per stare con Adam?»

Mi liscio una piega sul vestito, riflettendo su come rispondere. Non voglio sembrare senza cuore. A volte mi chiedo se ho lasciato andare Adam troppo facilmente. Scelgo la dura verità. «Perché sapevo che Adam aveva ragione. Non avevamo un futuro. Credevo di dover seguire la strada prescritta da una lunga tradizione; sposarmi per fare gli interessi di Villroy. Adam non poteva offrire niente al regno.»

«Eccetto l'amore.» Jackson stringe gli occhi. «E io che pensavo tu fossi così superiore, tanto migliore di me. Al contrario, sei peggiore. Una completa stronza.»

Balzo in piedi e gli ficco un dito nel petto. «Come osi? Ti ho parlato col cuore!»

Lui si alza in piedi lentamente e si avvicina finché il suo respiro mi sfiora le labbra, la sua voce un basso ringhio. «Ti meriti qualcuno come me.»

Sbatto le palpebre, senza sapere che cosa vuol dire, con il cuore che martella. Mi sta insultando o ci sta provando con me?

12

———

Emma

Jackson avvolge le mani intorno ai miei capelli, e dà uno strattone che mi tira indietro la testa e mi fa ansimare. Mi copre la bocca con la sua, infilando la lingua e ho la mia risposta. Mi invade un desiderio potente, come non ho mai provato, e gli metto le braccia intorno al collo. Mi sta divorando e lo adoro. Abbassa le mani all'orlo del mio vestito e me lo solleva sopra la vita.

Mi lascia una scia di baci umidi lungo la mandibola e nel punto sensibile sotto l'orecchio, grattandomi lievemente con i denti, procurandomi un brivido caldo. «Detesto questo vestito da vecchia signora» mi sussurra all'orecchio. «Posso togliertelo e buttarlo nella spazzatura?»

Sono contemporaneamente mortificata e immensamente contenta. Il mio guardaroba è veramente da vecchia signora. Mi volto. «Abbassami la cerniera.»

Jackson l'abbassa con un solo movimento veloce, mi scosta il vestito dalle spalle e poi lo fa scivolare lungo le braccia. Mi volto e il vestito cade, ammucchiandosi ai miei piedi. Lo allontano con un calcio.

Abbassa gli occhi sul mio pudico reggiseno bianco e le mutandine abbinate. «Emma» ringhia, avvolgendomi le braccia intorno alla vita. Mi strofina il naso sul collo e io mi accendo, cominciando a respirare più in fretta. «Così perbenino, elegante. Ho bisogno di sporcarti un po'.»

«Sì» mormoro. Voglio sapere quello che sa lui, unirmi a lui nella gioia pura del sesso. Adam era sempre così attento con me, così conscio del mio posto nella famiglia reale e della sua posizione.

Jackson mi slaccia il reggiseno, lo getta via e mi copre il seno con entrambe le mani. «Nascondere queste bellezze sotto quel vestito da vecchia è un crimine.»

«Mi serve un nuovo guardaroba.»

Lui mi fissa negli occhi. «Basta nascondersi, Emma.» Scende con le mani lungo i fianchi e aggancia i lati delle mie mutandine con i pollici. Le abbassa fin sulle caviglie. Sono così pronta. Sono passati *anni*. S'inginocchia ai miei piedi, mi aiuta a toglierle e poi le sue mani risalgono lungo le gambe per posarsi sul mio sedere. Mi bacia un fianco con riverenza, prima di spostarsi e baciare l'altro. Io gli passo una mano tra i capelli, sorpresa per la sua tenerezza. Speravo fosse un po' più aggressivo.

«Baciami» gli ordino, dandogli una tiratina ai capelli, cercando di rimetterlo in piedi.

Lui si china in avanti e mi bacia il sesso. Sobbalzo quando la sua lingua esce e mi lecca rapidamente. Dio! Ho le ginocchia molli. È passato tanto, tanto tempo da quando mi hanno toccato in questo modo.

Jackson mi guarda. «L'hai mai fatto prima?»

«Sì.»

«Ti è piaciuto?»

Ma è serio? «No. L'ho detestato.»

Lui ride e si alza in piedi in un solo gesto fluido. Mi bacia e mi morde il labbro inferiore, scioccandomi con quel piacere bruciante. «Allora non disturberò le tue parti preziose.» Mi prende per mano e mi tira verso il letto.

È tutto? I preliminari sono già finiti?

«Stavo scherzando» protesto. «Disturba pure.»

Jackson tira indietro le coperte, mi afferra per la vita e mi getta sul letto. Sono troppo sorpresa per quel modo di maneggiarmi per protestare. Nessuno mi ha mai lanciato, in tutta la mia vita.

Sale sopra di me, con le braccia rigide appoggiate al materasso ai lati delle mie spalle. «Allarga le gambe e dimmi che cosa vuoi.»

Apro le gambe e indico. «Voglio te. Il tuo bacio.»

Lui abbassa la testa e mi bacia facendomi restare senza fiato. Si sposta verso il mio orecchio, con la voce profonda e invitante. «Di' le parole sconce.»

Mi bruciano le guance. Riesco a malapena a imprecare a voce alta e lui vuole che parli in modo sconcio? «Non puoi semplicemente continuare?»

Lui mi rivolge un sorriso sciacallesco, prima di abbassarsi sul mio corpo. Mi rilasso perché ha capito l'antifona e ora tornerà a farmi sentire meravigliosamente. Si attarda su un seno, leccando il mio capezzolo mentre accarezza l'altro con la mano. Arcuo la schiena quando lo pizzica, lo fa rotolare e l'accarezza, riempiendomi di sensazioni. Chiude la bocca sul seno e succhia forte, una linea diretta al mio sesso pulsante.

Gemo piano. Mi rendo conto di colpo che la porta non è chiusa a chiave e le guardie entreranno se sembrerà che sia in difficoltà. Non posso garantire di restare zitta. «Chiudi a chiave la porta» ordino.

Jackson alza la testa. «Pensi che le guardie entrerebbero?»

«Sì, se sembrerà che abbia bisogno di loro.»

«E come dovrebbe sembrare?» Mi passa la mano sullo stomaco, facendolo tremare e più in basso, tra le gambe, facendomi pulsare. «Mmm?»

Mi mordo il labbro, reprimendo un gemito. «Come passione.»

Jackson sorride, con gli occhi azzurri che scintillano giocosi. «Ci arriveremo.»

Scende dal letto, chiude a chiave la porta e si spoglia restando nudo. Sento il calore che si raccoglie nel mio basso ventre, la pressione che cresce. È bello, muscoli snelli scolpiti, movimenti felini e predatori mentre si avvicina, duro e pronto. Mi desidera, me, la rigida Emma Rourke. Solo che non voglio più essere quella persona. Con Jackson posso provare l'altro lato, quello selvaggio.

Apro le braccia in un raro gesto d'affetto e lui le ignora, afferrandomi invece per i fianchi e spostandomi di lato, tirandomi verso il bordo del materasso, e poi s'inginocchia tra le mie gambe, le allarga mettendo le mani all'interno delle cosce e finalmente mi tocca con le dita leggere, stuzzicandomi. Soffia piano e i miei fianchi si alzano da soli. Poi passa pigramente le dita avanti e indietro, ovunque eccetto dove ne ho più bisogno.

«Jackson» ordino, solo che sembro quasi disperata.

«Sì, Emma.»

«Per favore.»

«Dimmi esattamente ciò che vuoi con le parole più sconce che conosci. Se non le sai, sarò lieto di insegnartele.» Passa leggermente un dito tra le gambe e i miei fianchi scattano.

«Baciami lì» sbotto.

Jackson mi rivolge un sorriso malizioso, con gli occhi che scintillano e poi mi sorprende, alzandosi in fretta e mettendosi a letto, sdraiato sulla schiena. «Vieni qui, voglio che venga sulla mia faccia»

Io mi metto seduta, fissandolo.

Mi fa segno con un dito. «Vieni qua, ragazzaccia. Sei una ragazzaccia vero, tesoro? Non una brava principessa.»

È esattamente ciò che sto tentando di non essere, come gli ho detto la prima volta in cui ci siamo visti. Non dovrei discutere, dovrei solo acconsentire. Dei due, è lui l'esperto, è lui che sa come trasgredire. Gattono sopra di lui, decisa.

All'ultimo momento non riesco a farlo, quindi invece lo bacio. Lui mi lascia fare, infilandomi la mano tra i capelli, baciandomi talmente a lungo che dimentico tutto, eccetto il piacere. Jackson bacia da Dio, bollente e umido e profondo e ogni tanto mi sorprende con un piccolo morso per poi succhiare per lenire il piccolo dolore. Non sapevo che un bacio potesse essere così coinvolgente. Devo avvicinarmi di più. Mi sposto completamente sopra di lui mentre ci baciamo, a cavalcioni sopra la sua erezione, ondulando, cercando disperatamente di unirmi a lui. La sua bocca diventa più dura, più esigente, le sue mani sono dappertutto. *Sì.* Voglio di più. Mi esce un gemito dal fondo del petto.

Jackson interrompe di colpo il bacio, respirando forte. Mi afferra per i fianchi, sollevandomi. «Tieniti alla testata del letto.»

Io afferro la testata imbottita, aspettandomi che si metta dietro di me. Invece scivola verso il basso, con la faccia direttamente sotto di me e fissa il mio sesso esposto. Oh, Dio. «Jackson, è…»

«Sconcio? È solo l'inizio. Ora dammi questa bella fighetta.»

Chiudo gli occhi, rossa per l'imbarazzo. Non riesco a muovermi. Sono in bilico tra una vita di correttezza e bisogni a lungo negati.

Jackson mi accarezza lievemente con le dita. Non basta, assolutamente. Ondulo i fianchi, senza pensarci, bruciante di desiderio, «Dai, ragazzaccia. Dimmi che vuoi che ti lecchi la fighetta, ecco che cos'è, la tua fighetta. Bagnata, proprio per me e così vogliosa.»

Deglutisco forte. Per tutta la mia vita è stata chiamata "l'innominabile". È difficile parlare di qualcosa che non si dovrebbe menzionare. «Jackson, per favore.»

Mi infila dentro un dito, affondandolo e poi un altro e mi strofina al contempo con il pollice. Sento un piacere bruciante. Dopo pochi secondi, sto cavalcando la sua mano senza vergogna, annegando nelle sensazioni. Oh Dio. Il mio corpo si stringe sulle sue dita, sull'orlo dell'orgasmo, quando all'improvviso Jackson le toglie. Mugolo, dispiaciuta.

Mi tiene ferma per i fianchi e dà una lunga leccata. Lascio andare il fiato, tremante, con i fianchi che si piegano verso di lui, che vogliono di più.

Le sue parole sono bollenti sulla mia zona più sensibile. «Fammi sentire quelle parole sconce, scorrette.» Passa leggermente le dita sopra di me, attorno alla mia apertura, stuzzicandomi.

Sono disperata. Chiudo gli occhi e sussurro. «Leccami la figa.» Sento un brivido di eccitazione. Ho nominato l'innominabile. Sono *cattiva*.

Un dito traccia cerchi leggeri, provocanti. «Hai detto qualcosa? Non sono riuscito a capire le parole.»

«Leccami la figa» gli ordino, forte e chiaro prima di arrossire furiosamente. E se le guardie mi sentissero? L'imbarazzo svanisce un momento dopo quando Jackson mi afferra i fianchi e la sua lingua esce ad accarezzarmi, facendomi impazzire. Allargo ancora di più le gambe, aprendomi a lui, spinta dal desiderio. La sua bocca si chiude famelica sopra di me e vengo spinta in un oblio di piacere che mi travolge mentre il mio cervello si spegne.

Mi sta consumando.

Ondulo contro la sua bocca mentre le dita vagano, tracciandomi, come per impararmi al tatto. Quando le dita si spingono dentro di me, sono pronta. Il mio corpo si chiude intorno a lui mentre continua a spingerle e a ritrarle e mi invita a finire con la bocca. La pressione dentro di me sale. È incredibilmente rude e io sono un fascio di nervi tremanti, sull'orlo dell'orgasmo. Di colpo, non voglio che finisca. Cerco di trattenermi, concentrandomi su qualsiasi altra cosa, il tempo, i miei brutti vestiti, le note sbagliate discordanti.

Jackson mi solleva, toglie la bocca e mi strofina rapidamente con le dita. Tremo tutta. «Pensavo di averti perso, ragazzaccia» dice con la sua voce roca che mi graffia dentro. «Sei tornata?»

«Sì» ansimo. «Cazzo, Jackson. Cazzo, cazzo, cazzo.»

E poi la sua bocca torna, un lieve tocco che mi fa fremere prima che succhi forte. Grido quando l'orgasmo esplode e rabbrividisco. Mi travolge un'ondata dopo l'altra di piacere e Jackson ingentilisce il suo tocco, con le mani saldamente sui miei fianchi, guidandomi attraverso l'estasi travolgente, permettendomi di cavalcarla fino alla fine. Oh Dio. Ansimo quando un'altra esplosione di piacere mi investe, irradiandosi fino alla punta dei piedi. Santo Jackson Walker! Non ho mai avuto più di un orgasmo.

Sono euforica, vorrei abbracciarlo, ridere e ballare per la pura gioia ma non riesco letteralmente a muovermi.

Jackson mi solleva e mi sposta sul materasso. Mi lascio cadere sulla schiena. E poi scende dal letto e si allontana. Mi chiedo dove stia andando, vagamente incuriosita, ma non abbastanza da muovermi. Resto semplicemente lì, stordita.

Qualche momento dopo, sento la sua voce profonda, con

un accenno di presa in giro. «Guardate che cos'è successo alla correttissima Emma. Nuda e soddisfatta. E poi, ragazzaccia?»

Apro appena gli occhi. È accanto al letto, con un preservativo, un dio del sesso che desidero più del mio prossimo respiro. «Scopami.»

«Mi piace sentirtelo dire con quella bocca dolce» ringhia e mi copre con il suo corpo, sistemandosi e penetrandomi con una spinta fluida. È favoloso. Un lieve piacevole bruciore, l'unione che volevo.

Jackson emette un lungo, basso gemito. «Così stretta. Gesù. È così bello.» Intreccia le nostre dita e mi inchioda le mani sul letto, continuando a spingersi e a ritrarsi lentamente.

L'orgasmo cresce dentro di me, il mio corpo è pronto per lui. «Sei così bravo» dico ansimando.

«Oh, Dio Emma. Sei qualcosa di speciale.» Mi bacia piano, assaporando me e lui e il sesso. Non riesco quasi a credere che sia così generoso. Una parte di me aveva pensato che sarebbe stato rude, selvaggio e che avrebbe finito prima ancora che io cominciassi. Jackson chiude i denti sopra il lobo del mio orecchio, tirandolo leggermente. «Dici sempre ciò che provi?»

«Solo quando le sensazioni sono forti. Sei straordinario quando scopi. Dovrebbero darti una medaglia.»

Lui alza la testa, ha le palpebre pesanti e un sorriso sulle labbra. «Grazie.»

Alzo i fianchi verso di lui. «Anche se devo confessare che pensavo sarebbe stato un po' più selvaggio.»

«Troppo mansueto, eh?» Borbotta qualcosa tra sé e sé e si tira fuori.

Sto per protestare quando si inginocchia tra le mie gambe, mi solleva le caviglie mettendosele sulle spalle e mi preme le cosce contro il petto. Mi afferra i fianchi e si spinge dentro, tirandomi contro di lui nello stesso tempo. Mi manca il fiato. È in profondità, oh Dio, l'angolazione è esattamente quella di cui ho bisogno e l'intensità aumenta di colpo.

Sono bloccata, le sue spinte diventano più ruvide, profonde e incessanti. Mi lascio andare e le sensazioni mi travolgono e tutto sembra caricarsi come una molla. L'esplosione di piacere mi toglie il fiato.

Jackson spinge più forte, martellante. «Più forte, lasciati andare. Dammi tutto.»

«Ba-basta.» È troppo, i miei sensi sono sovraccarichi.

Jackson allunga la mano tra le mie gambe, strofinando mentre spinge. Calor bianco. Intenso. Sto boccheggiando, tremando, gemendo in modo incoerente mentre il piacere cresce e cresce e cresce. Il mondo diventa sfuocato. Esistono solo le dita imperiose di Jackson, le sue forti spinte mentre sbatte dentro di me, il mio corpo che si sta caricando e stringendo anche mentre lui mi apre. Sta parlando. Parole sconce che mi sommergono come una roca melodia, spingendomi a continuare. Non sono altro che un fascio di bisogno pulsante e poi sono finita, mi sfugge un grido dai polmoni mentre vado a pezzi. Jackson mi tiene stretta, continuando a spingere durante il mio orgasmo, dando luogo a altre ondate di piacere prima di lasciarsi andare a sua volta con un ruggito, la testa tirata indietro, i tendini del collo in rilievo.

Resto a bocca aperta vedendolo così, mentre prendo tutto ciò che ha da darmi, con il respiro corto, il cuore che batte forsennatamente. È primitivo e animalesco ed esattamente ciò che voglio.

Ciò di cui ho bisogno.

Jackson

Ora che abbiamo oltrepassato quella linea invisibile, non riesco a tenere le mani a posto. Mi piace il modo in cui Emma si lascia andare con me. Mi piace sentire le parole sconce uscire dalla sua bocca gentile, con la sua voce dolce. Adoro che abbia lasciato cadere tutte le sue inibizioni, a una a una, fidandosi di me, sapendo che l'avrei guidata verso ciò che volevamo entrambi. Il suo piacere è il mio piacere ed è una cosa dannatamente rara per me. Sono passati quattro giorni, un groviglio di sesso e musica e non mi sono mai sentito così creativo, così vivo. Scopare con Emma è diverso. Voglio vedere i suoi occhi, la sua espressione, gli occhi spalancati per lo stupore, il desiderio bollente, l'espressione dolce della beatitudine stupefatta. Sono diventato dipendente dalla sensazione di vederla venire

Sono a letto, è mattino presto, ma sono sveglio perché lei si è alzata e si sta muovendo per la stanza. Non importa fino a che ora la tengo sveglia, Emma si alza all'alba. È sabato e abbiamo in programma di andare a Milano più tardi in modo che possa comprare qualche vestito "più adatto al suo nuovo stile di vita". Mi fa morire quando parla in quel suo modo tutto perbenino. Le ho insegnato tutte le parole sconce che conosco. E lei mi ha fatto ridere fino alle lacrime elencandomi ogni eufemismo esistente per ognuna delle parole sconce, inclusi i termini anatomici corretti. Ora le piacciono le parole sporche, e si illumina in volto per l'orgoglio di averle fatte sue.

Le afferro i polsi quando passa dalla mia parte del letto. Lei sobbalza. Siamo nella stanza padronale e ho un mio lato. La cosa potrebbe spaventarmi se non sapessi che è solo una vacanza. Trenta giorni di lezioni di chitarra, un enorme fottuto diamante per completare la transazione. Solo che non è venalità. Rimarrei più a lungo, senza farmi pagare, ma quel diamante prezioso significa che potrò instituire un fondo fiduciario per Jack, il figlio di Charlie, che gli darà una vera possibilità nella vita. Quel bambino non ha chiesto lui di nascere in questa situazione di merda.

Inoltre, avere una data di scadenza rende accettabile vivere con una donna. Non mi sto impegnando. Me la sto solo godendo.

Lei si china e mi bacia. «Ti ho svegliato di nuovo? Ho cercato di non fare rumore.»

L'afferro tirandola sopra di me. «Mi stai facendo diventare mattiniero.»

«Davvero?» cinguetta. «Prepariamoci allora e andiamo a fare spese. Devo comprare dei jeans che mi vadano bene e delle scarpe con il tacco altissimo e scomodo.»

La giro sulla schiena e sciolgo il nodo della vestaglia di seta, aprendola. È tutta curve morbide e liscia pelle chiara. Struscio il naso contro il suo collo, respirandola. Ha un profumo meraviglioso, fresco di doccia, lo shampoo sa di vaniglia e miele. Non riesco a fare a meno di toccarla e assaggiarla, togliendole la vestaglia e baciando ogni centimetro esposto della sua deliziosa pelle.

«Pensavo che fossi esaurito» dice. «Ti ho succhiato solo un'ora fa. Il tuo cazzo ce la fa ancora?»

Grugnisco, sto diventando duro un'altra volta. Il suo parlare dolcemente sconcio mi eccita da morire. «Ecco perché adesso sono mattiniero.» Le accarezzo il seno, passando il pollice sui capezzoli, sentendoli contrarre in duri boccioli. Ne risucchio uno in bocca, in profondità e Emma arcua la schiena, offrendo di più. È sorprendentemente aperta, le sue reazioni sono sincere, le espressioni spontanee. E questo mi fa solo sentire più protettivo nei suoi confronti.

Bacio e lecco e mordicchio mentre scendo lungo il suo corpo.

Lei sospira, infilando le dita tra i miei capelli e aprendo le gambe per me, invitandomi. La tocco e la trovo calda e bagnata e pronta. Normalmente sarebbe il segnale di avanti tutta per me, invece mi fa solo venir voglia di farla bagnare ancora di più. Mi abbasso, mi porto le sue gambe sopra le spalle e mi tuffo. Sa di miele e sesso. È folle quanto sia buono il suo sapore.

Emma allenta la presa sui miei capelli, arcuando i fianchi, chiedendo di più. E io obbedisco. Ne ho bisogno tanto quanto lei, ho bisogno di sentirla perdere il controllo. I suoi dolci gemiti, i suoi respiri affrettati, il suo "cazzo, cazzo, cazzo". È una cosa bellissima. La provoco un po', spostando la bocca, giocando con le dita, inserendole, aggiungendone altre, facendola gemere. Cazzo. Adesso ho bisogno di penetrarla. È stretta come velluto caldo, come il paradiso.

«Scopami» ordina.

Gemo anch'io. È come se sapesse che ne ho bisogno anch'io. «Sì, ma prima devo sentirti venire.»

«Vuoi che gridi? Cosa? Farò qualunque cosa se ti decidi a scoparmi.»

Sto pulsando. «Aspetta.» Mi arrampico sopra di lei per prendere un preservativo dal comodino e lei mi accarezza. «Baby, smettila, non durerò molto.»

Lei mi rivolge un sorriso sensuale, sexy e si lecca le labbra, chinandosi verso il mio cazzo pulsante. Le ho insegnato troppo bene. Mi sposto, mi infilo il preservativo e la spingo dolcemente sulla schiena.

Lei apre le braccia e io mi sposto, lasciando che mi stringa con le braccia e le gambe, in un abbraccio intimo. Sento il cuore che mi batte nelle orecchie, mi manca il respiro. I suoi occhi, sfumature di verde e grigio con un anello dorato, mi guardano amorevoli. Non ho mai provato l'amore. Non in questo modo.

Emma mi rivolge un sorriso dolce, abbassa la mano e mi guida dentro di sé.

Io spingo, mettendole una mano sotto il fianco, sollevandola perché venga incontro alle mie spinte. Il calore e la corsa verso l'oblio mi schiariscono la testa. Riesco a respirare di nuovo. Nient'altro che calore stretto, miele e vaniglia, curve morbide, desiderio folle. Di continuo.

Scopare senza pensarci.

Con gli occhi chiusi.

L'unico suono i nostri corpi che sbattono l'uno contro l'altro.

Mi sposto vicino al suo orecchio. «Di' il mio nome quando vieni.» Ne ho bisogno, non so perché.

Lei mi afferra la testa, fissandomi negli occhi e poi trema sotto di me. «Jackson» dice dolcemente, con amore.

Io chiudo gli occhi, lottando contro tutta quella dolcezza che mi attira. Continuo a spingermi dentro di lei, con forza, disperatamente e poi la sento venire, il grido leggero, il mio nome che cade dalle sue labbra, dandomi ciò che ho chiesto, dandomi tutto, e mi lascio andare, travolto. La tengo stretta contro di me.

Non so come farò a lasciarla andare.

13

———

Emma

La vita è bella. Non mi sono mai sentita così felice in tutta la mia vita. In vita mia non ho nemmeno mai avuto tanti orgasmi. Jackson mi ha sorpreso con la sua generosità a letto. E la musica che creiamo mi riempie l'anima. Oggi sono innamorata del mondo intero.

Stiamo per andare a Milano, ma prima devo controllare le guardie. Trovo Viktor e Oliver in cucina che bevono un espresso. «Buongiorno.»

Entrambi scattano sull'attenti. «Buongiorno, Altezza» dice Viktor.

«Buongiorno, Altezza» gli fa eco Oliver.

Ho fatto una chiacchierata con loro la mattina successiva a quando Jackson e io abbiamo fatto sesso per la prima volta, informandoli che eravamo una coppia e che avrei apprezzato se avessero tenuto la notizia per loro, visto che non eravamo pronti a rivelarlo al mondo. Non era esattamente la verità, la faccenda della coppia, ma volevo la nostra privacy. Jackson potrebbe tranquillamente andarsene dopo i trenta giorni concordati; potrebbe perfino obiettare all'idea che siamo effettivamente una coppia. Non so che cosa pensa. Tutto ciò che so è che non è il signor "Impegno".

E io sono mezza innamorata di lui.

So che è folle. È troppo presto. E avevo giurato a me stessa che l'avrei considerata una cosa casuale, conoscendo la sua reputazione, sapendo che la mia famiglia non approverebbe. Forse ciò che sto provando sono solo le endorfine pazzesche di tutti gli orgasmi. *Era* decisamente ora. Arrossisco al ricordo dell'orgasmo di questa mattina e mi concentro sul mio espresso. Ho bisogno della caffeina. Jackson è un animale notturno e mi tiene sveglia fino a tardi. Ha capito che anche se vado a letto alla mia solita ora, tutto ciò che deve fare è suonare piano la sua chitarra nelle vicinanze. È come il canto di una sirena, un'attrazione seduttiva irresistibile per il mio corpo e la mia anima. E poi la chitarra torna nella sua custodia e io sono cavalcioni sopra di lui. Ovviamente mi sveglio comunque all'alba. Maledizione al mio orologio interno che non mi permette nemmeno di riappisolarmi per un po'.

Bevo un sorso di caffè e mi rivolgo alle guardie. «Oggi andremo a Milano a far compere. Prenderemo una motocicletta.» Ho intenzione di salire dietro a Jackson.

«Signora, non glielo consiglierei» dice Viktor. «Per la vostra sicurezza, vi porteremo noi in auto.» Vuol dire la Mercedes a noleggio con i finestrini oscurati. Sempre lo stesso tipo di auto.

«Jackson è un guidatore esperto. Sarò al sicuro con lui. Voi potete prendere la seconda motocicletta, se volete, oppure raggiungerci in auto.»

Viktor non sembra contento. «Le faremo sapere che cosa organizzeremo, signora.»

Vado in soggiorno, ad ammirare il panorama di alberi e dolci colline. Fa un po' fresco all'aperto, sul lago, quindi mi sposto verso il salotto con la sua grande finestra per ammirarlo da lì. Non ho ancora sentito la mia famiglia e lo considero un buon segno. Mi stanno dando un po' di spazio, una cosa di cui non avevo mai avuto bisogno, né avevo mai chiesto.

Immagino che andrò a casa, quando Jackson se ne andrà. Sarà quasi Natale e non ho mai mancato un Natale con la mia famiglia. Se fossi andata fino in fondo con il matrimonio, avrei rischiato di non avere nessun altro Natale a casa. Mi chiedo che cosa fa Jackson in quel giorno. Ricaccio quel pensiero in fondo alla mente. Non ho intenzione di invitarlo a passarlo con me. Anche se prova qualcosa per me, anche se dovessi rivelargli i miei sentimenti come ho fatto con Adam, la cosa mi si potrebbe ritorcere contro e spaventarlo. Meglio godermi ciò che abbiamo adesso e andare a orecchio.

Sorrido tra me e me. Sto imparando a farlo, adesso. Suonare a orecchio. Mi esercito diligentemente con la chitarra, ma lascio anche che le mie dita facciano ciò che vogliono, che mi portino dove vogliono. Sapete, è un bel modo di vivere: giocare e vedere che cosa succede. Molto meglio delle regole rigide e della routine. E, finora, questo nuovo modo di vivere mi ha portato solo cose belle, bella musica e momenti meravigliosi con Jackson.

Poco dopo vado nella stanza padronale per vedere se Jackson è già pronto. Indossa una felpa grigia, jeans neri e stivali neri da motociclista. I capelli sono ancora un po' umidi dopo la doccia. Mi guarda negli occhi e di colpo sono senza fiato. Basta uno sguardo da quegli occhi azzurri.

Viene verso di me, mi mette un braccio intorno alla vita e mi fa camminare all'indietro finché la mia schiena è contro la parete. Abbassa lentamente la testa, con gli occhi ardenti, un lento sorriso sulle labbra. «Mi piaci con quei jeans.»

Gli fisso la bocca, instupidita dal desiderio. «La mia roba è tornata oggi dalla lavanderia, ma pensavo che sarebbero andati meglio di una gonna, per andare in motocicletta.»

Jackson mi infila una mano sotto i capelli, l'appoggia sulla nuca, tenendomi saldamente e poi la sua bocca si chiude sulla mia, rude e imperiosa. Gli metto le braccia intorno al collo e gli restituisco il bacio, appassionatamente. Mi sfugge un gemito quando mi alza una gamba e si strofina contro di me. Lampi di piacere si diffondono dalle mie parti intime, irradiandosi verso l'esterno. Sono già bagnata, il mio corpo è già pronto per ciò che mi farà provare.

Jackson si stacca di colpo e si passa entrambe le mani tra i capelli, borbottando qualcosa tra sé e sé. Poi afferra la giacca di pelle dallo schienale della sedia e la indossa. «Andiamo.»

Lo seguo in corridoio. «Che cosa c'è che non va?»

Lui si ferma e quasi ringhia: «C'è che mi tenti troppo, continuamente.»

Nascondo il mio piacere, cercando di non sorridere. «Forse sei tu che mi tenti troppo, tutto il fottuto tempo.»

Jackson passa il pollice sul mio labbro inferiore prima di spingerlo nella mia bocca. Succhio il suo dito fissando i suoi occhi ardenti. «Cazzo» ringhia e mi tira indietro nella mia stanza, chiudendo la porta con un calcio prima di girare la chiave.

Sbattiamo l'uno contro l'altro in una frenesia furiosa, strappandoci i vestiti di dosso mentre ci baciamo e ci mordiamo e succhiamo. In un lampo. Jackson mi gira, piegandomi in avanti e spingendomi il palmo delle mani di piatto contro la parete. Il suo calore mi brucia la schiena. La prima spinta ci fa gemere entrambi e poi è veloce e duro e profondo, una gara primitiva verso la linea del traguardo. Lui mi sta incitando, con la voce roca nel mio orecchio, un torrente di parole sconce che mi eccitano. Infila la mano tra le mie gambe e le sue dita mi spingono sempre più vicine al baratro. Mi si oscura la vista e crollo violentemente, con un grido che mi esce a forza dalla gola mentre rabbrividisco sotto di lui, che mi segue immediatamente, spingendo forte, il respiro aspro nel mio orecchio. «Amore» dice e si lascia andare, pompando fiotti caldi dentro di me.

Abbasso la testa. Lentamente la realtà torna e, con lei, due inquietanti verità: non era veramente amore, solo un generico vezzeggiativo.

E abbiamo dimenticato il preservativo.

～

Jackson

Ho dimenticato il fottuto preservativo. Idiota. Vedete, ecco che potere ha su di me. Non ho mai dimenticato il preservativo, nemmeno quando ero fuori come un balcone o ubriaco fradicio per il troppo whiskey. Sempre il preservativo. È Emma. È troppo.

Mi strofino la nuca. «Ehi, non preoccuparti. Mi sono fatto controllare sei mesi fa.» Ho finalmente fatto tutti gli esami una volta abbandonati i miei vizi. Tutto a posto e mi sono detto che sarei rimasto così.

Lei alza una mano tremante e si liscia i capelli. «Sono a posto anch'io, quindi nemmeno tu ti devi preoccupare.» Fa una risatina. «Sarà meglio che vada a lavarmi.» Prende i suoi vestiti e si affretta ad andare nella toilette.

Ho voglia di scappare. È una mossa da schifo, ma le cose sono diventate fottutamente serie. Mi rimetto in fretta i vestiti. E comunque che cosa diavolo ci faccio qui con una principessa? Poi ricordo il nostro accordo. L'anello di diamanti potrebbe sistemare Jack a vita. È un buon motivo per restare anche se mi sento sporco, nel modo peggiore, per lo scambio sesso/soldi. Avrebbero dovuto essere solo lezioni di chitarra. Diavolo. Ho mandato tutto a puttane nel modo peggiore possibile. È quello che succede quando è il mio cazzo che decide.

È vero che, soldi a parte, il problema più grosso è che Emma *non* è solo sesso. Non è difficile andarsene quando è solo buon sesso. Già avuto in passato. Ne avrò ancora. Anche se la sua miscela di dolcezza e sconcezza è una novità per me, un binomio irresistibile. Okay, è il sesso, ma è anche la musica. È tornata per la prima volta da mesi, mi rimbomba nella testa e ciò che creiamo insieme è migliore di qualunque cosa riesca a fare da solo. Emma sta cominciando a inventare melodie e contro-melodie. Canticchia a bocca chiusa o canta le note e io le riprendo con la chitarra. Pensavo di aggiungere anche il piano, una cosa che non volevo più fare, perché era Charlie quello alle tastiere. Ho anche pensato di portarla in sala di registrazione, farla cantare.

Ho pensato troppo, ecco qual è il problema.

Emma torna qualche minuto dopo, vestita e composta. Accenna un sorriso. «Bene. È stata un'esperienza nuova. Sto veramente vivendo alla grande, no? Una passeggiata nel lato oscuro, alla Jackson.»

Mi irrito, senza alcun motivo, se non che sono invischiato

con lei e non so nemmeno come ci sono finito. «È quello che sono? Un diversivo? Scoprire come vive l'altra metà?»

Emma stringe le labbra. «Non è quello che ho detto.»

«Dovresti. Dopo tutto sono solo un plebeo, un rocchettaro autodidatta, senza educazione. Non è esattamente l'immagine del principe cui sei destinata.»

I suoi occhi lampeggiano. «Ero fidanzata con un principe e l'ho lasciato. Che problema hai? Sei tu quello che ha dimenticato il preservativo.»

Metto le braccia conserte. «E tu sei quella che l'ha accettato senza fiatare. Non dirmi che non hai sentito la differenza, pelle a pelle.»

«Ero già troppo oltre!»

Alzo le braccia. «Anch'io!»

Emma scuote la testa. «Jackson. È folle. Per che cosa stiamo litigando? Abbiamo dimenticato il preservativo. Succede. Andiamo.»

«È tutto? Succede, e andiamo a far compere?»

Lei annuisce una volta. «Sì.»

«E se fossi incinta?»

Lei alza gli occhi al soffitto e poi torna a guardarmi. «È troppo presto per saperlo. Probabilmente va tutto bene.»

«Un figlio illegittimo con un rocchettaro? Oh, andrà a meraviglia con la tua regale famiglia.»

«Non posso preoccuparmi dei "se".» Fa un passo verso la porta e la tiro indietro per un braccio prima che riesca a scappare.

«Assecondami. E se?»

Lei mi fissa il petto. «Lui o lei avrebbero sangue reale, e questo significa che la mia famiglia probabilmente mi accetterebbe e al bambino non mancherebbe mai niente.»

Mi sento stringere lo stomaco. Ovviamente io non rientro in questo quadro. Dovrei esserne grato ma sono incazzato. È come se stesse dicendo "Grazie e arrivederci!". Non è che abbia mai immaginato, nemmeno una volta in tutta la mia vita, di sposarmi, avere una famiglia. Non conosco famiglie felici, matrimoni solidi. Le relazioni vanno sempre a finire a puttane ed è il motivo per cui le evito. Dovrei andarmene prima di farmi coinvolgere ancora di più. Lei non ha bisogno di me. Forse nemmeno io ho bisogno di lei.

Ma abbandonerei veramente un figlio, come quello stronzo di mio padre? Abbandonerei la chance per Jack di avere un futuro sicuro? Ha quattro anni. Cazzo.

Lei non vuole pensare alla realtà ed è probabilmente il motivo per cui ha finito per filarsela all'ultimo minuto, il giorno del matrimonio. Negare la realtà fino alla fine. Solo che questa volta è con me, e io non ho intenzione di lasciarglielo fare così facilmente. «Quando lo saprai?» chiedo.

Lei si morde il labbro. «Non lo so. Le cose erano un po' incasinate con tutta la faccenda del matrimonio. Ho perso traccia del mio ciclo.»

«Quindi andiamo a orecchio?»

Lei sorride. «Sì. E sai una cosa? Andare a orecchio, suonando, si è dimostrata una bella cosa per me.»

Scuoto la testa. Non è come improvvisare la musica. «Ci procureremo un test di gravidanza. Puoi farlo entro due settimane, no? O tre? Ne prenderemo parecchi. Dobbiamo essere sicuri.»

«Chiederò a Viktor di prenderne qualcuno di nascosto. Posso fidarmi che sia discreto.»

«Di nascosto… sì. Okay.» Ho fatto un gran casino questa volta. La cosa peggiore, la più idiota, è che *voglio* andare a far compere con lei. Voglio vederla vestita come una normale ragazza di venticinque anni, invece che come una vecchia signora. Voglio vederla lasciarsi andare e godersi la vita. È come se, con lei, stessi anch'io scoprendo la vita. Mi ha stregato. È una droga che non riesco ad abbandonare.

Può solo finire male.

«Jackson?»

Faccio un respiro profondo e mi concentro nuovamente su di lei «Sì?»

«Hai mai, uhm, voluto dei figli?»

«Non ho mai voluto essere un padre di famiglia.»

«Oh. Okay. Andiamo?»

Qualcosa non va. È troppo tranquilla con la faccenda di un eventuale bambino.

Le prendo la mano e la tiro contro di me, mettendole le braccia intorno alla vita, senza stringere. Lei alza gli occhi. «Pronto per il secondo round con un preservativo?»

Le appoggio la mano sulla guancia, e accarezzo la pelle morbida con il pollice. «Ascolta. Io… io non so niente su come essere un padre. Il mio se n'è andato quando avevo due anni. Non lo ricordo nemmeno. Non sono sicuro di essere tagliato per quel ruolo.»

«Ora ascoltami tu. Andremo a orecchio. Andrà tutto bene.» Emma mi abbraccia, con la guancia appoggiata al mio petto. Non riesco a fare a meno di abbracciarla a mia volta. «Jackson, sono innamorata di te.»

Mi irrigidisco e lascio cadere le braccia. «No.»

Lei alza gli occhi, con le braccia ancora intorno alla mia vita. «Non hai bisogno di provare gli stessi sentimenti.»

La guardo storto. «Dovresti *volere* qualcuno che prova gli stessi sentimenti per te. Non accettare niente di meno. È il motivo per cui sei finita per scappare dal tuo matrimonio. Avevi semplicemente accettato un matrimonio senza amore.»

Emma si stacca di colpo. «Non giudicarmi, quando ti sto parlando col cuore. Ti strapperò i capelli alla radice, ti colpirò alla gola e-e ti prenderò a calci nelle palle!»

Mio Dio. È perfetta. Penso di amarla anch'io.

Non riesco a farne a meno. La tiro forte verso di me e la bacio. Sembra non riesca a smettere.

Cazzo!

14

Emma

Gli "e se" mi spaventano. Ero pronta a procreare un erede per Abdul, dopo il nostro matrimonio, probabilmente subito. Non ero pronta a qualunque cosa sia questa con Jackson.

Mi rifiuto di passare il resto del mio tempo limitato con lui preoccupandomi per qualcosa che potrebbe non succedere nemmeno. Sono completamente concentrata sull'adesso. Sono in sella a una moto per la prima volta in vita mia, con le braccia intorno all'uomo che amo e la campagna italiana che sfila di fianco a noi. Indosso la sua giacca di pelle perché appena siamo usciti nella fredda giornata di novembre, Jackson se l'è tolta e me l'ha messa. Prova qualcosa per me. Non ho bisogno delle parole per saperlo. La giacca ha il suo odore e vorrei non togliermela più. Mi preoccupa che non mi abbia detto anche lui che mi ama? Per niente. Mi ha baciato con passione quando gliel'ho detto io. All'inizio anche Adam era così. A volte penso che gli uomini non riescano a dirlo a parole e quindi cerchino di dimostrarlo. Lo sento nel modo in cui mi tocca, mi guarda, nei suoi sorrisi meravigliosamente felici quando creiamo musica insieme. Per me è più che sufficiente.

Viktor è sulla seconda moto davanti a noi. Oliver ha preso l'auto per caricare i nostri acquisti ed è dietro di noi. Non prevedo problemi mentre facciamo compere a Milano in questo periodo dell'anno, dato che non siamo nella stagione turistica. E Viktor è più che in grado di occuparsi dell'eventuale attenzione indesiderata nei nostri confronti.

Quando arriviamo, parcheggiamo la moto sulla strada ed entriamo nel distretto della moda, con i suoi magnifici negozi. Eccomi qui a fare shopping con tre uomini al seguito. Ah! Non becchereste mai i miei fratelli a fare compere. Viktor resta di guardia sulla porta. Oliver si siede accanto ai camerini.

La commessa, una bruna sui cinquant'anni con occhiali enormi ci dà il benvenuto e io la saluto cordialmente in italiano, riesco a sentire lo sguardo di Jackson e gli sorrido. È stupito che conosca tante lingue, ma in un certo senso è come musica. Ho un buon orecchio, l'ho sempre avuto. Parlavo inglese e francese ugualmente bene quando ho cominciato a parlare a due anni (la mia bambinaia era francese) e mia madre era così contenta della mia capacità che aveva fatto venire degli insegnanti madrelingua per chiacchierare con me in italiano e spagnolo. Le lingue romanze, francese, italiano e spagnolo, hanno parecchio in comune, quindi non è così difficile e ho avuto ampie possibilità di visitare quei paesi quando sono cresciuta, per far pratica.

Controllo gli scaffali e le rastrelliere con l'aiuto della commessa. Poco dopo il camerino è colmo di abiti moderni, gonne, jeans e pantaloni. Seguono i top, dalle bluse di seta a disegni audaci e colori brillanti, alle t-shirt carine con le maniche corte. Non mi sono mai divertita tanto a scegliere i vestiti. Sono per la nuova Emma, quella che vive alla grande.

Entro nel camerino e comincio a provare un indumento dopo d'altro. Il primo abito è di jersey nero, a manica lunga ed è troppo stretto in vita.

Sento bussare alla porta.

«*Sì?*» chiedo, immaginando che sia la commessa.

La voce di Jackson romba attraverso la porta. «Fammi vedere che cos'hai scelto.»

Apro la porta.

Lui annuisce, apprezzando. «Non male.»

Io mi passo la mano sullo stomaco. «Mette in mostra la pancia.»

Jackson mi passa la mano sullo stomaco. «No, tesoro. Hai le curve al posto giusto. Prendilo.»

Mi guardo e sorrido, incerta. Ho sempre scelto i vestiti in modo da nascondere il più possibile le mie curve.

Jackson mi mette un dito sotto il mento, guardandomi negli occhi. «Fidati di me.»

Mi fido. Probabilmente troppo, ma finora è stato buono con me. «Okay, il prossimo.» Chiudo la porta e mi tolgo il vestito.

Lui sussurra attraverso la porta. «Dopo questo, vediamo di procurarti della lingerie sexy.»

Sorrido. «Devo provarla per te?»

«No. La sceglierò io. Tu dovrai solo indossarla.»

«E se pensassi che non sia giusta?»

«Beh, chi sarà quello che ci sbaverà sopra? Tu o io?»

Rido. «Giusto.»

Sospiro, felice. Non mi sono mai sentita così desiderata, così sexy. Jackson non riesce a tenere le mani a posto quando è con me. Non ho bisogno di un'etichetta per definire di cosa si tratta quando mi sento così meravigliosamente. Sono sicura che non c'è niente di cui preoccuparsi.

Due settimane dopo, sto fluttuando in un mare d'amore, musica a sesso. Non ho mai provato un senso di appagamento così profondo nel corpo, nel cuore e nell'anima. Mi sveglio all'alba, come al solito, e passo la mano su Jackson che sta ancora dormendo. È sdraiato sulla pancia e mi dà un'ampia possibilità di tracciare con il dito le fiamme del suo tatuaggio sulle scapole. Lui borbotta nel sonno. Forse il mio tocco era troppo leggero. Premo il palmo, scendendo lentamente dalle spalle lungo la schiena. È nudo. Lo siamo entrambi da ieri sera.

Gli piace che resti a letto con lui al mattino, ma dato che non riesco a dormire oltre l'alba, di solito resto qui accoccolata contro di lui ad ascoltare la musica nella mia mente. Sento le canzoni che mi ha insegnato, quelle che mi esercito a suonare, e le nuove canzoni che ha scritto. Ne ha una nuova, che parla di crescere come un disadattato, arrabbiato con il mondo, che lotta per emergere. Mi piacciono le emozioni che vi riversa. Il coro conclude che siamo tutti dei disadattati. Mi piace anche quella. Non sono mai stata arrabbiata con il mondo, più che altro indifferente, ma mi sono sentita una disadattata con tutti i cambiamenti successi a casa dopo la morte di mio padre. Sto imparando ad accettare il fatto di non essere più la perfetta principessa. Sto sfidando le aspettative. Io. La ribelle. Veramente tutta una nuova Emma.

«Dovremmo procurarti un tatuaggio» dice Jackson con la voce sonnolenta.

La mia mano si blocca sulla sua schiena. Non posso aggiungere tatuaggi o piercing, eccetto alle orecchie. Sono un membro della famiglia reale. È considerata una dissacrazione del corpo e non potrei essere sepolta nella tomba di famiglia se mai lo facessi.

«Che cosa dovrei farmi tatuare?» chiedo, perché sono una ribelle.

Jackson si appoggia a un gomito, si china verso di me e mi bacia. «Il mio nome.»

«Dove?» sussurro. L'idea mi intriga. Mi vuole tenere, far sapere a tutti che sono sua.

Mi fa rotolare sulla pancia e mi mette la mano in fondo alla schiena, appena sopra al sedere. «Proprio qui. Jackson.»

Sorrido. «Peccato che non possa dissacrare il mio corpo, perché mi piacerebbe.»

Jackson mi passa la mano sul sedere. «Dissacrare?»

«Mi butterebbero fuori a calci dalla tomba reale per aver alterato il mio corpo. Eccetto i fori per gli orecchini. Quelli sono accettabili.»

Emette un gemito. «A volte riesco quasi a dimenticare chi sei.»

Ne sono fiera. Mi vesto per piacere a me stessa, esploro la musica per la prima volta, e mi sto godendo alla grande il mio prima amante da quando avevo diciotto anni.

Jackson mi dà una sculacciata. «Oggi è il giorno. Vai a fare il test.» Intende il test di gravidanza. Qualche giorno dopo lo scivolone, ho lasciato il mondo delle favole e ho cominciato a chiedermi "e se?". Jackson sarebbe rimasto per un figlio? So che lo terrei. Ho sempre voluto dei figli. Avevo controllato il calendario sul mio telefono, cercando di risvegliare la memoria, e mi sono resa conto che ho una settimana di ritardo, il momento giusto per un test di gravidanza. Sono quasi sicura sia a causa dello stress.

E se?

Okay, queste ultime due settimane non sono state tutte rose e fiori. Ci sono stati momenti, momenti spaventosi, in cui ho immaginato di non avere Jackson nella mia vita e di avere un ricordo costante di lui attraverso nostro figlio. In ogni caso, il test di oggi dovrebbe darmi un risultato definitivo.

Jackson mi dà una spintarella. «Alzati.»

Io prendo tempo. «Proprio adesso?»

«Sì, al mattino, appena sveglia.»

Non mi muovo. Non è che abbia paura di una gravidanza. Accetterei un figlio, una volta superato lo shock. Ho solo paura che sarebbe la fine tra me e Jackson. Abbiamo ancora undici giorni da passare insieme, ma potrebbe essere così spaventato da andarsene, anello o non anello.

«Perché non ti stai muovendo?» mi chiede.

Fingo di sbadigliare. «Sono stanca.»

Un momento dopo, Jackson mi ha caricato sulla spalla, con una mano appoggiata sul sedere e mi sta portando in bagno.

Gli do una sculacciata. «Mi piace quando fai il cavernicolo con me. Nessuno mi ha mai trattato come fai tu.»

«È perché faccio finta che tu sia una persona normale, non un'intoccabile principessa. E questo fatto finirà per mordermi il culo.»

Gli do io un morso sul sedere.

«Ahi!» Mi dà una sculacciata per vendicarsi e io rido.

Mi rimette a terra nella stanza da bagno, prende il test di gravidanza nascosto nell'armadietto e me lo passa. «Fai pipì qui.»

Resto a bocca aperta. «Fai pipì qui? Non potevi essere più volgare?»

«Sì. Fai pipì sullo stick mentre guardo e dimmi se sei incinta.»

Prendo lo stick. «Fuori.»

«Cinque minuti.» Ed esce

Chiudo la porta a chiave.

La sua voce arriva attraverso. «Sbrigati, devo sapere.»

Cavolo, niente pressioni. Non so se riuscirò a fare pipì con lui dall'altra parte della porta che ascolta. «Vai via.»

«Hai la pipì timida, piccola?»

Parrebbe di sì. «Sì. E mi serve un maglione. Fa freddo qui.»

Qualche momento dopo, bussa alla porta. La apro e lui mi passa il maglione. «Fai scorrere l'acqua, io vado a suonare la chitarra.»

«Grazie.»

Mi infilo il maglione morbido, faccio scorrere l'acqua nel lavandino, prendo un bicchierino di carta e bevo parecchie volte per facilitarmi il compito. Riesco a sentirlo che suona. Non sta cantando, probabilmente perché sta ascoltando me. Quindi canto. È la canzone che mi ha insegnato alla mia prima lezione *House of the rising sun*.

Lui comincia a suonare una delle sue nuove canzoni. Io ascolto e penso come sarebbe un figlio nostro, cresciuto con la musica. Due genitori con la musica nel DNA dovrebbero produrre un figlio altrettanto dotato. Una bella famiglia musicale. E se?

Mi appoggio al lavandino e ascolto altre canzoni. È facile perdersi nella musica quando suona Jackson. Finalmente mi do da fare, leggo le istruzioni e poi faccio il test.

Lo appoggio sul ripiano dietro il wc e conto, senza mai alzare lo sguardo dallo stick. Sì o no, restare o andare? Non so se Jackson resterà se è positivo. Sembrava incerto. Aveva detto di non aver mai voluto essere un padre di famiglia. Non ho bisogno che lo diventi, ma dentro di me lo vorrei. Mi piacerebbe avere un futuro con lui. Chi sapeva che incappare nella sua barca tre settimane fa mi avrebbe portato a questo momento?

Tempo scaduto. Negativo.

Sono sollevata e insieme delusa. È stupido. Sono giovane. Ho tutto il tempo del mondo per avere figli.

Apro la porta e lui è proprio lì. Alzo lo stick. «Non incinta.»

Jackson si rilassa visibilmente. «Bene. Perfetto.»

Butto lo stick nella spazzatura e mi lavo le mani. «Immagino di sì.»

Si passa le mani tra i capelli. «Sono così sollevato, tu no?»

«Sì, ovviamente.»

«Dovremmo festeggiare.»

«Sì, magari più tardi. Vado a finire di vestirmi.»

«Vuoi suonare la mia chitarra?»

Lo sfioro passandogli accanto. «Credo che andrò a fare una passeggiata. Per schiarirmi la testa.»

«Oh-kay.»

Mi fermo e mi volto a guardarlo. «Saresti rimasto se fosse stato positivo?»

«Ma non è positivo.»

«Quindi no.»

La sua faccia si deforma in un'espressione che dice tutto: l'idea lo ripugna. «Non lo so.»

«Ah.»

Lui alza le mani. «È troppo, Emma. E devi ammetterlo, la tua vita sarebbe molto diversa se fossi legata a me.»

Riesco a sentire che mi sto rinchiudendo in me stessa, le mie difese che si alzano, le mura della corretta Emma che mi proteggono. «Sì, bene, immagino che sia comunque irrilevante.»

Finisco di vestirmi e poi, a testa alta, prendo la giacca e vado a fare una passeggiata, con le guardie al seguito.

Jackson

Emma è turbata. Due giorni di silenzio sul fronte Emma.

Non so se sia perché è delusa di non essere incinta o se sia delusa di me. Tutto ciò che so è che ha smesso di cantare, di suonare la chitarra, perfino di canticchiare a bocca chiusa. Mi aveva detto di avere sempre una canzone in testa, ma temo che lì dentro ora ci sia il silenzio. Mi sta *uccidendo*. So che cosa significa perdere la musica e temo che abbia perso qualcosa che aveva appena scoperto.

Sto suonando di più, cercando di farla tornare, ma tutto ciò che vuole fare è leggere e fare lunghe passeggiate da sola, anche se le guardie del corpo la seguono dappertutto. Riesco a capire come sarebbe facile per lei innamorarsi di una delle guardie; sono i suoi perenni compagni, più di chiunque altro. Ha cominciato ad andare a letto presto e ad alzarsi presto, non è interessata al sesso. Ha perfino smesso di accoccolarsi contro di me al mattino presto. La sto perdendo. Da un momento all'altro, salterà sul suo jet e volerà a casa, e sparirà per sempre.

Lunedì, faccio l'unica cosa cui riesco a pensare, vado in motocicletta a cercare un regalo per lei. Mi sono affezionato, anche se non voglio legami.

Torno nel pomeriggio e la trovo che guarda un'altra soap opera italiana sulla TV. «Ehi, Emma, sono tornato.»

Lei non distoglie gli occhi dallo schermo. «Salve.» Il suo tono di voce è piatto, inespressivo.

Prendo il regalo che avevo lasciato in corridoio e torno dentro, porgendoglielo. «Ti ho preso una cosa. Una sorpresa.»

Alza gli occhi e poi lo fissa. Le passo la custodia con un grande fiocco rosso. È il primo di dicembre e al negozio è così che incartano i regali.

Si alza lentamente e si avvicina, con gli occhi incollati sulla custodia. Gliela passo e lei l'appoggia al pavimento, aprendola lentamente. È una chitarra acustica Gibson, in palissandro chiaro. È un'opera d'arte, e mi sarebbe piaciuto averla quando ho cominciato.

Emma la fissa per un lungo momento. Credo di averla stupita con il regalo. Poi allunga lentamente un dito, accarezzando leggermente il legno lucido.

«Provala.»

Lei la porta cautamente con sé sul divano e suona qualche nota.

Io la seguo. «È una Songwriter Deluxe, fatta per i musicisti che compongono le loro canzoni. La qualità tonale è eccellente.»

I grandi occhi nocciola di Emma sono sgranati. «Non riesco a credere che me l'abbia regalata. Sono sbalordita. Mi vedi veramente come una compositrice?»

Mi siedo accanto a lei. «Assolutamente. Senti la musica nella testa. Conosci le basi e puoi assumere qualcuno per aiutarti con la composizione della roba più avanzata.»

Lei fissa la chitarra, accarezzando il ponticello e il corpo di legno. «È il regalo più bello che abbia mai ricevuto» mormora in tono riverente e mi si riempie il petto di orgoglio. Ho fatto la cosa giusta con questo regalo. Emma alza la testa. «Grazie, Jackson, grazie. Mi hai dato più di quanto potrò mai ripagare.»

Mi si chiude la gola per l'emozione, perché dovrei essere io a dire queste parole. Riesco a malapena a parlare per il groppo che ho in gola. «Tu mi hai dato molto di più. Ero vuoto, perduto, completamente disperato perché avevo perso la musica. E tu me l'hai ridata con la tua voce dolce, il tuo talento, il tuo desiderio di imparare. Mi hai ricordato com'è stato aprirsi alla musica per la prima volta. Mi hai dato più di quanto avrei mai pensato fosse possibile.»

Emma sta piangendo e io le asciugo le lacrime, baciandole le guance morbide, il naso, le labbra. Chiudo gli occhi e dico contro le sue labbra le parole che non avrei mai pensato di dire a qualcuno. «Ti amo.»

«Ti amo anch'io!»

Ci fissiamo negli occhi, stupiti.

Adesso non so che cosa fare. Emma rimette la chitarra nella custodia.

Poi mi si siede in grembo, mi mette le braccia intorno al collo e mi bacia appassionatamente. È tornata. Sono talmente sollevato che mi rilasso completamente. Desiderio, musica, amore, tutto mischiato insieme in un pacchetto regale. Non so che cosa sto facendo con lei o perché mi ami, ma sono stufo di pormi domande.

Stringo le sue curve morbide, le mie mani sono dappertutto, ho bisogno di toccarla tutta di nuovo. Due giorni senza Emma sono stati una tortura.

Emma interrompe il bacio e scende dalle mie gambe, spostandosi per mettersi in piedi davanti a me. «Andiamo di sopra. Privacy.»

Mi rendo conto, trasalendo, che le guardie devono essere vicino. Sono una presenza talmente discreta che le avevo dimenticate.

La raggiungo al piano di sopra e appena chiudo la porta a chiave, Emma si getta tra le mie braccia, con totale abbandono. Dio, mi è mancata. Il suo entusiasmo, la sua disponibilità. Sono un uomo che sta morendo di fame, e lei è un banchetto.

Corre a prendere un preservativo e me lo passa. È responsabilità sua adesso.

Lo prendo e lei si spoglia immediatamente. Il desiderio esplode. Comunque voglio che sappia che lo spavento per la possibile gravidanza non è dovuto a un suo errore. «Emma, è stata colpa mia. Avrei dovuto ricordare il preservativo.»

Mi slaccia i jeans con dita agili. «Purché uno dei due lo ricordi. Sbrigati. Mi sei mancato.»

Mi spoglio e mi infilo il preservativo a tempo di record, spinto dall'urgenza nella sua voce. Non sono gentile. Non è possibile. La inchiodo contro la parete, la sollevo e la prendo con una sola, dura, spinta, Emma mi affonda le unghie nelle spalle e avvolge le gambe intorno a me, fissandomi negli occhi.

Duro e in profondità. Prendo, prendo, prendo.

Non riesco a fermarmi.

Le spingo indietro il busto e infilo una mano tra di noi, strofinandola rapidamente. Il suo corpo si stringe intorno a me, io perdo il controllo con l'orgasmo che ruggisce dentro di me, appena conscio delle sue dolci grida mentre pulsa intorno a me. Entriamo in collisione ed esplodiamo. Ogni maledetta volta. Crollo contro di lei.

Emma mi afferra la testa e mi bacia con gli occhi brillanti e un enorme sorriso. «La mia famiglia mi vuole a casa per Natale. Vieni con me.»

La mia prima reazione è di dirle che Natale arriverà dopo i trenta giorni che ho accettato di passare con lei. Dovrei lasciarla, con il suo anello in mano, tra poco più di una settimana. Poi mi sento come un totale stronzo perché ho pronunciato il fatidico "ti amo", che implica una relazione. Sento lo stomaco che si ribella, il cuore che batte forte, tardivamente preoccupato di essermi legato a un'altra persona. Non so come, sono cascato in una relazione senza accorgermene. Il tempo è semplicemente volato in una nebbia di musica e sesso. E poi ho pensato di averla persa ed è stata una maledetta tortura, e poi l'ho riavuta e sarei un pazzo a rifiutare. «Sì, okay.»

Emma spalanca gli occhi. «Sì?»

«Sì.»

Lei ride e mi tempesta la faccia di baci. La tengo stretta, soddisfatto e amato. Solo non riesco a sfuggire alla sensazione che il palazzo sia l'ultimo posto per uno come me.

15

Emma

La vigilia di Natale, Jackson e io siamo sullo yacht reale diretti al porto di Villroy. Abbiamo vissuto insieme per quasi sei settimane, un modo inconsueto di cominciare una relazione, saltando la fase del corteggiamento, dell'uscire insieme. Sono sicura che gli altri diranno che siamo una coppia insolita, ma funziona. Abbiamo la musica in comune e immagino di aver sempre avuto un debole per gli uomini spigolosi. Dopo tutto, il mio primo amore è stata una guardia del corpo, abile come assassino. Jackson è stato protagonista di zuffe quando era più giovane, ma il Jackson che conosco io si è ammorbidito. Ha un animo sensibile.

Ci siamo lasciati alle spalle lo spavento per la possibile gravidanza, specialmente perché sono tornata in carreggiata con il mio ciclo il giorno dopo aver ricevuto la chitarra in regalo. Immagino che la mia felicità con lui abbia superato lo stress e riportato in pista il mio corpo.

Oggi Jackson è stato un po' nervoso durante il nostro viaggio verso casa mia. Sono tesa anch'io. Ho verificato che a casa fossero d'accordo, dopo aver invitato Jackson a casa per Natale. Anna era d'accordo ma quando, un paio di giorni dopo, ho chiesto come l'aveva presa il resto della famiglia, mi aveva detto: «Sono la regina e dico che va bene. Non preoccuparti.»

Mi preoccupo.

Non voglio che si crei un solco tra me e la mia famiglia. Voglio bene a tutti loro, e amo lui.

Prendo posto nella piccola zona pranzo nella cabina principale, dove Jackson sta lentamente sorseggiando una birra prima del tramonto. «Va tutto bene?»

Lui fissa fuori dalla finestra. «Sì.»

Mi frugo nella mente per trovare qualcosa per rassicurarlo che non sarà difficile passare del tempo con la mia famiglia, ma non trovo niente. Non so se andrà bene, quindi mi sembra sbagliato assicurargli che sarà così. Mi dico di concentrarmi sulle cose positive. Jackson vuole passare il Natale con me e la mia famiglia perché mi ama.

Lui mi guarda con gli occhi socchiusi. «Non ho mai ricevuto l'anello che mi avevi promesso.»

Mi sento stringere lo stomaco. Pensavo che lo scambio non fosse necessario. Che restare con me fosse un incentivo in sé. Mi alzo di colpo, con l'adrenalina in circolo, pensando a che cosa potrebbe significare. «Vado a prenderlo.»

Vado nel gabbiotto del capitano, dove c'è Viktor insieme all'equipaggio.

Lui si avvicina immediatamente. «Che cosa c'è che non va?»

Ho le guance in fiamme per la vergogna. Jackson mi sta usando. Probabilmente andrà immediatamente sulla sua barca, appena arriveremo al porto di Villroy, con il mio diamante in tasca. «Rivorrei il mio anello, per favore.» Gli avevo chiesto di tenerlo perché non volevo indossarlo tornando a Villroy ma temevo di poterlo perdere in valigia una volta che il personale le avesse disfatte.

Viktor non fa domande. Mi rivolge un breve cenno con la testa e dice che andrà a recuperarlo dalla cassaforte dello yacht. Nonostante il viaggio sia breve, è stato attento, conoscendone il valore.

«Grazie», riesco a dire. «Aspetterò qui.» Non voglio che mi veda consegnarlo a Jackson.

Incrocio le braccia, stringendole intorno al corpo, gelata. L'aria è fredda, ma sono ancora più fredda dentro. Tutto il calore e la felicità sono svaniti. Qualche minuto dopo Viktor torna e mi apre la mano, mettendoci l'anello.

«Grazie.» Rimetto l'anello al dito, ripensando al momento in cui l'avevo ricevuto a sedici anni, la prima volta in cui avevo incontrato Abdul. Come mi ero sentita adulta, stupidamente ingenua. Ora è uno scambio mercenario per qualche pidocchiosa lezione di chitarra. Solo che per me era molto di più. Mi bruciano gli occhi e ho la gola stretta. *Merde.* Non posso piangere di fronte a tutti. Reprimo con forza quell'emozione indesiderata.

Torno in cabina dove Jackson sta fissando fuori dalla finestra. I suoi familiari capelli biondi, in disordine come sempre, le sue spalle ampie, le guance con la barba arruffata. Tutto è inciso in permanenza nella mia mente, impresso a fuoco sul mio cuore. Di colpo sono furiosa. Perché mi ha preso in giro in questo modo? Perché non se n'è andato con l'anello una volta scaduti i trenta giorni? È passata una settimana. Non una parola sul nostro accordo in quel momento. Che diavolo sta facendo, venendo a casa con me per Natale?

Mi fermo accanto a lui, mi strappo l'anello dal dito e glielo tiro. «Eccolo.»

Lui si raddrizza e l'anello cade sul pavimento. Jackson si abbassa, lo raccoglie e io resisto a fatica alla voglia di dargli una botta sulla testa. «Grazie.»

Stringo i denti, rimangiandomi una risposta sarcastica.

Jackson si alza, si infila l'anello della tasca dei jeans, completamente indifferente. Come se niente importasse. Come se *io* non importassi.

«È tutto ciò che hai da dire?» Gli chiedo. «Grazie?»

Lui aggrotta le sopracciglia. «Lo apprezzo.»

Ribollo. Mi sento una completa idiota per il modo in cui ho aperto il cuore a un uomo senza cuore. «Beh, ciao.»

Un angolo della sua bocca si alza. «Vai a nuotare?»

«No. Vado semplicemente in un'altra zona dello yacht. Ti do spazio.» Gli tendo la mano. «Ci saluteremo qui.»

Lui fissa la mia mano. «Mi sono perso qualcosa? Pensavo che sarei venuto a casa con te per Natale.»

Deglutisco. Stavo saltando alla conclusione sbagliata? Forse ha veramente bisogno di soldi *e* vuole stare con me. Mi terrorizza chiederlo. Mi sembra che il cuore voglia uscirmi dal petto.

Lascio cadere la mano e parlo rivolta al suo torace. «Non lo so. Forse volevi andare a casa tua per Natale.»

Lui mi pizzica il mento, alzandomi il viso verso il suo. «Ho forse detto che volevo andare a casa mia per Natale?»

Sbatto le palpebre, cercando di ricompormi. «No.»

Jackson sposta la mano, mettendomela sulla guancia. «Per che cosa ti sei innervosita? Ti spaventa il fatto di tornare a casa?»

Non era quello, ma sì, sono nervosa. Non voglio peggiorare le cose, i miei sentimenti sono tutti aggrovigliati, quindi dico semplicemente. «Va tutto bene.»

Jackson socchiude gli occhi: «Definisci bene.»

«Perfettamente okay.»

«È l'anello? Vuoi tenerlo come ricordo?»

«No!»

«Va bene, allora mi arrendo, piccola. Stai per piangere per qualche motivo che non riesco a capire.»

Sospiro. Non posso spiegarmi senza mostrare la mia paura che i profondi sentimenti che provo per lui non siano ricambiati. Forse il suo "ti amo" serviva solo a portarmi a questo punto, a consegnargli l'anello. Ho lo stomaco annodato. È la parte oscura dell'amore, la sensazione abietta di paura dopo tanta felicità, la paura che l'amore possa sparire. È come quel diamante tra di noi, scintillante di bellezza ma abbastanza affilato da tagliare il vetro.

Jackson mi tira tra le sue braccia e io mi sciolgo contro di lui, travolta dal sollievo. Le sue braccia forti, il torace solido, il suo calore, il suo odore sexy. È tutto giusto. Perché dubito?

∿

Jackson

Le infilo la mano sotto i capelli, appoggiandogliela sulla nuca mentre Emma preme la guancia contro il mio petto. Ho cercato di fingere indifferenza, ma dentro di me sono nel panico più completo. Emma deve avere intuito che avevo dei ripensamenti. Incontrare la sua famiglia? Sua madre? È roba seria. Non mi sono mai impegnato con una donna. Non l'ho mai voluto. E loro mi daranno un'occhiata e capiranno che quello non è il mio posto. Emma fa parte dell'élite. E anche se posso aver avuto un certo status come rockstar, non mi sono mai sentito parte dell'élite. Io sono la strada, lei il palazzo.

Avevo seriamente preso in considerazione di trovare la barca, che dovrebbe essere ancorata a Villroy e dirigermi verso casa. E non per passare il Natale con la mia famiglia. L'ultima cosa che voglio è andare a trovare mia madre e guardarla riempire di attenzioni il mio perfetto fratello e la sua perfetta famiglia. Avevo intenzione di fare la mia solita cosa, sbronzarmi e suonare in qualche bettola. Charlie di solito veniva con me ed è il motivo per cui non mi attrae. A John e Max, gli altri membri della mia band, piace effettivamente stare con le loro famiglie.

Emma si tira indietro e alza il viso verso di me. Adesso i suoi occhi sono limpidi, non c'è traccia di lacrime, è rilassata. In effetti mi sento più calmo anch'io. È strano quanto possa essere potente un semplice abbraccio. Non riesco a resistere e la bacio, una pressione delicata sulle sue belle labbra.

Lei sorride. «Mia madre morirà quando vedrà questo vestito.» È un abito rosso, aderente, con la scollatura all'americana e una profonda V davanti, e arriva appena sotto il ginocchio. È così da Emma, sexy e dolce allo stesso tempo. Lo adoro.

Faccio scorrere un dito lungo la clavicola nuda e poi lo infilo nella scollatura. I suoi capezzoli si contraggono in punte dure e lei rabbrividisce. Mi piace come reagisce al mio tocco. Mi abbasso e passo il naso lungo il suo collo, respirando il suo delicato profumo di vaniglia e miele, tornando su verso l'orecchio. «Scandaloso.»

La sua voce trema un po'. «Sì. Spalle e decolleté dovrebbero essere coperte, sai.»

Stringo il pugno sui suoi capelli, Mi piace che ora li porti sciolti. «Passerai dei guai perché non rispetti le regole di corte?»

Lei passa il dito tra i capelli alla base della mia nuca. «È il protocollo. Non sarò punita, se è ciò che mi stai chiedendo. La nuova regina, Anna, beh, l'hai conosciuta, è molto più informale. Mia madre rimarrà delusa di me, ma lo è già. Considera il fatto che sia fuggita dal mio matrimonio come un tradimento personale e non vuole nemmeno ascoltare le mie scuse. Non posso più vivere la mia vita per compiacere lei.»

Mi blocco, con un pensiero allarmante che mi raggela. «Faccio parte della tua ribellione?»

Lei sorride maliziosa. «Quando ti ho incontrato immagino di aver pensato che saresti stato perfetto per un atto di ribellione, ma non ti vedo più in quel modo. Sei come me, innamorato della musica, pieno di sentimento e appassionato.»

Non riesco a evitare di sorridere. Sono io. E lei. «Brillante. Ti senti ancora persa?»

«Mi hai aiutata a trovare la vera me stessa.»

Mi rilasso, completamente. Se mi concentro solo su Emma, sul presente, la sensazione di dover scappare si attenua. Voglio essere migliore, per lei.

Indico fuori dalla finestra quando si comincia a intravedere Villroy. «Eccola.»

«Casa» dice Emma in tono riverente.

L'isola è suggestiva, con le scogliere rocciose e le dune sabbiose lungo le spiagge, punteggiata di cottage con le porte, le imposte e gli infissi azzurri lungo tutta la strada serpeggiante che porta al palazzo, splendido in cima alla collina, un'imponente struttura di arenaria con diverse torri e pinnacoli. È una bellezza da favola.

«Difficile credere che vivi lì» dico. «Sembra qualcosa dei tempi antichi.»

Lei sorride, fissando casa sua. «Questa versione del palazzo ha preso forma dopo un incendio un paio di secoli fa. L'ho sempre adorato. Non preoccuparti, è stato modernizzato. Quest'isola è la casa della mia gente fin da quando i vichinghi si stabilirono qui, con le loro mogli irlandesi, provenienti da un precedente insediamento in Irlanda. Ho sempre sentito un tale senso di appartenenza, di avere un mio posto in una lunga tradizione.»

Quella brutta voce nella mia testa diventa più forte. *Emma appartiene a questo posto. Non tu.*

«Ho rotto la tradizione» dice Emma sottovoce. «Sono cambiata.» La sua voce diventa acuta per il panico. «E se la nuova versione di me non appartenesse più a questo posto?»

Le stringo la mano. «Tu sei come questo palazzo, okay? La stessa Emma, solo modernizzata.»

Si mette a ridere. «Mi piace. Hai un modo tutto tuo di trovare le parole. Non mi meraviglia che scriva bellissime canzoni.»

Sento il calore che mi sale dal collo. Sto per dire che c'è di meglio in giro, quando lei mi agita il dito sotto il naso. «Accetta il complimento.»

È ciò che le dico quando tenta di sminuire le proprie abilità musicali. Ha qualcosa di raro e speciale. Le afferro il dito. «Grazie.»

Poco dopo lo yacht attracca al porto e l'equipaggio si dà da fare per ormeggiarlo. Diavolo, ci sono i paparazzi e anche i reporter con microfoni e macchine fotografiche. Avrei dovuto saperlo. Non ho dovuto scavare molto per vedere la stampa online raccontare come Emma abbia scaricato Abdul e gli sproloqui del principe che racconta in giro che lei lo ha tradito con me. Bugie, ma che importa la verità quando c'è una storia succosa? Sono sicuro che arrivare con lei adesso getterà solo benzina sul fuoco. Emma è passata da un principe ereditario e futuro sultano a un rocchettaro tatuato con un problema da incubo di pubbliche relazioni. Immaginate se fosse stata incinta, oltre a tutto il resto. Avrebbero festeggiato a champagne per una gravidanza extra-coniugale. Non si sarebbe mai tolta quella macchia di dosso, e nessuno avrebbe dubitato che fossi io il poco di buono.

Le stringo la mano. «Abbiamo un pubblico.»

Lei guarda la folla di piranha in attesa e fa una smorfia. «Me lo aspettavo. Hanno dovuto fare dei preparativi per il mio arrivo, quindi la voce è circolata. Ignorali. Sono stata fortunata a evitare la stampa per tutto questo tempo.» Sbircia fuori dalla finestra. «C'è la tua barca che ti aspetta se vuoi una via di fuga.» Sa che non dovrei dare nell'occhio.

«Non ho intenzione di lasciarti a quella gentaglia.»

Lei si preme contro il mio fianco, passandomi un braccio intorno alla vita. «Difficile credere che solo sei settimane fa stavo vomitando su quella cosa.»

Sogghigno. «Già, troppa tequila.»

«Probabilmente quella e i Cocoa Puffs.»

Mi ricordo di colpo di quanto mi fossi infuriato per i Cocoa Puffs e come non abbia mangiato niente di simile da settimane e non me ne sia importato niente. Dimostra solo quanto fosse limitato il mio mondo allora, mentre mi crogiolavo nel dolore di aver perso Charlie e la musica, aggrappato a una stupida scatola di cereali.

Viktor apre la porta della cabina. «Pronti quando vuole, Altezza.»

Emma si volta verso di me e dice allegra. «Pronto?»

Faccio cenno di sì e mi infilo la giacca di pelle. Ho veramente una brutta sensazione sulla mia parte in tutta la stampa che riguarda Emma.

Qualche minuto dopo attraversiamo il molo diretti alla strada, dove ci aspettano tre Mercedes. L'abito rosso sexy di Emma è coperto dal suo lungo cappotto bianco di lana. Spicca in mezzo al mare di cappotti neri. Afferra la mia mano, stringendola in una presa mortale, testa alta, spalle diritte, mentre la bombardano con una raffica di domande.

«Emma, Emma, qui! Da quanto tempo stai con Jackson?»

«Hai sentito che il sultano ha tagliato i ponti con Villroy e sta suggerendo agli altri regni di fare la stessa cosa?»

«Commenti sulle salsicce molli in carica, Jackson?»

«È meglio del sultano a letto?»

«Sei ancora vergine?»

Si sentono le risate della folla. Vorrei prendere a pugni il tizio che ha fatto la battuta sulla verginità, dirgli di andare a farsi fottere, ma so per esperienza che peggiorerebbe solo le cose. Devo accontentarmi di dare un'occhiataccia a quel segaiolo che ha osato parlare in quel modo alla mia Emma.

Emma alza una mano e sorride. «È bello essere a casa. Buon Natale. *Joyeux Noël!*»

Alcuni reporter borbottano "Buon Natale" e "*Joyeux Noël*" e poi ricominciano le domande. Si è rivolta a loro educatamente, in inglese e in francese. Ha dato loro più di quanto si meritino. Diavolo, ha dato a me più di quanto mi meriti, solo essendo se stessa.

Viktor ci fa salire in fretta sull'auto in mezzo e sale davanti. Oliver sale sull'auto dietro di noi. Quella davanti deve contenere altre guardie.

«Benvenuta a casa, Altezza» le dice l'autista.

«Grazie, Arthur» risponde gentilmente Emma. «Ho portato a casa per le feste il mio ragazzo, Jackson.»

Lui mi guarda nello specchietto retrovisore. «Molto bene. Benvenuto a Villroy, signore.»

«Grazie.» Mi volto a guardare Emma. Ha un sorriso posticcio appiccicato sulla faccia, le mani ripiegate in grembo così strette da avere le nocche bianche. Le libero una mano e la tengo nella mia. Mi chino verso di lei, tenendo la voce bassa, parlandole all'orecchio. «Ignora i maledetti reporter. Non ti conoscono e non sono degni di conoscerti.»

Lei fissa le nostre mani unite e dice sottovoce. «Sono un personaggio pubblico. Servo Villroy e devo essere disponibile.» La sua voce è rigida e corretta, la schiena diritta come un fuso. Traspare una traccia della corretta ed elegante principessa che ho incontrato sulla barca. Avrei dovuto aspettarmelo. Presto tornerà ai suoi vecchi modi. Io non sarò più una parte integrale nella sua vita. Sono stato un diversivo in tempi di stress.

Sono incazzato, anche se non ne ho il diritto. Faccio un respiro profondo. «Non significa che possano mancarti di rispetto.»

«Non ho risposto a nessuna domanda irrispettosa, no?»

Mi volto e guardo i cottage dal finestrino mentre saliamo la collina. Immagino che questi piccoli cottage fossero destinati ai contadini un tempo, il posto dove sarebbe vissuta la mia gente. L'élite vive sempre in cima alla collina.

16

Jackson

L'auto si ferma in un cortile davanti al palazzo e appena scendiamo si avvicinano diversi uomini in camicia bianca e pantaloni neri, che danno il benvenuto a Emma, con enorme deferenza, inchinandosi, prima di scortarci fino alle porte d'ingresso. Emma non mi presenta ai servitori, li saluta soltanto e continua a camminare in fretta verso l'entrata.

Un altro servitore ci apre le porte e do la mia prima occhiata all'interno del palazzo. L'ingresso, alto due piani, di marmo bianco con specchi dorati e tappezzeria di seta sembra appartenere a un museo. Solo un grande albero di Natale con le luci e le decorazioni bianche in un angolo riscalda un po' il posto cavernoso. Non mi meraviglia che Emma fosse così rigida, dopo essere cresciuta in un mausoleo come questo.

Altri servitori sono allineati lungo le pareti del foyer. Non ho idea di che cosa faccia ciascuno di loro, ma stanno aspettando la principessa Emma con un sorriso sul volto. Nessuno sembra deluso dal fatto che sia scappata dal matrimonio. Sono solo felici perché la loro amata principessa è a casa. Emma è cortese, educata, estremamente corretta. Come una persona completamente diversa da quella che ho potuto conoscere in queste ultime settimane in cui si è lasciata andare, corpo e anima. Qui è tutto strettamente sotto controllo.

Emma mi stringe il braccio. «Questo è Jackson, il mio ragazzo. È qui per le festività.»

I servitori mormorano saluti. Io alzo la mano. «Bello conoscervi.»

Un uomo fa un passo avanti per fare a bassa voce a Emma una domanda che non sento. Lei sorride. «Sì, per favore portate tutto nella mia suite. Jackson starà con me.»

Mi rilasso un po'. Emma sta confermando apertamente il mio posto nella sua stanza, cosa molto scorretta.

Si volta a guardarmi, sorride e fa l'occhiolino, «Non vorrei che ti perdessi cercando di trovare la tua stanza nel bel mezzo della notte.»

Le metto una mano sul collo, accarezzandola con il pollice. Questa è l'Emma che conosco.

Quando arriviamo nella sua suite, dopo aver superato un labirinto di corridoi decorati con dipinti a olio e busti di marmo di un'orda di ascendenti reali, ho ricominciato a sentirmi fuori posto. Le proporzioni di tutto, la semplice dimensione del palazzo, la lunga, fiera, sfilza di antenati, tutto mi è estraneo.

La sua cameriera, Lina, si aggira indaffarata per la suite, che è come un appartamento, con un soggiorno, un salottino, una grande camera e il bagno annesso. È tutto molto femminile, più che altro rosa e a fiori, con mobili di legno intagliato, pieni di ghirigori e gambe dalle forme strane. Le pareti sono a fiori su fondo rosa, le lampade hanno i paralumi in tinta, come le tende che coprono le grandi finestre con vista sul mare. Il letto a baldacchino è bianco virginale, dalle tende leggere e trasparenti fino alle coperte. Ci sono un mucchio di cuscini rosa. Questa è una stanza mai violata da un uomo.

Eppure sono qui.

Mi siedo nella camera da letto su una poltroncina a fiori bianchi e rosa, cercando di confondermi. Ciò che vorrei veramente è prendere la mia chitarra, che è in soggiorno accanto alla sua, suonare e cancellare il mondo esterno. Comunque non posso essere troppo scontroso. Sono un ospite qui. Inoltre Emma mi ha ridato la musica quindi posso accettare di aspettare a suonare la chitarra. Mi agito a disagio, l'anello che ho in tasca mi punge la coscia. Meglio trovare un posto dove nasconderlo. Vado in soggiorno e lo ficco in un piccolo scompartimento dentro la custodia della chitarra, in un sacchetto che contiene i plettri. È al sicuro lì finché potrò andare a casa e scambiarlo per denaro sonante. Non posso venderlo tramite una casa d'aste senza smascherare Emma. È troppo riconoscibile. Dovrò rintracciare un gioielliere di cui posso fidarmi e offrire il solo diamante, separato dalla montatura. Mi toglie un enorme peso dalle spalle sapere che Jack ha il futuro assicurato.

Torno alla poltroncina nella stanza da letto e guardo Emma e il suo "scandaloso" abito rosso mentre dà istruzioni a Lina che sta togliendo le sue cose dalla valigia e riponendole nei cassetti e nel guardaroba. Il mio regalo di Natale per Emma è una canzone. Lei non ha bisogno di cose materiali ed è l'unico regalo che nessun altro può farle. Beh, potrebbero, ma non sarebbe un Jackson Walker originale.

Lina mi chiede: «Vuole che l'aiuti con le sue cose, signore?» Indica la mia sacca oversize.

«No, grazie.» Non ho intenzione di tirare fuori la mia roba. Il mio posto non è qui. È un ingaggio temporaneo, finché me ne andrò. Mi viene in mente che Emma vorrà restare. Dopo Natale sarà finita tra di noi. Tamburello con le dita sulla gamba. Potremmo incontrarci ancora, immagino, ma ora, vedendo Emma nel suo elemento, non riesco proprio a vedere come potremmo continuare a restare insieme.

«C'è altro, signora?» chiede Lina a Emma.

«No, grazie, Lina» risponde Emma formalmente, con le sue buone maniere da principessa.

Mi fa allappare i denti questa bizzarra, super-educata Emma con i servitori che si rivolgono a lei con deferenza.

Lina china la testa ed esce, chiudendosi la porta alle spalle.

«Altezza» mormoro.

Emma viene verso di me, con un'espressione decisa sul volto. Prima che riesca a dire *tutto bene?* mi sorprende, rialzandosi il vestito fino in vita e sedendosi cavalcioni su di me nella poltrona oversize. Divento duro in un attimo, le passo le mani sulle gambe nude e lisce, afferrandole il sedere. Indossa un perizoma, parte del suo nuovo guardaroba. Si china in avanti e mi morde il labbro inferiore. Il mio uccello si tende contro i jeans. «Tu, signor Walker, mi devi una bella scopata.»

Porto la mano al pezzetto di tessuto tra le sue gambe e lei geme. «Davvero?»

«Sì.» Sporge il labbro inferiore, facendo il broncio. Sono ossessionato da quelle labbra piene da porno-star. «Eri così preso a guardarmi preparare le valigie e a suonare la chitarra che mi hai completamente trascurato.»

La mia voce esce rauca. «Forse eri tu così presa a preparare le valigie questa mattina da trascurare me.»

Emma mi bacia, rudemente, prima di mettersi in ginocchio davanti a me, e abbassarmi la cerniera.

Mugolo. La mia Emma è tornata.

Sto per andare alla funzione serale nella cappella del palazzo, sentendomi nuovamente completamente fuori posto. Innanzitutto, non sono tipo da cappelle. Non vado in chiesa da quand'ero un ragazzo, e, secondo, non ho messo in valigia niente di abbastanza decente per una funzione della vigilia in una cappella reale. Non so perché non ho pensato a comprare un completo in Italia ed Emma non ne ha parlato, ma ora vorrei avere qualcosa di meglio di una camicia di cotone grigia a maniche lunghe, pantaloni neri e stivali neri da motociclista. Emma si è messa un vestito del suo vecchio guardaroba, un sacco a maniche lunghe, verde pallido che finisce ben oltre le ginocchia. Così conciata si può a malapena intuire che ha un girovita, per non parlare poi di tette fantastiche. Ha raccolto i capelli in uno chignon. Mi sta venendo un colpo di frusta, guardandola passare da gattina sexy a brava principessa. Non so più qual è la vera Emma. Sta mettendo una maschera per me ed è se stessa con tutti gli altri? Non riesco a fare a meno di pensare di essere una novità per lei, un giocattolo per provare delle cose che normalmente non farebbe. Mi sento torcere le stomaco al pensiero.

La seguo fuori dalla suite e lei mi prende a braccetto

mentre mi guida attraverso un altro labirinto di corridoi. Non so se riuscirei a uscire da questo posto senza una cartina. Non siamo per niente vicini al punto da dove siamo entrati. Vedo una scala. In fondo ci sono altri servitori allineati, per che cosa lo sa solo Dio. Ci sono tralci di sempreverdi che adornano l'elaborata ringhiera di legno. C'è un altro grande albero di Natale nel foyer al pianterreno, che non è il foyer principale. Quest'albero è decorato in blu e argento con parecchie sfere, ghiaccioli e fiocchi di neve.

«Guarda che cosa ci ha portato la rockstar» dice una familiare voce maschile. «La mia sorellina errante. Tsk-tsk, Emma. Che cosa direbbe la mamma?»

È Lucas che ci saluta sorridendo. Suo fratello la prende costantemente in giro. Indossa un completo blu scuro e sembra più rilassato, indossandolo, di quanto lo sia Emma nel suo abito formale.

«Tsk-tsk a te» risponde Emma allegramente. Mi ha confidato che un tempo le prese in giro dei suoi fratelli la irritavano parecchio, ma che ha in programma di prenderle più alla leggera.

«Lucas, è un piacere vederti.» Gli stringo la mano e lui mi tira vicino per un abbraccio fraterno.

«Quindi deve essere una cosa seria se sei qui per il Natale in famiglia» dice Lucas. «Sono sorpreso...» Coglie l'occhiataccia di Emma e si rivolge a me. «Voglio dire, sono lieto che sia qui.» Si china verso di me e abbassa la voce. «Non pensavo che Emma fosse il tuo tipo.»

«Ti ho sentito, Lucas» dice seccamente Emma. «Fatti gli affari tuoi.»

Lucas la imita, dicendo le parole *Fatti gli affari tuoi* a bocca chiusa. Emma lo ignora e cammina davanti a noi.

«Emma è perfetta» gli dico. «Canta come un angelo. Abbiamo composto della musica insieme.»

Lucas mi dà una gomitata nel fianco. «È così che lo chiamano i ragazzi adesso?»

Emma si ferma e gli rivolge un'occhiata assassina. «Non hai un altro posto dove andare?»

Lucas si gratta la barba, dandomi un'occhiata di sottecchi.

«È la funzione della vigilia. Non vorrai che diventi un peccatore, vero?»

Emma alza la testa e mi afferra la mano, camminando in fretta, tentando in tutti i modi di distanziare suo fratello, che, ovviamente tiene il passo con noi. Sto cominciando a capire perché Emma avesse un legame speciale con sua madre, se aveva quattro fratelli maggiori che la tormentavano come sta facendo Lucas. Ha anche un fratello minore, ma dice che Adrian non è il tipo da prenderla in giro.

Lucas la sta bombardando di domande, mettendo in dubbio il suo status di angelo dato che io ho detto che canta così. Colpa mia. «La tua aureola è d'oro o d'argento? Chi la lucida? Hai le ali correttamente bendate sotto quel vestito da matrona?»

È chiaro che le vuole bene, anche se le sta rendendo la vita difficile.

Emma lo zittisce con una domanda. «Come sta la mamma?»

Lucas diventa serio di colpo. «Non bene. È ancora rintanata nelle sue stanze.»

«Verrà alla funzione?»

«Non lo so. Anna e Gabriel l'hanno pregata di unirsi a noi, ma non ha risposto né sì né no.»

Emma intreccia le dita con le mie e sussurra. «È il nostro primo Natale senza papà.»

«Ah. Mi dispiace.»

Lei annuisce solennemente e poi si rivolge a Lucas. «Se non verrà andrò io da lei dopo. So che è molto insoddisfatta del mio comportamento e dovremo chiarire la situazione.»

«In bocca al lupo» dice Lucas.

Qualche minuto dopo arriviamo alla cappella, dove ci aspettano due uomini con dei completi scuri, che devono essere i fratelli di Emma. Come Gabriel sono ben rasati, hanno i capelli corti castano scuro, zigomi alti e mandibole squadrate. Lucas è l'unico con la barba.

Emma sorride felice. «Voi due siete elegantissimi. Niente peluria.»

Entrambi si strofinano le guance, come se fosse qualcosa di nuovo. «Temporaneo, per Natale» borbotta uno dei due.

Emma fa le presentazioni. «Jackson, questi sono i miei fratelli, Oscar e Adrian. Adrian è il minore e ha una gemella, Silvia, di cui ti ho parlato.»

«Sono un grande fan» dice Oscar, stringendomi la mano.

«Mai sentito nominare» scherza Adrian.

Io rido. «È solo giusto.»

Adrian sorride. «No, seriamente sono un grande fan anch'io. È fico averti come ospite.»

«Dov'è Phillip?» chiede Emma. È anche lui un fratello. Mi ha fatto una carrellata prima di uscire.

«Passerà il Natale a Tampa con la famiglia della sua fidanzata» dice Adrian.

«Traditore» aggiunge Lucas.

«Sbattetelo nelle segrete» dice Oscar.

Lucas e Oscar si sorridono.

Adrian indica la porta della cappella. «Immagino che dovremmo entrare. Stavamo aspettando voi.» Guarda direttamente me.

Emma fa un gesto indifferente. «So di aver acquisito una certa notorietà come sposa fuggitiva, ma non ho bisogno che diventiate miei fan.»

Io rido e i suoi fratelli la fissano.

«Emma, sei proprio tu?» chiede Oscar, avvicinando il viso. «Hai fatto davvero una battuta?»

«Te l'avevo detto che è craccata» dice Lucas. «Basta con la brava Emma, anche se Jackson dice che ha la voce di un angelo, quindi forse c'è ancora un po' di brava ragazza che resiste lì dentro.»

Adrian sorride. «Quando eravamo piccoli, Emma cantava. Mi è sempre piaciuto, ma ha smesso di cantare quando siamo cresciuti.»

Emma china la testa di lato. «Sai, avevo quasi dimenticato che cantavo sempre ad alta voce. Immagino di aver smesso intorno ai nove anni, quando ho cominciato le lezioni di etichetta e ho capito qual era il mio posto nella vita di corte.»

Sorride radiosa. «E ora ho ricominciato.» Apre la porta della cappella ed entra.

Io la seguo, spalancando gli occhi alla vista di quello spazio maestoso. È perfino peggiore del grande foyer in termini di grandezza regale. È uno di quei posti dove sembra che il soffitto finisca in cielo, dorature dappertutto, affreschi e stucco scolpito, che ti fanno sentire insignificante. Lungo le pareti laterali ci sono nicchie con parecchie statue di marmo degli apostoli e dipinti. Almeno c'è la musica. Forse un po' troppa. Tre enormi organi dorati con lunghe canne argentee. Scommetto che qui non ha mai messo piede un plebeo.

«Oh, ci sono tutti, perfino la mamma» mi sussurra Emma. «È un buon segno.» Indica sua madre seduta in fondo alla prima fila. Anna, seduta accanto a lei, si volta e ci saluta con la mano.

Gabriel ci dà un'occhiata e china leggermente le testa. Ci sono anche altre persone anziane nella fila. Parenti? Non ne ho idea.

Emma mi guida alla seconda fila, fermandosi a salutare sua madre. «Mamma, è bello vederti alla funzione. Questo è il mio ragazzo, Jackson.»

Io tendo la mano e sua madre la fissa come se fosse un pesce morto e puzzolente.

Mi guarda da capo a piedi, valutando il mio abbigliamento casual e fa una smorfia. «Sono lieta che sia a casa, Emma. Vorrei parlarti dopo la funzione.» Si volta a guardare davanti, congedandoci.

L'espressione di Emma è tesa mentre si sposta più in là nella seconda fila. I suoi fratelli si uniscono a noi e Adrian si siede accanto a me. Si china oltre me e sussurra a Emma. «Sei nei guai.»

«Stai zitto» sussurra lei di rimando.

Restiamo seduti a lungo nel silenzio della cappella mentre arriva altra gente. «Sta entrando la servitù adesso?» le chiedo sussurrando.

Lei scuote la testa e mormora. «Sono i parenti da parte di mia madre. Hanno fatto un lungo viaggio per darle il loro sostegno in questo momento di dolore. Mia madre viene da un piccolo regno su un'isola vicino all'Australia. Non che lei abbia chiesto il loro aiuto. Sospetto ci sia la mano di Anna. Mia madre non dimentica mai il protocollo. Noi teniamo ben nascosti i nostri bisogni e le nostre emozioni. Sempre il regno e la nostra gente prima di noi.»

«E dalla parte di tuo padre?»

«È una cosa di cui non parliamo.»

Adrian mi informa a bassa voce. «Il fratello maggiore di mio padre ha abdicato al trono per sposare una borghese. È stato esiliato. La sua famiglia non ha legami con la nostra, eccetto tramite nostra sorella Silvia. Li ha cercati ora che vive negli Stati Uniti.»

Lucas avvicina la testa. «La marmaglia Rourke.»

Ridacchiano e Emma li fissa severa, sibilando. «Non scioriniamo i panni sporchi in pubblico.»

Sua madre volta la testa e dà un'occhiataccia a Lucas, stringe le labbra e si gira di nuovo.

Emma punta il dito verso i fratelli e accenna alla loro madre con la testa.

Io le sussurro all'orecchio: «Dato che Anna è una borghese, credi che inviterà la marmaglia a tornare?»

Lei scuote la testa. «Improbabile che siano accettati. Anna ha dovuto veramente dare prova di sé e non aveva lo svantaggio di una cattiva reputazione.»

Ora, che cosa mi ricorda? Cattiva reputazione, borghese, marmaglia. Cerco di non agitarmi nel banco di legno. «Dove sono i servitori?»

«È una funzione per la famiglia» risponde Emma. «Niente servitori.»

«Non possono partecipare?»

«Hanno la loro cappella negli alloggi della servitù. È una bella stanza.»

«Una stanza?» *Paragonata a tutto questo?*

«Sì, uno spazio quieto per loro. Oppure possono andare in una delle chiese dell'isola. Ce ne sono diverse.»

Mi guardo intorno, studiando la sua famiglia, tutti con abiti su misura e formali, con gioielli costosi che brillano al collo, braccialetti, anelli e orecchini, il loro portamento regale.

In circostanze normali, so esattamente dove sarei, con la servitù. Quand'eravamo solo noi due in Italia, mi ero permesso di dimenticare chi è veramente lei. Ora le differenze tra di noi non sono mai sembrate così evidenti.

Non riesco a immaginare perché mi abbia portato qui. Si renderà conto presto di aver commesso un errore.

17

Emma

Ammetto che è stato un po' surreale tornare nella cappella del palazzo solo sei settimane dopo la prova del matrimonio, ma sembrava molto diversa con le decorazioni natalizie e le candele e io mi sentivo molto diversa dentro, anche se stavo facendo del mio meglio per armonizzarmi, almeno all'apparenza. Voglio fare ammenda con mia madre.

«Ci vediamo tra un po'» dico a Jackson quando siamo nel foyer, dopo la funzione. «Vado a parlare con mia madre. Vai con i miei fratelli, per un cocktail nel salotto privato. Ti verrò a cercare lì.» Mi alzo sulla punta dei piedi e gli do un bacio sulla guancia, consapevole di avere un pubblico.

Lui mi mette una mano sulla guancia e l'accarezza con il pollice. «La mia serata sembra migliore della tua.»

«Sono sicura che andrà tutto bene» dico, cercando di darmi un contegno.

Jackson va con i miei fratelli, che lo stavano aspettando lì vicino, parlando con alcuni dei nostri parenti. Si sono riuniti tutti nel foyer e chiacchierano allegramente, animati dallo spirito natalizio. Non vedo mia madre. Immagino che sia tornata nelle sue stanze.

Vado direttamente lì, decisa a colmare la distanza tra di noi. Le spiegherò esattamente le mie azioni il giorno del mio matrimonio e la mia successiva trasformazione, no, la mia *scoperta* di me stessa, sia come musicista sia come donna. Le dirò quanto sono felice e quanto vorrei che facesse nuovamente parte della mia vita. Non ho intenzione di menzionare il suo comportamento scortese con Jackson. Più che altro perché il mio futuro con lui è incerto. La sua barca è qui vicina, ha l'anello di diamanti e non so che cosa faremo da ora in poi. Non è comunque una cosa che desideri discutere con mia madre. Che mi venga incontro a metà strada o che mi tagli fuori, non ho niente da perdere, visto come stanno le cose tra di noi ora.

Arrivo nella sua stanza, carica e pronta a dire la mia. Busso e la sua cameriera, Joan, spalanca la porta. «È in salotto, Altezza.»

«Grazie Joan.»

Sono lieta che mia madre non sia già tornata a letto. Forse è pronta a tornare tra di noi. La trovo seduta al tavolo accanto alla finestra. Le piace guardare il mare. Lo fissa comunque, anche se fuori è buio.

«Buonasera, mamma.» Mi chino e le bacio la guancia. La sua pelle è sottile e rugosa, non morbida com'era. Ha anche perso altro peso da quando me ne sono andata.

Mi siedo davanti a lei. «Mangi a sufficienza?»

«Certo.» Alza una mano. «Joan, per favore, lasciaci sole.»

Joan china la testa dicendo: «Sì, signora.» Ed esce dalla suite.

Mia madre mi fissa per un lungo, disagevole momento. I suoi occhi nocciola sono uguali ai miei anche se i suoi sembrano tristi. «Stai bene» dice infine. «Il tempo lontano da qui ti ha fatto bene.»

«È stato meraviglioso. Sono stata a casa di un amico di Lucas sul lago di Como.»

«Lo so.»

«Mamma, sono finalmente felice. Avevo bisogno di allontanarmi dalla vita di palazzo per scoprire me stessa. So cantare. Jackson dice che ho un vero talento. Noi...»

«Non riesco a credere che tu abbia portato un ospite così inappropriato alle nostre feste di famiglia» dice, con gli occhi che lampeggiano. «Voglio che se ne vada. Ha avuto una pessima influenza su di te. Questo, oltre al tuo comportamento precedente che ha messo in imbarazzo la famiglia... mi sembra di non conoscerti nemmeno più.»

«Sono sempre io. Un po' meno rigida e più *felice*.»

Lei mi guarda severa. «Rivoglio mia figlia.»

Perdo il controllo. «E io rivoglio mia madre! Tu non fai altro che nasconderti nelle tue stanze. È come se avessi perso te e papà lo stesso giorno.»

Lei stringe le labbra. «Quindi è questa la causa della tua ribellione. Io. La colpa è sempre della madre.» Si china in avanti. «Ho fatto *tutto* per te, ti ho dato ogni possibile vantaggio, ho riversato tutto il mio tempo e le mie energie per fare di te la donna che devi essere. E ora ti rivolti contro di me.»

Le parole escono da sole. «Mi hai sagomato a tua immagine. Ma sai una cosa? Io non sono te. Sto scoprendo chi sono. Mi piacciono i vestiti dai colori vivaci, non i colori pastello. Ho smesso di nascondermi dietro i vestiti, dietro il protocollo. Mi piace cantare. *Adoro* cantare. Sto imparando a suonare la chitarra. Ho un talento che non sapevo di avere perché non ero aperta a niente. Tutte quelle aspettative e quelle regole rigide mi hanno soffocato. Adesso sono libera e mi dispiace se a te questa Emma non piace, ma è quella che sarò da ora in poi.»

Mia madre arriccia le labbra, schifata. «Questo è la sua influenza. Quest'uomo non si è nemmeno vestito adeguatamente per la funzione, dimostrando di non avere rispetto per la nostra famiglia.»

Stringo i denti, ignorando la stoccata a Jackson. «Qui si tratta di me. Di nessun altro.»

Lei mi guarda dall'alto in basso. «Conosco il suo tipo. Infima classe, droghe, alcol, donne. Tu sei solo una delle tante in una lunga lista di altre che verranno.»

«Non è vero! Jackson non è così!»

Lei mi fa segno di andarmene. «Allora vai a vivere con lui nella sua stamberga.»

Tento di nuovo, cercando di avere pazienza. «Non lo conosci. È stato buono con me e sono sicuro che viva in un bel posto.»

«Vattene. Ti ha trasformato in una persona che non riconosco più.» Si volta verso la finestra, congedandomi.

È come parlare con un muro! Sono così furiosa che tremo. «Ho parlato con Abdul in Italia, facendogli le mie umili scuse e ciò che ho avuto in cambio è stato un ceffone e insulti. Quello è l'uomo che volevi che sposassi.»

Mia madre si volta a guardarmi e la sua voce diventa un po' più dolce. «L'ho saputo. Dalle informazioni che avevamo su di lui non c'era niente che indicasse…»

«Ovviamente non sempre sai cos'è meglio per me.» Spingo indietro la sedia così in fretta che quasi si rovescia. La raddrizzo e prendo congedo.

Percorro il corridoio, furiosa. Per l'amor del cielo, sono una donna adulta che finalmente sa che cosa vuole. Perché non riesce a capire che il cambiamento è solo opera mia? Non sono così senza spina dorsale da farmi condizionare da un altro. Sì, ho accolto volentieri le lezioni di musica di Jackson e il suo gusto per la lingerie, ma non significa che non stia decidendo io che cosa voglio. La musica che creiamo insieme riflette entrambi. Il resto sono io, una versione più decisa di me. È questo il problema. Mia madre non può accettare un'Emma che prende le sue decisioni. Beh, peccato. Non tornerò più a essere la vecchia Emma corretta, che si piega al dovere e agli obblighi.

Torno in camera mia e mi tolgo l'orribile vestito, parte del mio vecchio guardaroba, infilandomi di nuovo l'abito rosso. Mi piace. Mi fa sentire sexy e più simile a una donna che a una ragazzina vestita per una recita. Sciolgo lo chignon e mi spazzolo i capelli. Poi rinfresco il trucco, generosa con l'eyeliner sfumato e il rossetto rosso nella stessa tonalità del vestito.

Prima ancora di finire, sono passata dall'essere furiosa a essere triste. Non so come sistemare le cose con mia madre e sono veramente preoccupata per lei. Non è più stata la stessa dopo la morte di mio padre. Mi scrollo di dosso la malinconia e vado nel salotto privato in cerca di Jackson. Devo recuperare le sensazioni che provavo in Italia con lui. Quell'energia potente, brillante, tosta, che mi faceva sentire viva.

Lo trovo seduto sul divano di pelle con i miei fratelli raccolti intorno a lui e sul divano di fronte. È una novità per loro, una rockstar. Per me è il mio amore, il mio portale verso la passione, la musica e la vita. Mi si riempiono inaspettatamente gli occhi di lacrime, ho la gola quasi chiusa per tutto ciò che provo per lui.

Jackson mi vede e si alza, venendo da me, restando vicino, ma senza toccarmi. Ho bisogno del contatto.

Lo abbraccio, stringendogli forte le braccia intorno alla vita. Lui mi stringe con un braccio e mi mette l'altra mano sotto i capelli, sulla nuca.

La sua voce mi romba vicino all'orecchio. «Immagino che non sia andata tanto bene.»

Alzo la testa, mantenendo bassa la voce. «Pensa che io sia orribile e che tu abbia una pessima influenza su di me. Mi ha detto di andare a vivere con te nella tua stamberga. Lei non capisce.»

Lui abbassa le mani e mi rivolge un'occhiata compassionevole. Controllo i miei fratelli. Ci stanno ignorando, ridendo e scherzando come al solito.

«Va tutto bene» gli assicuro. «Le ho anche spiegato che cosa sta succedendo a me e a noi. Non c'è altro che possa fare.»

«Emma...»

«Che c'è?»

Jackson si ficca le mani intasca. «Non voglio che tu sia ai ferri corti con la tua famiglia per causa mia.»

«Non è colpa tua. Sono io. Ho osato mettere il piede fuori dalla gabbia in cui mi avevano messa. Quindi, vaffanculo. Giusto? La vita va avanti.»

«Immagino» borbotta Jackson.

«Vorrei un drink» dico allegramente e vado verso il bar.

Jackson resta indietro. Riesco a sentire il suo sguardo su di me. Sono decisa a non permettere al mio litigio con mia madre di rovinare la serata.

Poco dopo andiamo tutti nella sala di pranzo per la cena

della vigilia. È piuttosto piena dei parenti di mia madre, alcuni che non vedo da anni. Sono tutti qui, eccetto mia madre.

Anna sembra innervosita dalla sedia vuota e dopo una breve conversazione con Gabriel, si alza e si allontana. Guardo Gabriel, facendogli in silenzio la domanda.

«Sta andando a prendere la mamma» dice, leggendo correttamente la mia espressione. Sono sempre stata in sintonia con Gabriel, avevamo le stesse idee sul fatto di dover fare il nostro dovere verso la corona. Lui si è ammorbidito parecchio da quando ha conosciuto Anna. Forse è ciò che è Jackson per me, un'Anna al maschile. Sorrido tra me e me a quell'idea.

Do un'occhiata a Jackson e gli stringo brevemente la gamba sotto il tavolo. Lui non reagisce. Normalmente mi stringerebbe la mano o appoggerebbe la sua sulla mia gamba, mettendo indecentemente le dita dovunque voglia. Lucas gli dice qualcosa e lui si volta.

Bevo un lungo sorso di vino, preparandomi mentalmente alla possibilità che mia madre si faccia viva. Sarà scortese con Jackson? Mi ignorerà come se non fossi più sua figlia? Sento l'acidità bruciarmi lo stomaco.

Prendo un po' di pane, anche se non è corretto cominciare a mangiare prima che tutti siano seduti, e lo faccio seguire in fretta dal resto del vino, svuotando il bicchiere. Un servitore lo riempie di nuovo immediatamente. Che cosa mi preoccupa? Anna non riuscirà a convincere mia madre a farsi vedere. Non importa che Anna dica di aver adottato nostra madre come se fosse la sua, il sentimento non è reciproco. Mia madre tollera Anna e i suoi modi sfrontati, ma non la tratta come fosse una vera figlia. Non hanno passato molto tempo insieme, a parte il minimo indispensabile per trasferire i doveri regali da lei ad Anna.

La stanza si anima, con tutti che salutano, quando Anna ritorna con mia madre al seguito. Resto a bocca aperta, poi la chiudo di scatto. Come ha fatto Anna a riuscire a portarla qui? Specialmente dopo il brutto litigio che abbiamo appena avuto. Pensavo che sarebbe rimasta rintanata nelle sue stanze per un altro anno. Forse non le importa abbastanza di me da essere turbata. Se n'è lavata le mani. Sento la nausea salirmi in gola.

Si alzano tutti, chinando la testa davanti all'ex regina. Lei non sorride, alza solo una mano, salutando tutti e permette ad Anna di scortarla a una sedia vicino al capotavola dove siedono Anna e Gabriel.

«Ora che siamo tutti qui, ho un annuncio da fare» dice Anna.

Nella stanza cade il silenzio.

Lei sorride, radiosa. «Sono incinta!»

C'è un coro di congratulazioni. Lucas fischia e mia madre gli dà un'occhiataccia. Comportamento scorretto.

Le mie emozioni sono contrastanti e ho gli occhi pieni di lacrime. Sta succedendo troppo e tutto insieme. Ovviamente sono felice per loro, e anche un po' gelosa. Mi piacerebbe avere un marito adorante e un bambino per strada. Do di nascosto un'occhiata a Jackson. Sembra a disagio, sta fissando il piatto. Mi dico che è perché non è abituato alla *mia* famiglia, non perché sia contro la famiglia in sé. Ma non è propriamente vero. L'ha detto lui stesso: non ha mai voluto essere un padre. Non dovrei fantasticare su ciò che non sarà mai.

Gabriel sta sorridendo da un orecchio all'altro e fissando Anna con uno sguardo adorante. «È di otto settimane. Il bambino dovrebbe nascere all'inizio di agosto. Non potremmo essere più felici.»

«O avere più nausea» aggiunge Anna. «Ho già avuto due settimane di nausea mattutina finora, e mi aspetto che continui. Alexandra, dovrai dirmi come hai fatto a cavartela con sei gravidanze.» Quella è mia madre.

Mia madre sorride. Sorride! «Sono stata fortunata. Mai avuto la nausea.» Chiacchierano sottovoce e mia madre sembra più vivace di quanto veda da tantissimo tempo. Mi chiedo se sia stato così che Anna è riuscita a farla venire a cena, dicendole che diventerà nonna. Mia madre ha sempre ribadito la necessità che Gabriel generasse un erede. Lui ha fatto il suo dovere ma è facile vedere che è felicissimo di farlo.

Gabriel fa segno di portare la cena e un momento dopo si

stanno tutti godendo la prima portata, capesante saltate con salsa al fois gras e tartufi freschi. Dato che Villroy è uno dei principali fornitori di pescato, è seguita da salmone affumicato e aragosta, con vari contorni e intermezzi tra le portate. Noto che Anna si limita ai carboidrati, mangiando pochissimo. Mia madre continua a conversare con lei. Ora è Anna la figlia che voleva. Silvia l'aveva abbandonata, cominciando una nuova vita in America con suo marito e io non sono altro che una profonda delusione.

Non riesco più a sopportare per un altro minuto di essere ignorata, sentendomi meno di niente, dopo aver seguito le regole che mi erano state imposte per tutta una vita. Mi alzo. «Scusatemi, sono molto stanca. Ci vedremo domattina.»

«Continui ad andare a letto presto» mi prende in giro Lucas.

«Ha sempre amato la sua routine, i suoi programmi» dice Gabriel con affetto. «Ovviamente Emma è l'unica ad alzarsi bella vispa tutte le mattine all'alba.» Mi ha perdonato per la mia impetuosa rottura del protocollo, per essere sfuggita al matrimonio combinato. È il mio fratello maggiore e mi vuole bene.

Jackson si alza con me. Mi incollo un sorriso sul volto. «Buonanotte a tutti.» Mia madre non mi guarda nemmeno. La sua fredda indifferenza mi fa infuriare. «Buonanotte, mamma.»

Lei si volta, guardandomi disgustata nel mio abito rosso dalle spalle scoperte e dice. «Non conosco nemmeno la persona con quell'abito da sgualdrina.»

Resto a bocca aperta.

Nella stanza cade un silenzio di tomba.

Raccolgo tutta la dignità che mi resta. «E io non voglio conoscere la persona che osa chiamare sgualdrina sua figlia.» Esco in fretta dalla stanza, a testa alta. Jackson tiene il passo con me.

«Emma» mi chiama Anna, «per favore, torna indietro. Alexandra, per favore. Questo è il momento della famiglia.» Ha la voce soffocata, le lacrime agli occhi perché non ha mai avuto una famiglia prima della nostra, essendo un'orfana. Ha sempre detto quanto era felice di avere trovato noi, ma mi dispiace, semplicemente non posso restare nella stessa stanza con mia madre. Ho chiuso.

Jackson resta silenzioso al mio fianco.

«Mi dispiace di averti coinvolto in questo scontro in famiglia» dico.

«Mi dispiace che ci sia discordia nella tua famiglia» dice. «Ho l'impressione che sia una novità per te.»

Gesticolo violentemente. «Finché fai quello che si aspettano da te, ti vogliono bene tutti. Fai un passo fuori dai binari e diventi una puttana.»

Lui fa una smorfia.

Appena chiusi nella privacy della mia suite, vado diritta in bagno, chiudo la porta e scoppio in lacrime. Ho cercato tanto di essere fiera della nuova me stessa. Non voglio che m'importi tanto il fatto che mia madre mi abbia esclusa proprio per quello.

Sento muovere la maniglia. «Piccola, non piangere. Suoniamo la chitarra. Riversa tutto nella musica.»

Mi asciugo le lacrime, ma continuano a scendere. «Sembra che non riesca a smettere di piangere. Comincia tu a suonare.» Mi lascio cadere sul pavimento e mi abbraccio le ginocchia scossa dai singulti, strazianti, uno dopo l'altro. Una reazione ritardata al dolore, non lo so. Sto piangendo per tutto ciò che ho perso e c'è veramente tanto.

Tra un singulto e l'altro sento vibrare alcune note e a quel punto smetto di colpo. Tiro su col naso, poi prendo un fazzolettino e lo soffio. Un'occhiata allo specchio del bagno, al trucco sbavato, il naso rosso e le guance macchiate di lacrime e ricomincio a piangere di nuovo.

La porta si apre un momento dopo. Jackson deve aver scassinato la serratura. Mi fissa, con gli occhi dolci.

Io cerco di smettere di piangere, ma non ci riesco.

Mi prende in braccio, senza parlare e mi porta a letto, tira indietro le coperte e mi fa sdraiare. Io mi rannicchio sul fianco, piangendo nel cuscino. La luce si spegne e lui si sdraia dietro di me, abbracciandomi e accarezzandomi i capelli.

Alla fine, esaurisco tutte le lacrime, completamente esausta, e scivolo nel sonno, dicendomi che domani andrà meglio. È stata una giornata emotiva.

Solo che quando mi sveglio, Jackson se n'è andato.

La sua sacca e la chitarra, andate.

C'è solo un biglietto scarabocchiato, strappato da un quaderno pentagrammato. Lo leggo, con le mani che tremano.

Emma,

Sto causando più problemi di quanto io valga. Fai la pace con la tua famiglia e sii la persona che dovevi essere, una principessa. Grazie per il dono della tua musica. Continua a suonare.

Jackson.

È tutta colpa di mia madre e non la perdonerò mai.

18

———

Jackson

Sto lasciando Emma per il suo stesso bene. Il suo posto è qui, a vivere la sua vita come membro della famiglia reale e non può farlo con me. Il *mio* posto non è qui, sua madre l'ha messo bene in chiaro e tutto ciò che sto facendo è scavare un solco più profondo tra di loro. Non è come se Emma e io avessimo un futuro. Ero solo un diversivo temporaneo dalla sua vita reale.

Mi dirigo al molo con la mia roba. Il viaggio dal palazzo al molo è stato tranquillo. Per una volta, Emma ha dormito fino a tardi, dopo aver pianto tutte le sue lacrime, quindi sono potuto uscire in silenzio. Ho cercato la sua cameriera, Lina, mentre saliva a controllare Emma, preoccupata perché aveva dormito fino a tardi e lei ha trovato qualcuno che mi accompagnasse al porto.

Salgo sulla barca e apro la cabina, controllando se ci sono stati danni in mia assenza. Sembra tutto lo stesso, tranne che hanno portato fuori la spazzatura. Mi passano per la mente immagini di Emma, quando l'ho trovata che dormiva nel mio letto con quell'orribile parrucca, quando ho tentato di convincerla a scendere dalla mia barca mentre lei mi guardava con i suoi grandi occhi innocenti. Non più così innocenti adesso, grazie a me. L'ho rovinata e il meno che posso fare è starle alla larga, in modo che possa risalire al livello per cui è nata.

Appoggio la sacca e la chitarra nella stanza da letto e sbircio nel bagno. È tutto zuppo, come se ci fosse piovuto dentro. Qualcuno ha lasciato la finestra aperta. Scommetto che è stata Emma, che cercava di arieggiare il locale dopo aver vomitato l'anima, per poi dimenticarsene. In qualche modo so che ci sarà sempre qualcosa che me la ricorderà. Non avevo mai vissuto con una donna, mai passato le festività con lei e ho fatto un bel casino, no?

Vado ai comandi e metto in moto. Il livello del carburante è buono. È Natale e sto andando a casa. Non perché voglia vedere la mia famiglia o i miei compagni di band. Ho bisogno di andare allo studio per registrare tutta la musica che ho creato con Emma, prima di perderla. È più che altro nella mia testa, la sua voce d'angelo, le sue melodie, le contro-melodie e le armonie. Non posso perdere sia la musica sia lei. Non posso. Se lo farò, avrò perso la musica per sempre.

Dovrò fermarmi una notte prima di finire il viaggio ed è irritante, ma non è possibile viaggiare di notte con gli strumenti di bordo. Ormeggio nel nord della Francia e controllo per capire se posso cavarmela con i cibi in scatola che mi rimangono. Ho un sacchetto di patatine. Perfetto. Me ne ficco in bocca una manciata e cerco di riempire un bicchiere d'acqua. Il flusso diventa rapidamente un rivoletto per poi fermarsi completamente. Fisso il rubinetto asciutto. Che ca… Emma. Dev'essere stata lei. Probabilmente ha fatto scorrere l'acqua per un'assurda quantità di tempo, facendo Dio solo sa che cosa, senza rendersi conto che l'acqua dolce su una barca non è infinita. Ignora completamente il mondo reale perché è sempre vissuta da principessa. L'unico motivo per cui ha cercato uno come me è stato per avere un assaggio di come vive il resto del mondo.

Cazzo. Berrò una tequila. Quella che resta dopo che se n'è servita lei.

Finisco le patatine e il rimasuglio di tequila e poi mi siedo e fisso il vuoto, intorpidito, vuoto, senza nemmeno una nota in testa. Sono distrutto. Porca miseria.

Crollo sul letto. Buon Natale a me.

Emma

Sono completamente intorpidita. La brusca partenza di Jackson mi ha disorientata e poi mi sono rinchiusa in me stessa, senza riuscire a gestire un altro sconvolgimento. Sono riuscita a superare il Natale, cercando di essere il più piacevole possibile per la mia famiglia, anche se non sono riuscita nemmeno a sorridere educatamente. Mia madre e io siamo riuscite a convivere. E per convivere intendo dire che lei ha finto che non esista e io ho fatto lo stesso. Perché concentrarsi su una causa persa? Ho passato la maggior parte del giorno di Natale ad ascoltare le zie materne blaterare di me quand'ero bambina.

Ora è il giorno dopo Natale e devo andare. Non so dove. So solo che non posso restare qui. Mi sento inutile nel nuovo ordine della vita di palazzo. Preparo una valigia con i miei nuovi vestiti. Non posso tornare in Italia, piena di ricordi di Jackson. Forse andrò negli Stati Uniti a trovare Silvia e suo marito. Mi aveva chiesto di andare a trovarla.

Penso se sia il caso che porti la chitarra e decido di no. È troppo presto. Non farebbe altro che ricordarmi Jackson. La sua voce roca, il calore dei suoi occhi, le sue dita sulle mie che mi guidano alle note giuste. All'inizio ho dato la colpa della brusca partenza di Jackson alla scortesia di mia madre nei suoi confronti, poi al litigio che avevo avuto con lei, che l'aveva fatto scappare. È a quello che si riferiva il biglietto, ma forse si trattava semplicemente e freddamente del fatto che voleva i miei soldi. Ha avuto l'anello di diamanti e non c'era altro che voleva da me. O forse erano tutte quelle cose messe insieme. Non ho modo di saperlo, visto che se n'è andato senza salutare. Il bastardo. Tutto ciò che mi resta è quello stupido biglietto. Non so dove vive. Non ho il suo numero di telefono. Pensavo che avremmo avuto più tempo per decidere del nostro futuro.

Guardo fuori dalla finestra, fissando il mare. Probabilmente è sulla sua barca, da qualche parte, nella sua vacanza in solitario che avevo interrotto. Sono stata solo un inconveniente che non tollerava più. La disperazione più nera mi penetra in ogni cellula del corpo, lasciandomi completamente svuotata. Entra in gioco l'abitudine di una vita intera a mantenere un contegno e mi obbligo ad affrontare i fatti. Sono io, con o senza di lui. Forse scoprirò altre cose interessanti su me stessa. Farò esperienze nuove da sola. Continuerò a cantare. Forse prenderò lezioni di piano invece che di chitarra.

Un piede davanti l'altro.

Continuando a camminare.

Prendo il telefono per mandare un messaggio a Silvia quando sento bussare alla porta della stanza. Il cuore accelera e i nervi vibrano, le farfalle nello stomaco si risvegliano. Forse è Jackson. Forse è tornato. «Avanti.»

Si apre la porta, è Lina, e mi cadono le spalle per la delusione. Ridicolo. *Smettila di immaginare che si sia improvvisamente reso conto del suo errore e sia tornato di corsa da te.*

Lina china la testa e fa una breve riverenza. «Altezza, la regina richiede la sua presenza nel suo salotto, subito.»

La mente corre ad Anna e alla sua gravidanza. «Sta bene?»

«Credo di sì, signora.»

Sospiro di sollievo. «Arriverò fra un momento.»

«Dice che è urgente, signora.»

Vado alla porta, con il cuore in gola. Forse c'è un problema con il bambino. Potrebbe non averlo confidato ai servitori. Corro di sopra, nella suite di Anna e Gabriel, pregando che non sia ciò che temo.

Mi fanno entrare in fretta e mi fermo di colpo.

Mia madre e Anna sono sedute in salotto, a un tavolo rotondo apparecchiato per il tè. Mi accorgo immediatamente che è una trappola. Peggio ancora, intuisco che abbiano fatto fronte comune e che sono io quella fuori posto.

«Che cosa significa?» chiedo.

Anna sorride. «Siediti.»

Incrocio le braccia, rifiutandomi di guardare mia madre. «Lei non mi vuole qui.»

«Io ti voglio qui» dice Anna in un tono insolitamente

severo. «Ora per favore siediti prima che ti trascini per i capelli.» Sorride garbatamente.

La squadro. È più alta di me e non voglio veramente dover usare delle mosse difensive contro mia cognata incinta. Obbedisco, sedendomi di fianco ad Anna. «Arriverà qualcun altro?»

«Solo noi» dice Anna allegramente. «Ora ci godremo il tè e poi sistemeremo le cose.» Fa un cenno alla cameriera, che versa immediatamente il tè per noi. Anna la ringrazia e la congeda.

«Davvero, Anna, non è assolutamente necessario» dice mia madre. «Non c'è niente da sistemare.»

Anna la guarda socchiudendo gli occhi. «Non cominciare nemmeno a fingere che non ci sia niente che non va tra te ed Emma. Volevo già sistemare le cose ieri ma ho dovuto aspettare perché Emma stava già cercando di superare il brutto colpo della brusca partenza di Jackson.»

«È una liberazione, secondo me» dice mia madre, guardandosi le unghie.

Stringo i pugni. Così indifferente al mio dolore. Le è mai importato dei miei sentimenti?

«Con tutto il dovuto rispetto» dice Anna a mia madre, «ciò che hai detto era incredibilmente scortese. Emma adora quell'uomo e non devi essere così fredda al riguardo.»

Grazie Anna! Mi rilasso un po', sapendo che è dalla mia parte.

«Forse dovrei andarmene» dice mia madre, alzandosi.

Mi alzo anch'io. «Non c'è nient'altro da dire. Andrò a trovare Silvia.»

«Nessuno va da nessuna parte!» sbraita Anna. «Ora riportate il culo sulle sedie. Ed era un ordine della vostra regina!»

Io mi siedo in fretta, non voglio far arrabbiare una donna incinta. Si siede anche mia madre, seppure più lentamente. È abituata a comandare, non a obbedire. Era la regina prima di Anna, dopo tutto.

Anna prende la mia mano e quella di mia madre. «Mi dispiace di aver dovuto far valere il mio rango, ma siete la mia famiglia adesso.» Le si riempiono gli occhi di lacrime e fa crollare il muro che ho eretto a mia difesa, facendo piangere anche me. Lei mi stringe la mano e mi dà un'occhiata piena di affetto. «Ascoltate, noi donne Rourke dobbiamo restare unite, okay?»

Io annuisco.

Lei si volta verso mia madre, che fa un breve cenno con la testa prima di distogliere gli occhi.

Anna lascia andare le nostre mani e si raddrizza. «Ora, Alexandra, devi delle scuse a Emma per non aver accettato la nuova lei, più sicura di sé, tra le altre cose. È tua figlia e ha fatto il suo dovere per tutta la sua vita; non merita di essere ignorata.»

Mia madre mi guarda negli occhi per la prima volta in due interi giorni. «Mi dispiace di averti ignorato.»

Stringo i denti, ringoiando le parole dure che vorrei dire. Le sue scuse sono poco convinte e incomplete.

«E?» Anna la invita a continuare.

Mia madre si rivolge a lei. «È cambiata, non puoi aspettarti che accetti questa…» mi indica agitando una mano «…fase. Si veste in modo completamente inappropriato per una donna della sua condizione sociale. È a causa di quella rockstar depravata.»

Indosso un completo a colori vivaci, per tirarmi un po' su, una blusa rossa a pois bianchi, pantaloni neri e stivali neri a tacco alto. Non è un abbigliamento inappropriato né depravato. È normale e adatto a una donna della mia età. Non mi interessa la mia "condizione sociale". Non tornerò mai più ai completi pastello adatti solo a donne più anziane.

Prima che possa dire una qualunque di quelle cose, Anna dice la sua, sorridendo gentilmente a mia madre. «Riprova, mia cara suocera. So che puoi fare di meglio. È vestita in modo completamente giusto. E Jackson è una brava persona. Non giudicarlo perché assomiglia più a un rocchettaro che a un principe impettito.»

Mia madre storce il naso. «La brava gente non se ne va all'improvviso senza salutare i suoi ospiti.»

Anna le rivolge un'occhiata fulminante. Del tipo in cui mia madre eccelle. «Non usciremo da questa stanza finché le cose tra te ed Emma non saranno sistemate. Ho un annuncio importante da fare quando questa faccenda sarà conclusa.»

Ci voltiamo entrambe a guardarle, incuriosite. Riguarda il bambino? Maschio o femmina? O sono due gemelli? O sono notizie che riguardano la day-spa o degli ospiti favolosi per la suite fantasia reale? Anna ha tantissimi progetti interessanti in corso.

«Finalmente ho attirato la vostra attenzione» dice Anna compiaciuta, prendendo uno scone ai mirtilli. «Adesso prova di nuovo.»

La mamma arriccia le labbra. «Emma, potrei aver giudicato troppo in fretta il tuo amico.»

Io non dico niente. Non erano delle scuse e non ha parlato del fatto che non sono più la vecchia, impettita Emma. Che ho rivendicato il mio io, un io perfettamente appropriato. Non certo da sgualdrina.

Anna mastica con vigore il suo scone e beve rumorosamente il tè. Mia madre fa una smorfia e cerca di nasconderla avvicinando la tazza alla bocca.

Passano secondi di tensione, l'unico rumore è Anna che mangia e beve rumorosamente. Sospetto che lo stia facendo per irritare mia madre. Non riesco a ricordare che lo abbia mai fatto durante i pasti.

Mia madre rabbrividisce al costante risucchio e finalmente si decide a parlare. «Emma, accetto le tue scuse per aver lasciato Abdul. È stata la cosa giusta, anche se...» Annuisce una volta. «Sono solo lieta che... beh, è fatta. Ci daremo da fare per ristabilire il buon nome della nostra famiglia.»

La guardo negli occhi, mi pare che sia un buon inizio, ma...

Mia madre torna al suo tè.

Grazie al cielo Anna smette di fare quel rumore disgustoso e dice "sgualdrina" come se fosse un colpo di tosse, cosa non facile.

Mia madre chiude gli occhi per un momento, poi contempla il suo tè. «Avevo torto quando ho definito da sgualdrina il tuo vestito e *cercherò* di accettare i cambiamenti che ho visto in te.» Alza finalmente gli occhi e mi guarda. «Sei una donna adulta adesso, single, che vuol farsi strada nel mondo a modo suo, quindi dovevo aspettarmelo.»

Assomigliano a scuse più di quanto mi aspettassi da lei.

Anna si volta verso di me, speranzosa.

Cerco di sembrare educata. «Grazie, mamma. Spero che un giorno saremo in grado di conoscerci come due donne adulte che trovano la loro strada nel mondo.» Ripeto a pappagallo le sue parole perché sono stanca di chiedere scusa per aver esplorato quella che sono ed essere cambiata in un modo che mi piace veramente. Anche se mi viene in mente che la perdita dello stretto legame che avevo sempre condiviso con mia madre è stato ciò che mi ha finalmente spinto a lasciare Abdul e a cercare una nuova vita. In qualche bizzarro modo, il suo distacco mi ha aiutato a rompere i ponti con la vecchia vita. Vorrei quasi ringraziarla, ma non credo che prenderebbe la cosa dal verso giusto.

Mia madre inclina lievemente la testa rivolta a me.

«Meraviglioso!» esclama Anna, sbattendo il palmo di una mano sul tavolo. «Riesco a sentire le nuvole che si alzano. Oh, cavolo. Scusatemi!» Corre dal salotto verso la camera e, spero, il bagno perché la sento vomitare attraverso la porta aperta.

Mia madre rabbrividisce.

Io fisso il tavolo, chiedendomi se sarebbe lo stesso per me, quando, un giorno, fossi incinta, o se forse, come mia madre, non soffrirei di nausee mattutine. Altre fantasie campate in aria. Sono single e finalmente, veramente libera per la prima volta in vita mia. Devo concentrarmi su quello, per quanto desideri che le cose siano diverse. Nonostante quanto mi manchi Jackson.

Anna ritorna qualche minuto dopo e si siede. «Scusate. Va e viene in modo totalmente imprevedibile, cosa che mi porta al mio annuncio. Vorrei veramente che voi due foste più coinvolte nella day-spa e la linea di prodotti di bellezza naturali. Non sto funzionando al massimo, lo avete visto, e c'è un sacco di lavoro da fare. Gabriel vorrebbe aiutare, ma, diciamocelo, solo noi donne capiamo che cosa serve in una linea di prodotti di bellezza che sarà destinata prevalentemente alla clientela femminile. Quindi, per prima cosa, ho bisogno di aiuto per la ricerca. Ho bisogno che troviate i migliori prodotti naturali sul mercato. Poi ho bisogno che capiate se è meglio ottenere una licenza per dei prodotti esistenti, da etichettare con il nostro marchio e produrre con ingredienti locali, oppure cominciare da zero assumendo qualcuno che possa creare formule uniche. E…» dice alzando un dito, «… qui c'è la parte che vi piacerà veramente. Ho bisogno che visitiate delle day-spa in Europa in modo da sapere che tipo di servizi si aspetterà la clientela, per poi salire di un gradino.» Si sbatte la mano sulla bocca per un momento e poi fa un respiro profondo. «Falso allarme sul fronte vomito. Voi due sarete la mia fidata squadra qui in Europa. Silvia farà qualche ricerca negli Stati Uniti. Io non posso viaggiare molto finché non avrò smesso di rigettare l'erede.» Sorride, si massaggia lo stomaco e continua a parlare. «Sto scherzando. Tu resti proprio qui.» Guarda me e poi mia madre. «Quando mi sentirò meglio, rientrerò nel vivo delle cose.»

Ci afferra le mani e china la testa verso i me. Io prendo l'altra mano di mia madre e formiamo un circolo.

Anna si china in avanti, parlando fiera. «Più forti insieme. Le donne Rourke unite per una causa, per il futuro di Villroy, la nostra tradizione.»

Mia madre sospira piano.

«Sì» mormoro, con il cuore che vola alto. Di colpo vedo qual è il mio posto nel nuovo stile di vita qui a palazzo. Anna ha ragione. Solo noi donne Rourke sappiamo che cosa serve per una day-spa, ed *è* il futuro del nostro regno, la chiave per salvare la nostra economia zoppicante. «Sarò felice di fare tutto ciò che serve. Puoi contare su di me.»

«Sìììì!» esclama Anna, lasciandomi andare la mano e abbracciandomi. Poi si stacca e si volta verso mia madre. «Alexandra?»

«Mio Dio» dice mia madre, «sei veramente una di noi.» Si asciuga gli occhi. Deve essere veramente commossa perché di solito il suo controllo sulle emozioni è ferreo. «So-sono sopraffatta.»

«Oh, ti voglio bene» dice Anna, abbracciandola.

La mamma crolla e si mette a piangere sulla spalla di

Anna. Sono paralizzata dallo shock. Mia madre non è crollata nemmeno al funerale di mio padre. Poi si stacca da Anna, spingendola via qualche minuto dopo, dicendo: «Non preoccuparti per me.» Sospira piano e raddrizza le spalle. «Sì, mi piacerebbe aiutarti in questa lodevole causa. E so che anche Emma sarà un aiuto prezioso, se non le dispiacerà lavorare con me.» Si volta verso di me, con il labbro inferiore che trema e gli occhi ancora lucidi per il recente pianto.

Ora sto piangendo io. «Ovviamente lavorerò con te. Mi sei mancata tanto.»

«Beh, caspita» dice Anna, anche lei con gli occhi lucidi. «Se avessi saputo che tutto quello che ci voleva per riportare Alexandra tra i vivi era restare incinta, avrei obbligato Gabriel a darsi da fare prima.»

«Anna» la rimprovera dolcemente mia madre.

«Ah! Stavo solo scherzando» dice Anna facendo l'occhiolino. «Ha tentato ogni volta che poteva. Quell'uomo è pazzo di me.»

La mamma stringe le labbra, un po' rigida. «Possiamo parlare della linea di prodotti di bellezza adesso?»

Anna prende un grosso raccoglitore bianco da sotto il tavolo. «D'accordo, signore, mettiamoci al lavoro.»

Scambio un sorriso con mia madre, sentendomi in pace. Conosco il mio posto e so quanto sono importante per la causa. Imparerò ad amare questa nuova vita e, prima o poi, imparerò anche a vivere senza Jackson.

19

Emma

È la vigilia di capodanno e non riesco a togliermi di dosso la tristezza. So che c'è tanto che mi aspetta nell'anno che verrà. Ho un lavoro importante, aiutare Anna con la nuova impresa; per molti versi è un lavoro divertente. Ho la musica e una nuova intimità con Anna e mia madre. Spero che anche Silvia si unisca a noi per alcune visite nelle spa in Europa, usando i suoi giorni di ferie.

È quieto qui nel salotto privato, la TV a basso volume mostra i festeggiamenti per il nuovo anno intorno al mondo. I miei fratelli stanno festeggiando chissà dove, quindi siamo solo Gabriel, Anna, mia madre e io. Sono seduta su un lungo divano di pelle bordeaux accanto a Gabriel e Anna. La mamma è seduta su una sedia dallo schienale alto accanto a noi. Per rispetto nei confronti della gravidanza di Anna, stiamo tutti bevendo acqua frizzante.

«Nessuno suona mai il piano nel solarium» dico, pensando alla mia nuova passione per la musica. «Forse dovremmo spostarlo qui.» Il solarium è una stanza formale, praticamente vuota, che ospitava gli intrattenimenti serali ai vecchi tempi, prima di tutte le forme di intrattenimento disponibili adesso.

«Non lo suona nessuno» dice Gabriel.

«Una volta io lo suonavo» dice mia madre.

È una novità per me. «Davvero? Perché hai smesso?»

Lei alza una spalla. «Immagino sia perché ero troppo occupata con i miei doveri da regina e con tutti voi. Sette figli che correvano in giro per il palazzo richiedevano tutta la mia attenzione e la mia energia. Mi sembrava che prendermi tempo per me fosse egoistico, quando ero necessaria per cose più importanti.» Solo che ora non è più la regina e tutti noi figli siamo cresciuti.

«Dovresti ricominciare a suonare» le dico. «Avevi preso delle lezioni?»

«Da bambina» dice, agitando una mano con indifferenza. «Sono così arrugginita che sarebbe come cominciare tutto daccapo.»

«Dovremmo imparare entrambe» dico. «Sposteremo il piano in questa stanza più accogliente e troveremo un insegnante.»

«E poi potranno fare un concerto per noi!» esclama Anna.

«Oh, no» diciamo simultaneamente la mamma e io. Immagino che siamo entrambe piuttosto schive quando si tratta di mostrare le nostre capacità. Ci scambiamo un sorriso.

La porta si apre ed entra il nostro maggiordomo, Nolan. «Mi scusi per l'interruzione, Maestà. C'è il signor Jackson Walker e chiede di vedere la principessa Emma.» Si rivolge a me. «Devo farlo entrare, Altezza?»

Con il cuore in gola, non riesco a parlare, quindi mi limito ad annuire. Appena Nolan esce, chiedo ad Anna: «Come sto?»

Lei si bacia la punta delle dita. «Perfetta.»

Mi liscio i capelli, portandoli dietro le orecchie. «Davvero?» Non sono truccata e indosso un caldo maglione di lana avorio con dei leggings neri. Il completo è un regalo di Natale di Anna, che mi sta incoraggiando a vestirmi in modo più casual quando siamo in casa, per stare più comoda. È stata un'esperienza voluttuosa.

Anna sogghigna. «Io me la farei» dice rivolta a Gabriel, che scoppia in una risata. Mia madre fa una smorfia. La sfacciataggine di Anna è impossibile da frenare. Penso sia ciò che ama di lei mio fratello. Io mi sto ancora abituando.

Mi alzo e liscio il maglione, poi mi siedo di nuovo. Metto le mani in grembo e poi le unisco, ma sembro in posa e perfettina. Alzo le mani. «Non so che cosa fare con le mani.»

«Ohh» dice Anna, mettendomi un braccio intorno alle spalle e dandomi una stretta. «Sei così dolce.» Mi lascia andare e mi fissa negli occhi. «Rilassati. Fingi di essere calma. Ascolta quello che ha da dire e vediamo come va.»

«Dovremmo andarcene?» chiede Gabriel.

Mia madre sbuffa. «Perché dovremmo sconvolgere la nostra sera per un ospite non invitato?»

Oh Dio. Adesso riesco a immaginarlo. Mia madre testimone di un discorso penosamente emotivo con Jackson. Il bastardo che se n'è andato senza salutare. Solo quello stupido biglietto. Dovrei bruciarlo, quel biglietto. Forse dovrei andare nel foyer. Potrebbe diventare penoso davanti alla mia famiglia. Inoltre, perché è qui? Che cosa significa?

Mi alzo e vado verso la porta del salotto proprio mentre si apre davanti all'uomo che mi ha rubato il cuore. I suoi lineamenti familiari invadono i miei sogni, e adesso è qui, nella realtà. Guardo i suoi capelli biondo scuro, tagliati corti ai lati, i suoi stanchi occhi azzurri, l'espressione tirata, la barba arruffata, la giacca di pelle. Ha in mano la custodia della chitarra.

«Emma.» La sua voce roca mi graffia i nervi scoperti.

Alzo la testa. «Che cosa ci fai qui?»

«Ti ho scritto una canzone.»

«Mi hai *lasciato*.» Odio sentire la mia voce che trema.

«È stato un errore. Mi dispiace… posso suonarla per te, per favore? È tutto nella canzone, tutto ciò che voglio dirti.»

«Sentiamola!» grida Anna dall'altra parte della stanza. Abbassano completamente il volume della TV.

Jackson mi guarda negli occhi, chiedendomi il permesso.

Mi dico di tenere duro. «Se vuoi.»

Jackson prende la chitarra, collega la cinghia e se la passa sopra la spalla, suonando alcune note. È in piedi davanti a me, con il cuore negli occhi e sento già che mi sto sciogliendo. Sono troppo arrendevole. Mi ha ferito profondamente.

E poi lui comincia a suonare con la sua voce profonda, una ballata scritta solo per me.

«Sono fuggito da te e sono stato un pazzo
Come si può fuggire della propria anima?
Il mio cuore è restato con te
Ho bisogno di essere intero
Ho bisogno della mia Emma
La mia dea della musica
La mia Emma
La mia musa, la mia vita
Sarò il tuo padre di famiglia
Emma, mia Emma.
Vuoi sposarmi?»

Le ultime note suonano pure e sincere e io sono paralizzata.

Il suo sguardo cerca il mio.

Non riesco a credere alle mie orecchie. Ho il cuore che sbatte contro la gabbia toracica, il polso che galoppa. «Cosa?» chiedo stupidamente come se sentire di nuovo la sua domanda potrebbe di colpo avere un senso per me.

Jackson si toglie la chitarra, mettendola nella sua custodia e poi si mette in ginocchio davanti a me. «Emma, vuoi sposarmi?»

Ho la bocca asciutta. Me l'ha chiesto di nuovo. Sto faticando a capire. «Mi hai lasciato e ora vuoi sposarmi?»

Lui mi prende una mano. «Pensavo che saresti stata meglio senza me a incasinare le cose. Ma, Emma, ti amo e non riesco a voltare le spalle a *noi*. Quest'ultima settimana è stata straziante. Maledettamente orribile. Non credevo di poter unire la mia vita con qualcuno, ma tu sei diversa, così speciale. So che non troverei mai un'alta donna come te. Voglio tutto con te, il matrimonio, i figli, la musica che scriveremo e suoneremo e canteremo insieme per il resto delle nostre vite.»

Lo fisso, ammutolita.

Jackson si alza agilmente in piedi e mi guarda negli occhi. «Ti amo.» La sua voce si spezza. «È stato un inferno.

Tutto mi ricordava te, la mia chitarra, la barca, perfino la mia stupida giacca di pelle, perché l'hai indossata tu una volta. Non riesco a dormire di notte. Sono disperato senza di te.»

Una parte di me è soddisfatta che sia disperato, anche se è stata colpa sua. L'altra parte è piena di speranza. «Non avresti dovuto andartene, specialmente senza salutare.»

«Pensavo di peggiorare le cose tra te e tua madre. Pensavo che il tuo posto fosse qui, ma non il mio, ma siamo fatti per stare insieme, non importa dove. Giuro sulla mia vita che non ti lascerò più. Ti amo più di quanto ami la musica, più di me stesso. Non ho mai pensato che mi sarei sentito così per qualcuno.»

Mi sento leggera, come se stessi galleggiando, una sensazione che ho provato solo con Jackson e con la musica, per sempre intrecciati insieme per me. «Giura sulla tua chitarra che non sparirai di nuovo.»

Lui prende la chitarra dalla custodia e me la porge. «È tua. Tutto ciò che ho è tuo.»

Rimetto con cura la chitarra nella custodia, evitando di guardarlo negli occhi quando gli chiedo la cosa che mi tormenta. «E l'anello di diamanti? Me lo ridaresti?»

«Mmm…»

Mi obbligo a dar voce alla mia paura. «Se non facessi parte di una famiglia reale e non avessi soldi, mi vorresti comunque?»

Lui si avvicina. «Sì. Ma non posso ridarti l'anello. Mi è servito per istituire un fondo fiduciario per il figlio di Charlie. Ha solo quattro anni. Emma, l'aveva chiamato come me, Jack.» ha la voce soffocata, gli occhi lucidi. «Voglio assicurarmi che abbia una chance di fare una vita serena, lezioni di musica, tutori, qualunque cosa gli serva.»

Mi sento le ginocchia molli. Non mi stava usando, per niente. Stava preoccupandosi di un bambino che aveva perso il padre troppo presto. Come potrei non amare quest'uomo?

Jackson mi prende entrambe le mani. «Ti è sembrato che una qualunque parte della canzone andasse bene?»

«Sì.»

Un angolo della sua bocca si alza in un mezzo, tenere, sorriso. «Quale parte?»

Lo afferro e lo abbraccio stretto, e tutto il mio corpo si rilassa tra le sue braccia, avvolta dal suo calore, dal suo odore, dal suo amore. «Tutto. Sì a tutto.»

Jackson mi appoggia la mano sulla guancia e mi bacia dolcemente prima di stringermi forte. «Ti amo, Emma.»

«Ti amo anch'io.»

«Voglio che scelga tu l'anello di fidanzamento, questa volta» mi sussurra all'orecchio. «Tutto esattamente secondo il *tuo* stile.»

Non riesco a smettere di sorridere. Jackson ha sostenuto in tutto e per tutto i miei sforzi per esplorare nuovi interessi e scoprire il mio stile personale.

«Congratulazioni!» esclama Anna, correndo da noi. Abbraccia me e poi lui, sorridendoci felice. «Sono così contenta per voi due!»

«Grazie!» dico, lieta che sia contenta almeno lei. Do un'occhiata a mia madre e a Gabriel. Mio fratello sorride. «Congratulazioni, Emma.» Rivolge un breve cenno della testa a Jackson. «Jackson.» È il modo di fare di Gabriel. Non è il tipo da esagerare con l'entusiasmo come Anna.

Anna torna al suo posto accanto a Gabriel. Mia madre resta in silenzio.

Prendo la mano di Jackson e gli confido sottovoce. «Ho fatto pace con mia madre. Non eri tu la causa del nostro disaccordo. Le ragioni erano molto più profonde. La prossima volta dovresti parlarmi di ciò che ti preoccupa.»

Lui mi solleva la mano, mi sfiora le nocche con un bacio, con gli occhi azzurri fissi nei miei. «Sono vergine in fatto di relazioni. Sii gentile con me, amore mio. Cercherò di mettermi alla pari.»

Arrossisco, pensando come mi ha aiutato a mettermi alla pari nel più sexy dei modi. «Sono una novizia anch'io. Capiremo cosa fare, purché stiamo insieme. Vieni, voglio che saluti mia madre. Si deve abituare a noi. Assicurati di chinare la testa e usare l'appellativo giusto.»

Lui intreccia le dita con le mie, mormorando. «Capito.» Lo

porto da mia madre.

«Buonasera, Altezza» dice Jackson, chinando la testa. «Spero che riusciremo a conoscerci un po' meglio. Sarò buono con Emma.»

Non posso fare a meno di sorridere.

La mamma non sta sorridendo. «Dove vivrete?»

«Ho una casa a Londra» dice Jackson.

Mi volto verso di lui. «In effetti ho parecchio lavoro da fare qui. Sto aiutando Anna con la nuova day-spa e la linea di prodotti di bellezza.»

«È un lavoro importante» aggiunge mia madre, tenendo d'occhio Jackson per vedere come reagirà.

«Affitterò un cottage nelle vicinanze» dice Jackson. «Qualunque cosa voglia Emma.»

«Allora non mi metterò in mezzo» dice mia madre. «Congratulazione a entrambi.» Si alza. «Buona notte a tutti.»

Anna afferra la mano di Gabriel. «Vi lasciamo un po' soli.»

Escono tutti e tre, conversando a bassa voce. Probabilmente sbalorditi per il colpo di scena come lo sono io.

Jackson mi tira per la mano verso il divano. Mi sorride. «Non riesco a credere che mi abbia perdonato così in fretta. Ero pronto a una lunga e dura battaglia per riconquistarti.»

«Sono sorpresa di aver resistito così tanto. Avrei voluto riprenderti appena ti ho visto. Mi sei mancato terribilmente.»

Jackson mi passa un braccio intorno alle spalle e mi tira vicino. «Le mie emozioni erano così vive e non riuscivo a incanalarle nella musica, finché non ho scritto la canzone per te. Eri il pezzo mancante per farmi tornare completo.»

«Oh, Jackson.» Mi bruciano gli occhi per le lacrime. È un poeta sotto quella scorza ruvida. «Mi stai uccidendo con tutte queste emozioni. Non ci sono abituata e non sono brava come te con le parole.»

Lui mi alza il mento e mi bacia. «Non devi essere *come* me. Solo *con* me. È tutto ciò di cui ho bisogno.»

«Okay, sussurro.» E poi mi bacia e non ci sono più parole solo amore e desiderio e la sensazione che tutto sia giusto che arriva fino all'osso. La sua mano sale fino alla mia gola, poi giù lungo i fianchi e poi mi solleva e mi fa sedere a cavalcioni sulle sue gambe. Il bacio diventa carnale, le mani si infilano sotto il maglione ad accarezzarmi il seno, a pizzicare i capezzoli. Mi sfugge un gemito.

Jackson interrompe il bacio, respirando forte. «Andiamo da qualche parte più in privato, sì?»

Scendo dalle sue gambe e gli prendo la mano, andando con lui verso il corridoio. «Mi piacerebbe che vivessi qui a palazzo con me. È il posto migliore per fare il mio lavoro e possiamo installare uno studio per te nel solarium.»

Lui si ferma. «Mi sento strano qui, come se stessi sconfinando. I miei, qui, avrebbero fatto parte della servitù.»

Lo guardo negli occhi e gli dico tranquillamente. «E io sono sicura che mi sentirei strana nella prima fila ai tuoi concerti, mentre le donne urlano il tuo nome, ma è così che si fa in una relazione seria. Tu accetti le stranezze nella mia vita e io le tue.»

Jackson stringe le labbra, con gli occhi azzurri che brillano divertiti. «Le tue stranezze sono più strane.»

Alzo il mento. «Questo resta da vedere.»

Mi prende il volto con entrambe le mani. «Sai quando hai detto che mi avresti ripreso appena mi hai visto?»

«Sì.»

«Io avrei fatto di tutto per tenerti nella mia vita. Quindi pare che io sia facile quanto te.»

Non riesco a fare a meno di sorridere. «Aspetta. Vuoi dire che sono facile nel senso di scostumata come una sgualdrina?» Fingo un minimo di indignazione nella mia voce perché l'idea *mi piace*.

Le sue parole scivolano calde sulle mie labbra. «È esattamente ciò che volevo dire, tesoro. Sono un uomo fortunato.»

«Ricordalo sempre.»

Lui mi bacia con tenerezza. «Come faccio a dimenticarlo quando i tuoi occhi diventano sfocati per il desiderio tutte le volte che mi guardi?»

Gli metto le braccia intorno al collo e lo bacio, appassionatamente. E poi gli prendo la mano e lo porto all'interno del palazzo, nell'intimità della mia stanza, dove ho in programma di tenerlo per il prossimo futuro.

EPILOGO

Tre mesi dopo

Emma

La mia eccitazione è alle stelle in questo meraviglioso giorno di primavera così pieno di promesse e di potenziale. È il primo di aprile e stiamo per posare la prima pietra della day-spa. La band di Jackson, gli Ignite, è qui per suonare dopo il taglio del nastro. Ed è arrivata un'enorme quantità di gente per sentirli suonare; molti di loro futuri clienti della spa. Non mi preoccupo per le sue molte fan perché la mia fiducia in Jackson è assoluta. In effetti non è difficile. Mi dimostra il suo amore ogni volta che mi guarda, ogni volta che la sua voce roca canta per me, ogni volta che mi tocca. Come dice Anna, quell'uomo è pazzo di me.

Viviamo a palazzo, nella mia suite e Jackson si sente poco per volta più a suo agio. I miei fratelli vanno e vengono, ma, quando sono a casa, adorano passare il tempo con lui. Gabriel e Anna lo hanno accettato come se facesse parte della famiglia, anche se mancano ancora un paio di mesi al nostro matrimonio, e mia madre ha cominciato ad accettarlo, dato che Jackson ha dimostrato di volersi impegnare, vivendo dove gli ho chiesto di stare, componendo una canzone dopo l'altra su di me e sul nostro amore e trattandola con rispetto.

Inoltre è palese quanto mi faccia felice. Ho una canzone nel cuore e il passo leggero. Jackson sta facendo costruire una casa per noi nella vicina Francia. È privata e nascosta, proprio come la villa in Italia dove ci siamo innamorati, ed avrà uno studio di registrazione.

Ora che lo stadio delle ricerche è stato completato e Anna si sente meglio, dopo la fine delle nausee mattutine, la squadra Rourke darà un'accelerata alla fabbricazione locale della nuova linea di prodotti di bellezza, coinvolgendo l'industria della pesca. Molti dei cosmetici conterranno ingrediente locali, incluso l'olio di pesce, le alghe, le spugne e il sale marino. Nel frattempo, Anna sta accettando le prenotazioni per le settimane tra amiche e gli sposini in luna di miele nella suite fantasia reale. Fa pagare cifre esorbitanti per quel privilegio.

«Emma! Vieni, è ora!» urla allegramente Anna, indicandomi di unirmi a lei davanti al grosso nastro rosso di fronte al cantiere della futura day-spa. È nella parte est dell'isola, quella più vicina alla Francia. Anna ha in programma di far costruire un molo, reindirizzando qui il traghetto per i visitatori. Il porto nella parte sud dell'isola sarà usato solo per la pesca e l'industria cosmetica.

Riesco a malapena a non fare una smorfia quando Anna strilla. La fa mia madre per me. È solo che adesso Anna è la regina e dovrebbe contenere il volume. C'è la stampa, insieme al pubblico. Gabriel si limita a sorridere, gli piace l'entusiasmo naturale di sua moglie. È talmente cotto di lei da essere ridicolo. Conosco bene la sensazione di essere follemente innamorata.

Vado da Anna, con mia madre al mio fianco. Mia madre è vestita con un abito di seta azzurro chiaro, a fiori rossi e blu. Dopo tutte le visite alle day-spa che abbiamo fatto insieme, e tutti i trattamenti di bellezza che abbiamo provato, mia madre sembra più giovane e più vibrante di quanto ricordi. Ha ricevuto la sua bella parte di complimenti nelle spa e molte estetiste hanno commentato favorevolmente la sua carnagione impeccabile e il suo aspetto giovanile; alcune sono arrivate addirittura a dire che avremmo potuto essere sorelle. Non arriverei fino a quel punto. Ovviamente non ha creduto per un attimo all'adulazione, ma penso che abbia rafforzato la sua sicurezza, insieme al fatto di avere uno scopo, grazie al nostro lavoro. Ha cinquantaquattro anni, e una nuova vitalità e più energia di quanto ricordi. Forse anche lei doveva trovare il suo posto nel nuovo ordine di palazzo. Ovviamente le manca ancora mio padre, manca a tutti noi, e lo menziona spesso, ma è più con affetto che con il dolore acuto del primo lutto.

Anna sorride radiosa e abbraccia entrambe. «Ah! È tutto così eccitante!» È incinta di cinque mesi e risplende di salute. «Metteremo tutte una mano sulle forbici per la fotografia. Voglio che tutti sappiano che sono state le donne Rourke a far decollare il progetto.»

«Dovrebbe esserci Gabriel nella fotografia» dice categoricamente mia madre. «È il re e questo è un evento per il regno.»

«Ovviamente!» Anna gli fa segno di avvicinarsi. «Dietro a ogni donna di successo c'è un uomo in gamba.»

Soffoco una risata. Sono sicura che Gabriel invertirebbe i termini.

Un servitore porta un paio di forbici gigantesche con l'impugnatura nera. Sono comiche tanto sono grandi, ma immagino che saranno perfette nella fotografia. Ci allineiamo, Gabriel dietro ad Anna, poi mia madre davanti a lei e io davanti a tutti. In ordine di altezza.

I reporter si spintonano per trovare posto, con tutte le macchine fotografiche puntate su di noi.

Qualcuno passa un microfono ad Anna. «Posso avere la vostra attenzione, per favore» dice e aspetta che ci sia silenzio. «In questo memorabile giorno di primavera, un tempo di nuovo inizi, sono fiera di annunciare l'inizio dei lavori per la tanto attesa day-spa di Villroy.»

Tra la folla scoppia un applauso.

Anna continua. «Non sarebbe stato possibile senza il duro e coscienzioso lavoro della principessa Alexandra, della principessa Emma e della principessa Silvia. Facciamo loro un applauso.» Silvia non c'è, ma è bello che Anna abbia riconosciuto il suo contributo.

Altri applausi e il fischio di Jackson che si eleva sopra a tutti. Gli sorrido; è sul palco con la sua band. Lui mi indica e mima con le labbra: «Sei speciale!»

Sorrido. Lui dichiara che sono rock 'n roll con le mie ballate, anche se io penso che sia lui che le porta a quel livello. È un musicista straordinario. Da quando lo conosco, l'ho visto raggiungere nuovi traguardi. Il suo fuoco è tornato, quella passione profonda per la musica.

Anna passa il microfono a Gabriel. Risuona la sua voce profonda, piena di autorità. «In rappresentanza del regno di Villroy, do ufficialmente l'inizio ai lavori per la Island Bliss Spa. E vi vogliamo tutti qui per la grande apertura in giugno!»

Abbassiamo le forbici, tagliando a metà il nastro. I flash mi abbagliano mentre tutti applaudono e fischiano. Gli Ignite si lanciano nella loro hit numero uno, *Inferno*, facendo schizzare alle stelle il livello di eccitazione della folla.

Anna e Gabriel si stanno abbracciando e poi lei corre ad abbracciare anche me e la mamma. «Ce l'abbiamo fatta!» esclama. «E un'altra notizia favolosa, il medico dice che l'erede è femmina! Avremo una bambina!»

«Congratulazioni! Altre donne per la squadra Rourke.»

Anna ride. «Giusto. A quanto pare vi ho contagiato.» Si rivolge a mia madre, che è rimasta in silenzio. «Alexandra?»

«Sono così felice per voi» dice la mamma, con la voce rotta dall'emozione. Le tremano le labbra e Anna l'attira a sé per un abbraccio, offrendole privacy per le sue lacrime. È più alta di mia madre, quindi il volto resta nascosto. Mia madre ha preso molto a cuore la notizia della gravidanza. È terribilmente eccitata dall'idea di diventare nonna.

Io rimbalzo in punta di piedi, eccitata per tutte le notizie meravigliose e ciò che sto per fare. «Devo andare a vedere il mio amore. Di nuovo, congratulazioni!»

La mamma si stacca da Anna, asciugandosi gli occhi. «Non puoi ascoltare da qui? Mi sembra sia abbastanza forte.»

«Devo avvicinarmi un po'.»

«È innamorata» dice Anna. «Deve sempre avvicinarsi un po' di più. Forza, ragazza.»

Rido e corro via, diretta dietro al palco installato per la performance degli Ignite. La mia chitarra mi aspetta su un supporto. Mi passo la cinghia sulla spalla e ammiro il lucido palissandro, canticchiando sottovoce.

La canzone finisce e Jackson dice al microfono. «Ora vorrei presentarvi l'amore della mia vita, la mia ispirazione, il mio cuore e la mia anima, Emma Rourke!»

Vado sul palco con le gambe che tremano, di colpo nervosa. Ho lavorato con un insegnante di canto per ampliare la mia ampiezza vocale e la qualità tonale, eppure questa è la mia prima esibizione pubblica. È anche la prima volta in cui la mia famiglia mi sente cantare da quand'ero piccola. Tutte le mie lezioni hanno avuto luogo nel solarium, lontano dal trambusto della vita di palazzo.

Jackson mi sorride, con l'amore che gli brilla negli occhi e io mi concentro solo su di lui, con il cuore che rallenta dalla velocità di quello di un colibrì a un battito costante. Jackson si rivolge alla folla. «Questa è una canzone originale di Emma. Lascerò che ve ne parli lei.»

Mi chino sul microfono davanti a me sul suo supporto. «Salve a tutti.» C'è un ritorno di voce perché sono troppo vicina. «Scusate. Questa canzone si intitola *Il velo* e descrive che cosa succede quando cade il velo davanti agli occhi e rivela qualcosa di nuovo.»

«Jackson!» urla una donna a un volume tale da far rizzare i capelli.

Jackson non reagisce, si volta semplicemente verso di me. «Sentiamola, amore.» Comincia a suonare. È un duetto e so che si unirà a me nel coro.

Comincio a suonare, cantando solo per lui, unico spetta-tore per me. Jackson chiude gli occhi e la sua espressone è di pura gioia per la musica che stiamo facendo insieme. Mi travolge, l'amore che proviamo. Poi la musica mi prende e di colpo sto volando. Mi volto verso il pubblico e canto, forte e sicura, riversandomi nella musica che vuole dire tanto per me. Sono la donna che ha strappato tutti i veli, quello da sposa, quello del palazzo, quello della brava principessina, trasformandosi in una futura moglie, capace, in un membro attivo del palazzo, una principessa e una musicista.

Io sono la musica, io sono l'amore. Io sono Emma,
IO RUGGISCO!

La canzone finisce e torno alla realtà trasalendo quando l'applauso mi risuona nelle orecchie.

La voce di Jackson mi romba all'orecchio. «Bellezza, fai un inchino.»

Piego la testa e faccio una piccola riverenza, la mia educazione entra in gioco dopo lo sbalordimento di un applauso che sembra solo farsi più forte. Qualcuno fischia e mi volto, vedendo Gabriel, Anna e mia madre, di lato al palcoscenico in un'area delimitata da una fune di velluto rosso, che sorridono e battono le mani, con le guardie dietro di loro.

Alzo la mano per ringraziarli del loro apprezzamento ed esco, lasciando gli Ignite a fare il loro lavoro.

«Non è meravigliosa?» chiede Jackson alla folla. «È il mio angelo. Mi sono innamorato della sua voce, e il resto, tutto ciò che la rende così meravigliosa, è il dono più grande che potessi ricevere. Signore e signori, Emma Rourke.»

L'applauso continua. L'energia della folla mi scorre dentro facendomi rabbrividire. Ho le guance rosse, il polso che batte forte. È così che si deve sentire Jackson quando si esibisce davanti a una folla entusiasta.

Rimetto la chitarra nella custodia e raggiungo la mia famiglia di lato al palco.

«Sei stata fantastica!» esclama Anna.

«Meravigliosa» aggiunge Gabriel.

«Non avevo idea che sapessi cantare così, Emma» dice la mamma. «Se l'avessi saputo ti avrei incoraggiato a studiare musica invece delle lingue.»

Io sorrido. «Mi piacciono entrambe le cose: la musica e le lingue. E tu mi hai dato tutto ciò di cui avevo bisogno. Toccava a me scoprire che cosa mi avrebbe reso felice.»

Mia madre china la testa. «Capisco meglio che cosa avete

in comune tu e Jackson.» Sul palco, la musica sale di volume con il riff della chitarra elettrica di Jackson. Mia madre fa una smorfia. «Anche se la sua solita musica è piuttosto stridente.»

«Sta cominciando a piacermi» dico con un sorriso. «Potreste tenermela?» chiedo a Gabriel, tendendogli la custodia della chitarra.

Appena la prende, mi unisco al pubblico, facendomi strada a gomitate verso la prima fila e urlando come la più fanatica dei fan. Alzo in aria le braccia e ballo.

Jackson

Sono in smoking, a piedi nudi sulla spiaggia di Villroy in una perfetta giornata di giugno, sul punto di sposare il mio angelo. Se mi aveste chiesto un anno fa se pensavo che questa sarebbe stata la mia vita, avrei risposto un sonante "diavolo no"! Stavo piangendo la morte di Charlie, la perdita della musica, smarrito in una nera disperazione. Ma ora il mio futuro è brillante. Sto per sposare la mia anima gemella e diventare una persona responsabile, con una mia famiglia, e sono impegnato, corpo, cuore e anima. Questa cosa con Emma è migliore dei soldi, migliore della fama, degli applausi. È vera e reale, una vita piena di musica e amore. Creare musica non è mai stato più facile. Ho consegnato in tempo il nuovo disco alla casa discografica. All'inizio non hanno reagito positivamente. Pensavano fosse troppo diverso dagli album precedenti degli Ignite per pubblicarlo. La voce di Emma figura in modo spiccato e contiene più blues e ballate del mio solito. Tutto bene. Il mio manager ha rinegoziato il contratto e l'hanno pubblicato come album solista sotto il mio nome, con gli altri accreditati come musicisti ospiti. Ora il contratto è scaduto. Non lo rinnoveranno con gli Ignite. E a noi sta bene così. Non posso più essere l'uomo che ero con gli Ignite, nessuno di noi ci riuscirebbe senza Charlie. Non siamo più una band, ma amici che suonano insieme tutte le volte che possono. Forse il piccolo Jack, il figlio di Charlie, si unirà a noi un giorno. Sta cominciando le lezioni di piano, adesso che è tutto a posto con il suo fondo fiduciario.

Respiro a fondo l'aria di mare. L'attenzione della stampa si è attenuata, dato che Emma e io manteniamo un basso profilo, facendo le nostre cose. Non c'è stato un annuncio ufficiale del nostro matrimonio, per assicurarci tutta la privacy che volevamo. A quanto pare, il fatto che Emma si sposi sulla spiaggia anziché nella cappella è un enorme strappo alla tradizione. È la prima principessa nella storia della famiglia Rourke che ha scelto di sposarsi fuori dalla cappella. È la mia Emma, che si crea la sua strada. Abbiamo le guardie del corpo, ovviamente, dato che siamo all'aperto, e un piccolo gruppo di ospiti. Ci sono mia madre e mio fratello, insieme a sua moglie e ai suoi figli. La mia famiglia è molto più impressionata dal fatto che Emma sia una principessa reale di quanto lo sia stata del fatto che sono una rockstar. Mia madre ha perfino ammesso di essere stata emozionata solo all'idea di conoscerla. Emma ha immediatamente sottolineato le mie qualità migliori. «Jackson è un musicista eccezionale e una persona meravigliosa. È lui la stella, non io.»

Che cosa devo dire, questa donna mi adora.

I miei ex compagni di band, John e Max, stanno suonando in sottofondo mentre la sorella di Emma, Silvia, la precede verso l'altare. Ho scelto Lucas come testimone. Siamo diventati buoni amici dato che passa molto tempo a palazzo, occupandosi della parte commerciale della nuova industria di Villroy. Non potevo scegliere tra i miei due compagni di band e mio fratello e io non siamo mai stati uniti.

John e Max passano a *Emma*, la prima canzone che ho scritto per lei. L'ha scelta lei come canzone per il suo percorso verso l'altare. Appare al braccio di suo fratello Gabriel. Niente velo per la mia Emma. Come dice la canzone, ha chiuso con ogni tipo di velo, reale o metaforico. Porta una tiara di diamanti che la fa sembrare particolarmente regale e un abito rosa scuro senza maniche con un intaglio che mostra un po' di decolleté. È sexy e sorprendente, proprio come lei. Emma mi guarda negli occhi, con un sorriso sulle belle labbra. Sento la gola che si stringe per l'emozione e gli occhi mi si riempiono di lacrime. *Diavolo. Non piangere. Non puoi essere lo sposo piagnucoloso.* Stringo forte gli occhi e li apro proprio mentre Emma comincia a venire verso di me, sorridendomi maliziosa.

Mi conosce bene. Sa che sto cercando di non perdere il controllo e sa il perché… che l'amo alla follia.

Il suo sorriso diventa più grande man mano che si avvicina, illuminandole tutto il volto. È felice di sposarmi e io sono così maledettamente fortunato.

Appena Gabriel si allontana, lasciandola a me, le metto una mano sulla guancia e la bacio. Non m'importa che non sia il momento giusto e che dovrei aspettare finché ci dichiarino marito e moglie.

«Sei bella» le sussurro.

Lei sorride. «Grazie. Tu sei molto attraente in smoking.»

La cerimonia è una serie di immagini sfocate, io sono sintonizzato su Emma mentre il prete borbotta in sottofondo, chiedendoci gli anelli e i voti. Il rossore sulle sue guance, il rosa pallido delle sue belle labbra, l'anello dorato intorno alle sue iridi nocciola, la sua dolce voce angelica.

«Vi dichiaro marito e moglie» annuncia il prete.

I nostri ospiti esultano.

Emma mi mette le braccia intorno al collo e io la bacio con passione, piegandola sul braccio. Il mio amore, la mia vita. Emma.

La risollevo piano e lei ride. «Che bacio!» esclama.

La tiro vicina e le sussurro all'orecchio. «Aspetta stanotte e vedrai.»

«Magari potremmo andarcene di nascosto un po' prima» mi dice, afferrandomi la mano e mettendosi quasi a correre lungo la corsia.

Seguono applausi e fischi e coriandoli che ci piovano addosso mentre la band si lancia nella hit degli Ignite *Inferno.*

Emma canta anche lei, una canzone che una volta era troppo per la sua delicata sensibilità. Diceva che era rumorosa e che le urtava i nervi. Ah. Si è lasciata andare e non è mai stata più felice. Me lo ripete tutte le volte che la prendo in giro per le sue maniere perfettine. Ogni tanto tornano, buone maniere e decoro instillati fin dalla nascita. Ed è il motivo per cui passeremo la nostra prima notte di nozze lontano dal palazzo, sullo yacht reale. Voleva un promemoria della nostra prima esperienza nautica (anche se a un livello molto più lussuoso) e poi faremo una crociera lungo il sud della Francia e in Italia. È la stagione perfetta per farlo.

«Guarda la torta» dice, tirandomi verso un lungo tavolo pieno di tutti i tipi di pasticcini. Al centro c'è una torta bianca a tre piani con in cima le figurine di una coppia che assomiglia straordinariamente a Emma e a me. Il rocchettaro e la principessa, io con la mia chitarra elettrica, una camicia nera con le maniche arrotolate fino ai gomiti e jeans strappati, ed Emma con la tiara e un vestito rosa. Perfino le nostre decorazioni sembrano follemente innamorate. Aspettate... mi avvicino per guardare meglio. «Cocoa Puffs!»

«Li ho fatti aggiungere solo per te.» Sorride e ammira i Cocoa Puffs sui bordi di ognuno dei piani. «Pensavo che dovessi avere il tuo cibo proferito al nostro matrimonio.»

«Geniale!»

«Non vedo l'ora di spiaccicartela in faccia.»

La fisso. «E come apparirebbe nel nostro album di nozze?»

Emma fa una smorfia. «Maledizione! Guarda cos'è successo. Ti ho fatto diventare un tradizionalista.»

Rido. «Forse preferirei spalmarti di glassa, nuda.»

I suoi occhi si illuminano e la voce diventa roca. «Sporcaccione.» Mi bacia, con la lingua, completamente disinibita nonostante gli ospiti vicini.

Interrompo il bacio. «Più tardi.» Qualcuno mi batte la mano sulla spalla. «Ehi.»

«Congratulazioni» dice Lucas.

«Grazie, amico.»

«Grazie» dice Emma. «Siamo molto felici.»

Lucas si china verso Emma, dicendole, in tono scherzoso: «Scappare da un altare all'altro così in fretta, Emma. Che cosa penserà la gente?»

Emma si gratta la guancia con il dito medio teso.

Non posso fare a meno di ridere. Gliel'ho insegnato io. «Sono passati sette mesi tra un altare e l'altro» dico a Lucas.

«Quando è giusto, è giusto. Ti auguro di trovare la stessa felicità.»

Lucas sembra inorridito. «Morditi la lingua. Stai tentando di gufare? Non hai sentito che sono lo scapolo reale più ambito al mondo? Internet ha votato e io ho vinto.» Sorride compiaciuto. «Dicono che sono *charmant*.»

Emma sbuffa. «Probabilmente hai votato qualche migliaio di volte per te stesso.»

Lucas sogghigna, incrociando le braccia. «Non ne avevo bisogno. Sapevo già che avrei vinto.»

Gli do un pugno sulla spalla. «Amico, non vedo l'ora di conoscere la donna che ti metterà in ginocchio.»

Lui si raddrizza, parlando con voce altezzosa. «Sono un principe, Jackson. Noi non ci inginocchiamo per nessuno, eccetto il re e la regina.»

Sorrido. «Allora non vedo l'ora di conoscere la tua futura regina.»

Emma e io ci scambiamo un'occhiata, sorridendo entrambi. Sappiamo quante follie faccia fare l'amore.

Sul volto di Lucas appare un'ombra di preoccupazione, ma poi dice: «Non è probabile.» Ci saluta e torna al bar dai suoi fratelli.

Ci mischiamo agli ospiti, salutandoli e accettando le loro congratulazioni. Dopo una cena a base di pesce sotto il sole al tramonto, si accendono le luci nella tenda dove hanno installato una pista da ballo.

La mia band suona un medley speciale per la cerimonia, tutte le canzoni mie e di Emma. Non c'è nessuno sulla pista da ballo e decido che dovremmo approfittarne.

«È ora del nostro ballo» le dico, portandola sulla pista. È un lento, una delle nostre ultime canzoni. Appena la casa sarà pronta con il suo studio, registrerò un album con Emma. Solo noi. Un duo. Lo pubblicheremo noi, per averne il completo controllo creativo.

Emma sorride. «Sai, è la prima volta che ballo con te. Tutta quella musica e non abbiamo mai ballato.»

Le metto le braccia intorno alla vita e la tiro vicina. Lei mi avvolge le braccia intorno al collo, con le curve morbide premute contro di me. «Abbiamo tentato una volta, ricordi? La prima notte in cui siamo tornati insieme, la vigilia di capodanno.»

Sorride. «Oh, adesso ricordo. Tu cercavi di essere tutto dolce e io stavo tentando di essere una sporcacciona e continuavo a strusciarmi.» Si struscia leggermente contro di me ed io sono duro in un attimo.

«Giusto» riesco a dire.

«Ora dovremo solo torturarci tutta la notte, usando il ballo come preliminari.»

Soffoco un gemito quando mi passa le mani sul petto. Riesce ad accendermi così in fretta, il mio corpo ricorda tutta la passione di ogni rapporto, e si prepara ad averne ancora.

Mi accarezza i capelli alla base della nuca. «A meno che» sussurra con la voce sensuale, «non ce ne andiamo quatti quatti per una scopata in un nascondiglio segreto che conosco io.»

Le faccio l'occhiolino. «Lo conosco anch'io.»

Lei ride, una risata bassa e sexy. «Rock 'n roll, baby.»

È il suo modo di dire che va tutto bene. È così maledettamente perfetta.

Poco dopo è il momento della torta ed Emma mi sta rivolgendo *lo sguardo*. Quello che vuol dire *ti voglio, adesso*.

La tengo a bada, anche se mi tenta da morire quando si preme contro il mio fianco. Mi chino e le sussurro all'orecchio. «Dobbiamo fare questa roba della torta. Entrerà nel nostro album di nozze. Pensa ai nostri figli. Vorranno vederlo.»

Mi sorride radiosa. «Ce la filiamo subito dopo la torta.»

Non posso dirle di no, non resisto più.

Tagliamo lentamente una fetta gigantesca di torta, ci imbocchiamo a vicenda (niente stupidate tipo torta spiacciata in faccia) e sorridiamo per il fotografo.

«Pronta?» le chiedo.

Lei annuisce. «Solo un'altra cosa che vorrò far vedere ai nostri figli.» Prende le figurine dalla cima della torta. «Sono così *noi*. Ne farò tesoro.»

Mi bruciano gli occhi. Le prendo il bel volto tra le mani e

la bacio teneramente. Lei mi mordicchia il labbro inferiore, baciandomi rudemente e l'intensità sale di colpo.

La butto sopra la spalla e mi dirigo verso il palazzo. La gente sta fischiando e battendo le mani, ma io sono sintonizzato sul «Sììì» sibilato di Emma.

Questa è la mia Emma.

Non perdetevi il prossimo libro della serie *Royal Charmer - Lucas*, dove Lucas incontra la sua futura regina!

Alice

La prima cosa che dovete sapere di me è che sono in luna di miele sull'isola di Villroy, senza lo sposo, scelta naturale visto che il mio ex-fidanzato ha deciso di innamorarsi "per caso" della mia migliore amica. Non ne voglio parlare.

La seconda cosa è che sono una scrittrice di romanzi rosa, e ho ottenuto una generosa proroga della data di consegna giurando che avrei usato in modo produttivo questo tempo lontano da tutti. Finora la mia editor ha respinto tutte le idee che portavano alla distruzione finale dei protagonisti maschili. Il romanticismo è morto dentro il mio cuore incenerito.

Sto per ammettere la sconfitta quando un principe con un problema di immagine piove dal cielo. E per qualche folle motivo, decidiamo che fingere che io sia la sua fidanzata sarebbe una buona idea. L'ultima cosa che voglio è impegnarmi veramente con qualcuno, ma un finto fidanzamento potrebbe significare che il prossimo libro si scriverà da solo.

Lucas

Mi piace essere lo scapolo reale più ambito al mondo (Internet ha votato e io ho vinto), ma non è tutto ciò che sono. Voglio dare il mio contributo al regno, essere parte della nostra eredità. Dovrei essere l'AD della nostra nuova impresa, ma il mio fratello maggiore, Gabriel, mi blocca in ogni occasione, convinto che sia troppo volubile.

Così, quando la moglie di Gabriel, la nostra anticonvenzionale regina, mi offre la chance di dimostrare il mio valore con i banchieri, e l'unico intoppo è portarmi appresso una finta fidanzata, accetto, con riluttanza. Il fine giustifica i mezzi e Alice ha bisogno di un finto fidanzamento per ispirare la sua storia.

Non mi sarei mai aspettato di cascarci, ma eccomi qui, deciso a convincere a ogni costo che è mia una donna che ha paura di farsi coinvolgere.

ALTRI LIBRI DI KYLIE GILMORE

Happy Endings Book Club Series

Hidden Hollywood (Vol. 1)

Inviting Trouble (Vol. 2)

So Revealing (Vol. 3)

Formal Arrangement (Vol. 4)

Bad Boy Done Wrong (Vol. 5)

Mess With Me (Vol. 6)

Resisting Fate (Vol. 7)

Chance of Romance (Vol. 8)

Wicked Flirt (Vol. 9)

An Inconvenient Plan (Vol. 10)

A Happy Endings Wedding (Vol. 11)

The Clover Park Series

The Opposite of Wild (Vol. 1)

Daisy Does It All (Vol. 2)

Bad Taste in Men (Vol. 3)

Kissing Santa (Vol. 4)

Restless Harmony (Vol. 5)

Not My Romeo (Vol. 6)

Rev Me Up (Vol. 7)

An Ambitious Engagement (Vol. 8)

Clutch Player (Vol. 9)

A Tempting Friendship (Vol. 10)

Clover Park Bride (A Clover Park Short)

A Valentine's Day Gift (Vol.11)

Maggie Meets Her Match (Vol.12)

Maggie Meets Her Match (Book 12)

The Clover Park STUDS Series

Almost Over It (Vol. 1)

Almost Married (Vol. 2)

Almost Fate (Vol. 3)

Almost in Love (Vol. 4)

Almost Romance (Vol. 5)

Almost Hitched (Vol. 6)

Nota: Per ora disponibili solo nella versione inglese.

I Rourke - Versione italiana

Royal Catch - Gabriel (Vol. 1)

Royal Hottie - Phillip (Vol. 2)

Royal Darling - Emma (Vol. 3)

Royal Charmer - Lucas (Vol. 4)

Royal Player - Oscar (Vol. 5)

Royal Shark - Adrian (Vol. 6)

L'AUTRICE

Kylie Gilmore è l'autrice Bestseller di USA Today delle serie: I Rourke; The happy endings Book Club; The Clover Park e The Clover Park STUDS. Scrive romanzi rosa umoristici che vi faranno ridere, piangere e allungare le mani per prendere un bel bicchiere d'acqua.

Kylie vive a New York con la sua famiglia, due gatti e un cane picchiatello Quando non sta scrivendo, tenendo a bada i figli o prendendo debitamente appunti alle conferenze per gli scrittori, potete trovarla a flettere i muscoli per arrivare fino all'armadietto in alto, dove c'è la sua scorta segreta di cioccolato.